dtv
premium

Bailey White

Ein gutes Jahr für Pflaumen

Roman

Deutsch von
Sibylle Hunzinger

Deutscher Taschenbuch Verlag

Für Albert
in Dankbarkeit, Bewunderung und Liebe

Deutsche Erstausgabe
August 2001
Deutscher Taschenbuch Verlag GmbH & Co. KG, München
www.dtv.de

Titel der amerikanischen Originalausgabe:
›Quite a Year for Plums‹ (Alfred A. Knopf, New York 1998)

Umschlagkonzept: Balk & Brumshagen
Umschlaggestaltung unter Verwendung einer Illustration
von Marty Blake
Satz: Fotosatz Reinhard Amann, Aichstetten
Gesetzt aus der Trump Mediäval 10,25/13· (QuarkXPress)
Druck und Bindung: Kösel, Kempten
Gedruckt auf säurefreiem, chlorfrei gebleichtem Papier
Printed in Germany · ISBN 3-423-24264-7

Inhalt

Personen der Handlung

Roger	*Pflanzenarzt, spezialisiert auf Blattkrankheiten der Erdnußpflanze*
Ethel	*Rogers Ex-Ehefrau, Lehrerin*
Louise	*Ethels Mutter*
Eula	*Louises Schwester, Ethels Tante*
Tom	*Eulas Sohn, Förster, geschieden von Judy, die mit dem gemeinsamen Sohn Andy in Kalifornien lebt*
Andy	*Toms Sohn, verbringt die Sommerferien in Georgia bei seinem Vater und seiner Großmutter*
Hilma	*pensionierte Lehrerin, unterrichtete zehn Jahre lang gemeinsam mit Ethel die erste Klasse*
Meade	*Hilmas beste Freundin, ebenfalls pensionierte Lehrerin*
Gawain	*ein alter Förster*
Lewis	*Ornithologe, arbeitet an einer Studie über den vom Aussterben bedrohten Rotkopfspecht*
Della	*Tiermalerin, besucht die Region, um heimische Vögel zu studieren und zu malen*
Bruce	*Typograph auf Urlaub*
Jim Wade	*sammelt elektrische Tischventilatoren*
Lucy	*Parasitologin, spezialisiert auf Nematoden (Fadenwürmer)*

Landwirtschaftliche Forschung

Das Frühjahrsheft der Zeitschrift ›Landwirtschaftliche Forschung‹ erschien mit einem Foto von Roger auf der Titelseite. Er stand, in jeder Hand eine Erdnußpflanze, mitten auf einem Feld. Hinter ihm sah man in der Ferne die Leitungen einer Bewässerungsanlage und dahinter die ungleichmäßige Kontur einer Baumreihe am Ende des Feldes. In der Unterschrift hieß es: »Der Pflanzenarzt Roger Meadows (Universität von Georgia) hält eine durch das Tomatenfleckwelke-Virus verkümmerte und geschädigte Erdnußpflanze (links) und eine gesunde Pflanze zum Vergleich nebeneinander.«

Irgendwie war das Foto rundum erstaunlich gut gelungen. Die mickrige, kränkliche Pflanze links wirkte fast gewichtslos, als schwebte sie in Rogers behutsamem Griff genau zwischen Leben und Tod, während die kräftige Pflanze rechts, wie sich ihre dunklen Blätter in klarem Umriß gegen Rogers weißes Hemd abzeichneten, einen herausfordernd gesunden Eindruck machte. Er hielt sie etwas tiefer als die andere, als ob ein starker Mann mit all seiner Kraft gegen das Gewicht von so viel Vitalität nicht mehr ausrichten könnte.

Rogers Freundinnen waren allesamt so hingerissen von dem Foto, daß sie es aus ihrem Aprilheft der Zeitschrift ›Landwirtschaftliche Forschung‹ ausschnitten und auf die Fensterbank stellten oder mit einem Magnet an der Kühlschranktür befestigten.

Im Pastime Restaurant klebten die Kellnerinnen das Foto mit Klebstreifen neben das Juxfoto an die Wand. Betty, die Kassiererin, schrieb »Das ist Roger auf Albert Batemans Erdnußfeld« auf die Rückseite einer Speisekarte und klebte sie unter das Foto.

Rogers alte Freundin Meade machte aus verblaßtem roten Tonpapier, das sie noch aus der Zeit ihrer Lehrerinnentätigkeit an der Schule hatte, ein Passepartout für das Foto. Als die Genauigkeits- und Informationsfanatikerin, die sie war, schrieb sie das Datum, an dem es aufgenommen worden war, *Arachis hypogaea*, die wissenschaftliche Bezeichnung für die Erdnuß, und schließlich »Florunner«, den Namen der Züchtung unten auf das Foto.

Meades Freundin und Nachbarin Hilma schnippelte Roger mit einer Miniaturschere aus dem Erdnußfeld heraus und klebte ihn auf zwei nebeneinandergelegte Farbfotos, so daß er, in der ästhetischen Kargheit des schwarzweißen Zeitungsfotos, mitten zwischen zwei üppigen Frühlingslandschaften zu schweben schien – auf der linken Seite der Adlerfarn- und Gelbkiefernwald an dem Berghang, wo sein Elternhaus einstmals gestanden hatte, und auf der rechten Seite die Rose Centifolie in voller Blüte im Rosengarten hinter seinem Haus.

Draußen auf dem Land klebte Eula, die Tante von Rogers Exfrau, das Foto an den Kühlschrank neben eine Bleistiftzeichnung von der Titanic, die ihr Enkel ihr aus Kalifornien geschickt hatte. In das Weiß von Rogers Hemd schrieb sie mit stolzen Großbuchstaben

R-O-G-E-R hinein, wobei das Schluß-R aus Rücksicht auf die Wurzeln der gesunden Erdnußpflanze ein Stückchen nach unten rutschen mußte.

»Als ob's da irgend jemand im Haus gäbe, der nicht weiß, wer das ist«, sagte Eulas Sohn Tom.

»Roger hat so ein freundliches Gesicht«, sagte Hilma.

»Und diese rassige Nase«, sagte Meade. »Die Nase rückt mehr ins Blickfeld, wenn ein Mann seine Haare verliert.«

»Es wird ja immer gesagt, daß man seine Familienfotos

beschriften soll«, sagte Eula zu Tom. »In hundert Jahren haben die Leute sogar Roger vergessen.«

»Guck mal, da ist Roger am Eisschrank!« sagte Eulas Schwester Louise.

»Roger ist nicht Familie, Mama«, sagte Tom. »Bloß weil er mit fünf Fingern Banjo spielt und Ethel geheiratet hat, bevor er alt genug war, um zu kapieren, was das für'n Weibsstück ist, ist er noch kein Familienmitglied.«

»R-O-G-E-R«, buchstabierte Louise. »Solche Wörter, die vorne und hinten denselben Buchstaben haben, mögen sie. Aber dir ist das R am Ende so weit nach unten gerutscht, Eula, du mußt auf eine saubere Linienführung achten, sonst irritierst du sie vielleicht.« Louise war seit einigen Jahren der festen Überzeugung, daß Außerirdische durch bestimmte Buchstabenkombinationen und Anordnungen von Formen und glänzenden Gegenständen angezogen würden, und das machte es manchmal schwierig, vernünftig mit ihr zu reden.

»Das ist Roger. Auf der Titelseite der ›Landwirtschaftlichen Forschung‹. Bei seiner Arbeit als Fleckwelkedoktor«, sagte Eula laut und deutlich.

»Wohin ich auch gehe, ich treffe auf mich und die beiden Erdnußpflanzen«, sagte Roger und schüttelte den Kopf. Er und Lucy, eine befreundete Wurmkundlerin, pflückten in seinem Garten die ersten Rosen.

»Es ist eben ein besonders gutes Foto«, sagte Lucy. »Alle sind ganz hin und weg davon. Du wirkst darauf so gedankenverloren. Was in aller Welt hat dich denn so beschäftigt?«

»Mir hat bloß der Fotograf leidgetan, das ist alles«, sagte Roger. »Er war den ganzen weiten Weg von Athens hierher gereist, um die roten Wuschelschweine in Sam Martins neuer computergesteuerter Fütterungsanlage zu fotografieren. Aber die kriegten die Türen nicht auf, deshalb hat er zu mir gesagt: ›Stellen Sie sich doch mal auf das Feld da und halten die beiden Erdnußpflanzen hoch.‹ Er mußte wegen der Schweine in der nächsten Woche noch mal kommen.«

Aber selbst als die Leute das wußten, blieb ihnen das Zeitungsfoto mit Roger auf dem Erdnußfeld trotzdem lieb und wert.

»Sieht Roger ähnlich, sich den Kopf darüber zu zerbrechen, daß der Fotograf die lange Reise umsonst gemacht hat«, sagte Hilma.

»Die Ähnlichkeit ist frappant«, sagte Meade. »Er hat die Nase seiner Mutter.«

»Sie wollten auf der Titelseite ursprünglich zwei Schweine bringen, aber dann haben sie statt dessen das Foto von Roger genommen«, erklärte Eula Ethel am Samstagnachmittag. Aber Ethel musterte die Blätter der Rosen, die Roger am Morgen gebracht hatte.

»Roger weiß, wie sehr ich rosa Rosen liebe«, sagte Eula, »deshalb bringt er mir immer die ›Queen Elizabeth‹.«

Ethel drehte eines der Blätter um und untersuchte die Rückseite, aber es hatte keine Flecken. »Bei niemandem gedeihen Rosen so gut wie bei einem Pflanzendoktor«, sagte sie nur.

»Er hat den Rosengarten doch nur für sie angelegt«, sagte Meade, »weil sie Rosen so gern hatte, und noch ehe die ›Dr. W. Van Fleet‹ die volle Höhe ihres Klettergitters erreicht hatte, war Ethel weg.« Es war ein Dauerthema bei ihnen, warum Ethel Roger verlassen hatte. Lucy und Meade saßen auf Hockern in Hilmas winziger Küche und sahen zu, wie sie die Stengel der »Madame Isaac Pereire«-Rose einzeln in eine Vase steckte. Die Blüten waren lummelig, was das Arrangieren zu einer heiklen Angelegenheit machte, aber

Hilma liebte den Duft dieser Rose, deshalb behielt Roger ihr die »Madame Isaac« vor.

»Und für was?« fuhr Meade fort, »für diesen hohlköpfigen, gitarreklimpernden Zwerg aus Nashville mit seinem kümmerlichen Ziegenbärtchen, wo Roger doch so schön Banjo spielt. Aus Ethel werde ich nie schlau werden.«

»Wahrscheinlich hat es weder was mit Banjos noch mit Rosen zu tun«, sagte Lucy. »Ethel ist eine Wilde, das ist alles.«

»Ich hab's mit eigenen Augen gesehen«, sagte Meade. »Sie hat ihn direkt hinter der Bühne verführt.«

»Aber wir haben doch alle von dem Rosengarten profitiert, den Roger für Ethel angelegt hat«, sagte Hilma, in dem Bemühen abzuwiegeln. »Deshalb sollten wir auch nicht jammern.«

»Weil es ihr gefallen hat, wie er mit dem Fuß den Takt klopfte«, sagte Meade. »Und der arme Roger stand da und hatte zum Trost nichts weiter als die Kartoffelfäule-Hungersnot in Irland.« In den zwei Jahren, nachdem Ethel Roger wegen des Nashville-Gitarristen verlassen hatte, hatte Roger sich intensiv mit der Kartoffelfäule beschäftigt, und dabei hatte sein Gesicht jenen Ausdruck von Resignation, Weisheit und Geduld angenommen, der auf dem Zeitungsfoto so gut getroffen war.

»Ich werde böse Pfeile des Hungers unter euch schießen«, zitierte Meade ingrimmig, »und euch den Vorrat des Brotes wegnehmen.«

»*Phytophthora infestans*, der Große Pflanzenvernichter«, sagte Lucy. »Mit der Kartoffelfäule-Hungersnot in Irland hat die wissenschaftliche Erforschung der Pflanzenkrankheiten angefangen. Es macht einen ganz schön fertig, eine solche Krankheit studieren zu müssen.«

Doch all das war irgendwie viel zu trist für einen so strahlenden Frühlingstag und paßte auch nicht zu dem

Duft von »Madam Isaac«, der das Zimmer erfüllte, dachte Hilma. Es war nicht fair, Ethel für die Kartoffelfäule-Hungersnot in Irland verantwortlich zu machen, nur weil sie ein so lebhaftes Interesse für eine Vielfalt von Männern hatte. »Ethel ist eine begabte Lehrerin«, sagte sie. »Das darf man nicht außer acht lassen.«

»Ich werde Ethel nie verstehen«, sagte Meade. Sie saßen ein Weilchen da und bewunderten das vielschichtige Porträt Rogers, der da an Hilmas Küchenschrank so ernst und nachdenklich wirkte. Bei all seiner fotogenen Weisheit, Geduld und Resignation war in seinen Mundwinkeln und seinen gegen die Sonne zusammengekniffenen Augen trotzdem der Anflug eines Lächelns zu erkennen, so als ob er sich bewußt wäre, daß er vielleicht ein etwas komisches Bild abgab, wie er sich da zum Fotografiertwerden mitten auf einem Erdnußfeld aufgepflanzt hatte.

Rundumbetreuung

»Kann ich dich zurückrufen, Louise?« brüllte Eula ins Telefon. »Ich hab hier das Haus voller Männer, die gefüttert werden wollen.«

Die Männer, die auf ihre Fütterung warteten, waren Eulas Sohn Tom, Förster seines Zeichens, und daneben ein Experte für den regionalen Borkenkäfer aus North Carolina. Eulas Nichte Ethel war auch da. Sie kam oft am Wochenende heraus, um den Samstag- oder Sonntagnachmittag bei ihrer Tante auf dem Land zu verbringen.

»Das hört sich bei dir ja an, als wären sie frisch geschlüpfte Vögel, Tante Eula«, sagte Ethel.

»Eigentlich sollten wir Ihnen das Kochen abnehmen, Mrs. Matthews«, sagte der lächerlich höfliche Käferexperte.

»Oh, setzen Sie sich ruhig hin und essen«, sagte Eula. Und die Art, wie sie noch einen Augenblick an ihrem Platz stehenblieb, mit beiden Händen die Lehne ihres Stuhls umfaßte und prüfend auf den reich gedeckten Tisch herabsah, erweckte den Anschein, als ob auf der ganzen weiten Welt nur Eula Matthews fürs Kochen zuständig wäre.

Es gab eine Schüssel mit gebratenen Auberginen, Tomatensalat mit Vidaliazwiebeln in einer abgestoßenen Emailleschale, überbackenen Kürbis, Stangenbohnen, Maisbrot, Kekse und ein Glas eingelegte Gumboschoten.

»Bei der Hitze kann man kein Fleisch essen«, sagte Eula. »Ihr Jungen seid den ganzen Tag da draußen in dem dämpfigen Wald und horcht, wie in den Riesenbäumen die Maden knabbern! Nimm dir von den Auberginen, Ethel, und gib sie an Tom weiter.«

Nach dem Essen zogen die Männer, über »Festmeter« und dergleichen fachsimpelnd, wieder los in den Wald, und Ethel sagte: »Mama wartet auf deinen Rückruf.«

»Ich weiß, worüber deine Mutter mit mir sprechen will. Daß sie immer mehr Besuch von diesen kleinen Außerirdischen kriegt«, sagte Eula. Sie wrang das Spültuch aus, hängte es über den Ausgußrand und zog es gerade. Dann stützte sie sich mit den Händen auf die Arbeitsplatte und sah über Louises verwilderten Garten hinweg auf das Weideland.

»Sieh nur, wie das Bahia-Gras in Samen schießt«, sagte sie. Ethel schwieg, denn wenn Eula anfing, über Gras zu reden, konnte man sicher sein, daß sie an Melvin, ihren Mann, dachte, der vor zwanzig Jahren auf schreckliche Weise zu Tode gekommen war, als ihn sein geliebter alter Allis-Chalmers-Traktor beim Mähen eines steilen Grashangs unter sich begrub. Schließlich schneuzte sich Eula in ein Papiertaschentuch und wählte die Telefonnummer.

»Letztesmal, als sie bei ihr waren, hat Louise mir erzählt, hätten sie ihre Sonnenschutzfenster außenrum hellgrün angemalt«, sagte Eula zu Ethel. »›Louise‹, hab ich gesagt, ›die Männerchen haben nicht an deinem Fenster rumgemalt! Das Glas ist einfach grün am Rand, weiter nichts.‹ Aber Louise grübelt zuviel, das ist nicht gut.« Eula wartete, während am anderen Ende das Telefon läutete. »Ich kann's schon fast nicht mehr hören«, flüsterte sie Ethel zu.

»Hey, Louise«, brüllte Eula ins Telefon, »ich bin's, wie versprochen. Ja, komm mal rüber, Ethel ist da. Ja, die sind wieder raus in den Wald, los, komm mal rüber. Ja, bis gleich.«

»Hm, hm«, sagte Eula. »Ich mach mir Sorgen um deine Mutter, wenn ich sehe, wie die in ihre Spinnereien versinkt. Ich hab meine Anschrift an ihren Spazierstock gehängt, für den Fall, daß sie sich verläuft und nicht mehr nach Hause findet. Eines Tages braucht sie noch Rundumbetreuung und landet in der Heil- und Pflegeanstalt, meine kleine Schwester, ich seh's kommen, Ethel.«

Mit ernstem Gesicht und durchgedrücktem Rücken, die Ellbogen auf den Knien, saß Louise auf der Sofakante. »Es ist auch ganz weich gelandet«, sagte sie. »Das Schiff hieß ›Entblößtes Eroticum‹. Es ist so'n Kabriolett-Raumschiff gewesen, und was soll ich dir sagen, Schätzchen, das Verdeck war unten.« Sie zog ein zusammengeknülltes Kaugummistanniolpapier aus der Tasche und strich es glatt. Dann legte sie ein schwarzes großes J aus Plastik so auf den Kaffeetisch, daß der Stanniolstreifen wie eine Fahne vom oberen Ende des J wegstand.

»Und dann stieg ein ganzer Pulk kleiner Männer aus, jeder kleiner als der andere. Du kommst im Leben nicht darauf, Eula, was die Männer dann in meinem Haus gemacht haben.«

»Behalt's für dich, Louise, ich will's nicht wissen«, rief Eula.

»Du hättest sie herüberschicken sollen, Mama«, sagte Ethel. »Tante Eula hätte sie abgefüttert und dann zum Holzvermessen in den Wald geschickt.«

»Kind«, sagte Louise, »die kleinen Kerle wollten nicht abgefüttert werden. Die waren nicht aufs Essen aus.«

»Schluß jetzt, Louise!« rief Eula. »Nimm einen von den Keksen!«

»Ich hab hier schon einen in der Hand, Eula«, sagte Louise. »Wenn ich hungrig wär, würd ich ihn essen.«

»Louise«, sagte Eula, »wenn du weiter so deinen Spinnereien nachhängst, schnappst du eines Tages vollends über. Dann landest du bei den schlotternden Vollidioten im Haus ›Abendfrieden‹.«

Eine Woche darauf fand der Käferexperte aus North Carolina eine ausgehungerte, total zerkratzte und mit zwei Tagesrationen Milbenbissen übersät im Wald umherirrende Louise. Der Käferexperte las die Adresse an dem Spazierstock und brachte Louise zu Eula. Eula ließ ihr ein Bad ein, versorgte sie mit einer Flasche Milbosan, gab ihr etwas Warmes zu essen und steckte sie dann ins Bett. Ethel kam nach der Schule heraus, und Eulas Sohn Tom kehrte, mit Zecken übersät, vorzeitig aus dem Wald nach Hause zurück.

»Sie gehört unter Aufsicht«, sagte Tom wütend zu Ethel. »Wie leicht hätte sie von Schlangen gebissen werden können.« Aber Tom stand in Unterhose mitten im Wohnzimmer, glänzend von dem Kiefernöl, mit dem er sich eingerieben hatte, um den Zecken den Garaus zu machen, und es fiel schwer, ihn ernst zu nehmen.

»Das ist nicht komisch, Ethel!« sagte Tom. »Es geht um das Wohl deiner Mutter!«

»Ich lach nicht über Mama, Tom«, sagte Ethel. »Ich lache über dich.«

»Ich weiß genau, was passieren wird, ich seh's deutlich vor meinem inneren Auge«, sagte Tom und marschierte dabei, die Sohlen seiner eingeölten Füße hochgewölbt, auf Fersen und Zehen in kleinen Kreisen auf dem Wohnzimmerteppich herum. »Du wirst es erleben: Louise zieht hierher zu uns, und Mama hat sie am Hals, kann sich das ganze verrückte Zeug anhören, auf sie aufpassen wie auf'n kleines Kind und dafür sorgen, daß sie nicht abhaut. Louise ist deine Mutter, Ethel, und du solltest dich auch um sie kümmern!« Er hielt inne, blieb mitten auf dem Teppich stehen und blickte mit weit geöffneten Augen ins Leere. »Jawoll, vor meinem inneren Auge seh ich es ganz deutlich, ich und Mama und Louise hocken hier draußen wie die Ölsardinen aufeinander, und Ethel hat in der Stadt das ganze schöne Haus in der Dawson Street für sich alleine und geht in aller Gemütsruhe in die Schule.«

»Um das zu sehen, braucht man kein inneres Auge, Tom. Wir alle sehen das«, sagte Eula. »Natürlich zieht sie zu uns. Louise kann nicht bei Ethel in der Stadt leben. Ein geistesgestörter Mensch kann unmöglich in der Stadt leben. Sie würde rauslaufen auf die Straße, wenn Ethel in der Schule ist, würde überfahren, gekidnappt und was weiß ich sonst noch alles werden. In der Stadt würde man sie gleich nach Milledgeville in die Heil- und Pflegeanstalt verfrachten, sobald man ihren Geisteszustand erkennt. Mach dir um deine Mutter keine Sorgen, Ethel, und du geh und wasch dich, Tom, du wirst dir von dem Kiefernöl noch'n Ausschlag holen.«

»Ich war den Tränen nahe, Roger«, sagte Eula. Es war am Samstag darauf. Ethel hatte keinen Pritschenwagen, und Tom war auf der Gelbkiefern-Tagung in Wakulla Springs, deshalb half Ethels Exmann Roger Eula beim Umzug von Louises Sachen. Sie waren bei der dritten Fuhre – Müllabladeplatz, Wohltätigkeitsverein, und nun eine Fuhre, von der Louise sagte, daß sie sie behalten müsse. Eula hatte dafür die hintere Diele ausgeräumt.

»Meine kleine Schwester, und sie kann sich nicht mehr selber vorstehen. Ich hab die Tränen in meinen Augen gespürt, Roger. Es könnte natürlich auch das Kiefernöl gewesen sein, mit dem Tom sich eingerieben hatte, das treibt einem in geschlossenen Räumen schon das Wasser in die Augen.«

»Wahrscheinlich war's nicht nur das Kiefernöl«, sagte Roger. »Das ist schon etwas, worüber man weinen kann. Daran wirst du noch zu knabbern haben, Eula.«

»Ach, ich werd schon damit klarkommen«, sagte Eula. »Ich mach mir nur wegen ein paar Dingen Sorgen. Über den Sommer kommt Andy aus Kalifornien hierher, und hier ist dauernd von Außerirdischen die Rede, du weißt ja, wie Louise sich da reinsteigern kann, und wenn ein kleiner Junge das mitkriegt, also, ich weiß nicht. Und dann ist da das Haus – ein Haus kommt schnell runter, wenn niemand darin wohnt. Es braucht Menschen, die darin umhergehen, sprechen, schlafen, Körperwärme abstrahlen. Und Tom – du weißt ja, wie er sein kann, und dann ist da noch ...« Aber Roger wußte, daß sie nichts über Ethel zu ihm sagen würde.

»Es wäre mir nur lieber gewesen, wenn es nicht mitten in der Rotdorn-Saison passiert wäre«, sagte Eula. »Ich hab 'n ganzen Eimer Beeren hinten auf der Veranda stehen, die versorgt sein wollen.«

Roger hielt vor Louises Haus, und sie blieben einen Augenblick sitzen. »Noch eine Fuhre«, sagte er.

»Sieht aus, als ob die Veranda schon anfinge wegzusacken, findest du nicht, Roger?«

»Hier ist jetzt dein Zuhause, Louise«, sagte Eula. »Daran mußt du dich gewöhnen.« Aber Louise war eifrig damit beschäftigt, mit Einmachringen und Deckeln auf dem Küchentisch zu spielen, die sie nach einem bestimmten Schema auf der Platte verteilte, Ring, Deckel, Deckel. Ring, Deckel, Deckel.

»Leg noch ein paar Neuner dazu«, sagte sie, »und ein u und ein p und ein s. Wo sind meine großen Zahlen, Eula?«

»Und mit der Abhauerei muß Schluß sein, Louise«, sagte Eula. »Es war nett von dem UPS-Mann, daß er dich heute wieder nach Hause gebracht hat, wahrscheinlich hast du das nächstemal nicht so'n Glück. An den Milbenbissen kratzt du dich immer noch.«

Eula stand mit einem langen Holzlöffel bewaffnet am Herd und wartete darauf, daß der Rotdornsaft anfing sprudelnd zu kochen. »Hör auf, mit den Fingern in den Deckeln herumzufahren, Louise, die sind sterilisiert. Hol dir lieber deine großen Zahlen, die sind in der hinteren Diele, im untersten Fach vom Regal. Zwei Sechser und eine Neun hab ich gesehen und große und kleine Buchstaben auch. Roger hat sie unten hingelegt, damit du einfacher drankommst.«

Mitternacht war schon vorbei, als Eula endlich den Geleetopf abgespült und den alten Kissenbezug, in dem sie die gekochten Beeren immer abtropfen ließ, ausgewaschen und zum Trocknen aufgehängt hatte und die restlichen vierundzwanzig Marmeladengläser umgestülpt in Reih und Glied auf einem weißen Geschirrhandtuch auf dem Küchentisch standen. Trotzdem blieb sie noch ein paar Minuten auf, um in ihrem Westernroman zu lesen und auf die erfreulichen leisen Plop-Geräusche aus der Küche zu horchen, die verrieten, daß die Deckel hermetisch schlossen.

Es war vielleicht gar nicht so schlecht, dachte sie. Roger sagte, es gäbe da Leute oben aus dem Norden, die für gutes Geld Louises Haus den Winter und das Frühjahr über mieten würden. Man mußte ihnen nur einen Vorrat Brennholz hacken, das war alles. Und Tom hatte sich auch wieder beruhigt, nachdem Eula ein Wörtchen mit ihm geredet hatte. »Es setzt einem ganz schön zu, wenn man mit ansieht, wie die eigene Mutter den Verstand verliert«, hatte sie zu ihm gesagt, und seitdem hatte er nichts Abfälliges mehr über Ethel gesagt. Louise hatte sich weiter mit ihren Buchstaben und Zahlen beschäftigt und hatte das »Entblößte Eroticum« seit ihrem Einzug nicht mehr erwähnt.

Eula lag im Bett und lauschte dem Rascheln und Rumpeln in der hinteren Diele und dachte an die Frau in dem Buch, das sie gerade las, und wie sie immer wieder Gedichte auf Zettel schrieb, die sie an Steppenhexen befestigte und vom Wind davontreiben ließ. Eula hatte noch nie eine Steppenhexe gesehen, aber sie konnte sich irgendwie vorstellen, wie die Sträucher aussahen, wenn sie über das kahle, nackte Land getrieben wurden und das Zettelchen mit dem Gedicht davon wegstand wie Louises Staniolpapierfähnchen vom oberen Ende eines großen J. Am Schluß würde der nette Cowboy Conn Conagher die Frau mit den Steppenhexen heiraten, das wußte Eula. Sie mochte nur Bücher mit Happy End, deshalb spickte sie immer hinten, um sicherzugehen.

Unverheiratete Frauen

»Trollope«, sagte Meade. »Da schleppt man sich doch lustlos durch ein Kapitel nach dem anderen und wartet darauf, daß Plantagenet endlich Schatzkanzler wird.«

Es war Ende April, und Meade und Hilma disputierten darüber, welches Buch sie sich an ihren Donnerstagabenden im Mai vorlesen sollten. Es war ein Brauch, an dem sie seit dem Beginn ihrer Freundschaft vor nunmehr fünfzig Jahren unverdrossen festgehalten hatten, als sie zusammen als junge Lehrerinnen an der alten Midway School angefangen hatten. Aber in diesem Jahr stritten sie sich.

»Du willst die Palliser-Romane bloß lesen, weil du wie ein junges Mädchen für Phineas Finn schwärmst«, sagte Meade.

Hilma seufzte. Meade wollte ›Emma‹ lesen, obwohl sie ›Emma‹ schon im Mai '79 und dann noch mal im Mai '85 gelesen hatten. Es war richtig, daß Hilma in ihrem tiefsten Herzen eine Schwäche für Phineas Finn hatte, aber es kam ihr ungerecht vor, daß Meades Liebe zu Mr. Knightley als ein erhabeneres Gefühl, eine literarischere Stimmungslage gelten sollte als ihre, Hilmas, Liebe zu Phineas.

»Du weißt natürlich«, sagte Meade, »daß Mr. Knightley eine der gelungensten Charakterstudien in der Literatur überhaupt ist.«

Und mit einemmal hingen Hilma Mr. Knightley, Emma, Meade und die Donnerstagabende im Mai kilometerweit zum Hals heraus. »Warum sperren wir uns überhaupt im Monat Mai zum Vorlesen in dieses Zimmerchen ein, wenn der Farn im Wald seine Blätter entrollt und die Glühwürmchen in Scharen ausschwärmen? Warum trauen wir uns nicht und unternehmen mal was Riskantes mit Action und Abenteuer«, stieß sie verzweifelt hervor.

»›Und warum lesen wir überhaupt, wenn abends die Glühwürmchen ausschwärmen?‹ habe ich Meade gefragt, und da hat sie in dieser herausfordernden Art gesagt: ›Und an was sonst hattest du genau gedacht?‹ Aber ich hatte natürlich an gar nichts Spezielles gedacht, Ethel, ich wollte bloß ›Emma‹ nicht noch zum drittenmal lesen«, sagte Hilma am nächsten Tag zu Ethel. Schließlich hatten sie doch auch zusammen die erste Klasse unterrichtet, während Ethels ersten und Hilmas letzten zehn Jahren an der Schule. Es war für sie beide ein Klacks gewesen, in einem Schuhkarton das Modell des Okefenokee Sumpfs anzulegen, wenn sie sich während der Mittagsruhe im abgedunkelten Schulzimmer einen Moment flüsternd miteinander beratschlagen konnten. Deshalb erschien es Hilma ganz natürlich, sich mit dem Problem, das die Donnerstagabende im Mai für sie darstellten, an Ethel zu wenden. »Meade ist meine älteste und liebste Freundin, Ethel, aber sie ist manchmal so schwierig.«

»Die Säfte steigen«, sagte Ethel. »Und das treibt dich um, das ist alles. Es ist Frühling. Du brauchst einen Tapetenwechsel.« Und sie gab Hilma ein Buch aus ihrem Bücherregal: Bartrams ›Reisen‹.«Fahr am Samstag mit mir zum Jungbrunnen«, sagte sie.

»Zum Jungbrunnen«, sagte Meade zu Roger. »Action und Abenteuer. Ethel hat sie mitgenommen nach Florida, wo sie in einer der Quellen baden wollen, in der Nähe von der Stelle, wo William Bartram im Mai 1774 mit dem Seminolenhäuptling Cowkeeper Kutteln gegessen hat. Meine älteste und liebste Freundin wird möglicherweise in Florida von einem riesigen Alligator gefressen, und das nur, weil ich meine Donnerstagabende im Mai nicht damit verbringen wollte, Geschichten von dem heldenmütigen Kampf des Herzogs von Omnium für die Einführung des Fünf-Farthing-Penny zu lesen.«

»Die Gefahren, die in Florida auf einen lauern, sind heutzutage andere als 1774«, sagte Roger. »Ich glaube nicht, daß ihnen Alligatoren zuleibe rücken.«

»Trotzdem hoffe ich, daß Ethel auf sie aufpaßt«, sagte Meade. »Hilma ist nicht so robust, wie sie immer tut.«

»Zwei Riesenexemplare griffen mich aus nächster Nähe an –«, Ethel fuhr mit fast hundertfünfzig die I-75 entlang und zitierte ihre Lieblingsstellen aus Bartrams ›Reisen‹ »– sie brüllten fürchterlich und begruben mich unter einem gewaltigen Wasserschwall. Sie klappten ihre Kiefer so dicht an meinem Ohr zusammen, daß ich wie betäubt war, und ich rechnete jeden Augenblick damit, aus dem Boot gezerrt und mit Haut und Haaren verschlungen zu werden.«

Aber Hilma konnte mit ihren Gedanken nicht bei den Alligatoren bleiben. Sie wurde immer wieder von den Plakatwänden abgelenkt, die auf den Viehweiden längs der Straße aus dem Boden wuchsen – eine spärlich bekleidete, magenkrank aussehende, drei Meter hohe junge Frau und darüber die Worte: WIR ZEIGEN ALLES, die riesig in den blauen Himmel ragten. Hilma dachte sehnsüchtig an die vertrauten Annehmlichkeiten der Donnerstagabende im Mai, an Mr. Woodhouse mit seiner Schüssel dünner Hafergrütze und seinem Gejammer über die Feuchtigkeit, den Schmutz und die Gefahren der Seeluft. Es ist Frühling, und die Säfte steigen, hatte Ethel gesagt, aber als sie schließlich in den sandigen Parkplatz einbogen und durch die Bäume das Planschen und Schreien der Badenden hörten, die sich in der Quelle vergnügten, saß Hilma nur mit einem Gefühl von Schwäche und Verletzlichkeit im Auto. Als sie jetzt an

Säfte dachte, fiel ihr die Morgensonne ein, die durch den Bernstein fiel, den sie zu Hause auf einem Fensterbrett liegen hatte, und an die Millionen Jahre alte kleine Fliege, die mit herabhängenden, gefalteten Flügeln und zerdrückten Beinchen darin eingeschlossen war.

»Die Farbe des Wassers ist von leuchtendem Meergrün«, zitierte Ethel, während sie die Handtücher und die Leinentaschen mit den Badesachen aus dem Kofferraum holte. Sie blieb geduldig stehen und hielt Hilma die Autotür auf. »Das Quellwasser wallt durch eine bizarr gezackte Öffnung senkrecht aus einem Schlot, durch solides Felsgestein.« Und siehe da, nachdem sie auf dem sandigen Pfad um eine Wegbiegung und durch den Wald gegangen waren, lag er vor ihnen: der Jungbrunnen.

Man war förmlich geblendet – die Helligkeit des klaren Wassers, das intensive frische Grün der Vegetation ringsum, das leuchtende Türkis der kleinen Quelle und ihres Flusses. Der weiße Sand glitzerte.

»Es ist erstaunlich und kaum zu glauben, was für Scharen und Schwärme von Fischen und anderen Meeresbewohnern nun zu sehen sind«, zitierte Ethel.

Aber da war kein Fisch zu sehen. Die einzigen Wasserbewohner waren Menschen, die im flachen Wasser planschten und juchzten oder bäuchlings in aufgeblasenen Autoschläuchen hängend in der kristallklaren Strömung trieben, wobei die nackten Füße wie gespenstische Pflanzen auf der Suche nach Sonnenlicht aus dem Wasser zum Himmel ragten. Irgend etwas an der Sonne, dem flimmernden, klaren Wasser und der üppigen Vegetation verlieh den Menschen eine surreale Plastizität, ließ die Weißhäutigen weißhäutiger, die Haarigen haariger und die Varikösen variköser erscheinen.

»Meine Güte«, sagte Hilma, aber Ethel hatte die Leinentaschen auf einem Haufen am Strand zurückgelassen und war schon weg. Hilma sah ihr Köpfchen im Wasser auf und ab tanzen, in dem sie über dem Strudel in großen Kreisen dahintrieb. Von Zeit zu Zeit schoß eine kleine Fontäne aus ihrem Schnorchel in die Luft.

Hilma zog die Schuhe aus, watete vorsichtig ins Wasser, bis es ihr zu den Knien reichte, und stocherte mit der Spitze ihres Spazierstocks in dem sandigen Grund. Spitze Steinchen bohrten sich in ihre Fußsohlen, und das Wasser war so kalt, daß es wie Feuer brannte, und schon nach wenigen Augenblicken ging sie langsam und vorsichtig wieder zurück. Sie wrang den unteren Teil ihres Rocks aus, breitete sorgsam ein Handtuch auf das Gras einer kleinen Lichtung, setzte sich und umschlang die Knie mit den Armen. Sie spürte die Kälte des Wassers als angenehmen Schmerz in Füßen und Beinen, und die funkelnde Helligkeit, die fernen Schreie der Schwimmer sowie all das Grün um sie herum machte sie benommen und schläfrig, und nach einem Weilchen schloß sie die Augen und ließ ihren Gedanken freien Lauf. Sie dachte einen Augenblick an das schmuddelige Motel, nahe der Ausfahrt 73, wo sie und Ethel die Nacht verbringen wollten. Würde da noch ein Härchen von dem Gast vor ihnen in der gelblich verfärbten Thermoplastbadewanne kleben? Würde da vielleicht ein rätselhafter dunkler Fleck auf der gelben Auslegware sein? Würden sie und Ethel schlafen können im Schein der blinkenden Neonschrift WIR ZEIGEN ALLES, der durch die dünnen Vorhänge drang, oder, schlimmer noch, würden sie von aufgegeilten Suffköppen aus dem Café Risqué gegenüber in ihren durchgelegenen Betten geschändet und erwürgt werden? Dann mußte sie an Phineas Finn denken. Es war an einem Ort gewesen, der landschaftlich genauso schön war wie ihre augenblickliche Umgebung, einer Stelle oberhalb des Linterfalls, wo er Lady Laura Standish in der ihm eigenen, bewegenden Art einen Heiratsantrag gemacht, dabei in seinem Jagdrock aus Samt wie ein junger Gott ausgesehen und sie schließlich geküßt hatte.

Als Hilma die Augen wieder aufmachte, stand neben ihr ein alter Mann, der ein dünn belegtes Weißbrotsandwich aß. Seine Haut war so blaß, daß sie fast durchsichtig wirkte, und seine Füße waren so sehnig und knotig, als seien sie ein mechanisches Modell von Füßen und nicht Füße aus Fleisch und Blut. Er stand da, kaute sein Sandwich und sah lange ins Wasser hinunter. Dann sagte er: »Sind Sie zum erstenmal hier?«

»Ja«, sagte Hilma mit ihrer allerschönsten Schullehrerinnenstimme, »aber ich habe schon etwas über diese Quelle gelesen. Der große Reisende und Naturforscher William Bartram hat sie 1774 besucht.«

»Die Leute kommen scharenweise mit ihren Familien hierher – Familienväter, Mütter, Kinder«, sagte der alte Mann. »Zum Reifenreiten.« Er trat einen Schritt auf sie zu, und Hilma sah, wie sich die Sehnen oben auf seinen Füßen anspannten und wieder lockerten.

»Was mich betrifft«, sagte er, »ich bin unverheiratet.« Er biß von seinem Sandwich ab und kaute nachdenklich. Dann fragte er: »Sind Sie verheiratet?«

Hilma sprang auf, schnappte sich das Handtuch vom Boden und schüttelte es mit aggressiver Heftigkeit zwischen ihnen aus. »Ich muß doch sehr bitten!« sagte sie. »Das ist aber eine unhöfliche Frage!«

»Ich hab bloß gedacht«, sagte er. »Es wird gesagt, daß diese Quelle geheime Kräfte hat. Und da Sie hier ganz alleine sind und ich unverheiratet bin, na ja, da hab ich halt gedacht, warum –«

Diesmal kam ihr das Wasser nicht mehr so kalt vor, und sie stolperte, mit beiden Händen krampfhaft ihren Rock festhaltend, immer tiefer hinein, bis der Fels plötzlich steil abfiel, und sie kopfüber ins Wasser platschte. Noch im selben Moment, als sie dachte, es sei aus mit ihr, bekam sie zum erstenmal wieder Luft, mit den ersten Schwimmbewegungen beruhigte sich ihr keuchender Atem, und sie spürte, wie die Kälte allmählich in sie einsickerte, bis das letzte Restchen Wärme, das in ihr noch übrig war, tief aus ihrem Inneren kam, und sie glaubte, die Umrisse ihrer inneren Organe an der Wärme zu erkennen, die sie abgaben: die blasige Lunge, die weiche Leber, und darunter die heiß und prall an sie geschmiegte kleine grüne Gallenblase. Unter Wasser gab es keine Geräusche, nur Farben und Licht. Selbst der wilde Tanz des Seegrases in dem wirbelnden Aufwärtsstrom wirkte friedlich in dieser Stille, und jedesmal wenn sie den Kopf aus dem Wasser hob, um Luft zu holen, überraschte es sie, wenn plötzlich kreischende oder blökende Geräuschfetzen an ihr Ohr drangen. Hilma schwamm und holte tief Luft und schwamm und holte tief Luft mit weit geöffneten Augen, bis Ethel zu ihr angepaddelt kam, und gemeinsam stiegen sie aus dem Wasser und setzten sich mit klappernden Zähnen ans Ufer. Hilma hätte Ethel gern von ihrer Flucht vor dem unverheirateten Mann und dem Sturz ins eiskalte Wasser erzählt, und daß in dem lautlosen Grün und der silbernen Welt der letzte Rest von Groll auf Meade und Mr. Knightley zusammen mit ihrer Körperwärme versickert war, bis sie nur noch ein Restchen Wärme irgendwo in der Nähe ihrer Milz gespürt hatte. Aber sie waren beide zu durchgefroren, um sprechen zu können, und saßen einfach nur lächelnd und vor Kälte schlotternd im Sand.

»Sie übernachten in Micanopy, nicht weit von dem Ort entfernt, wo Bartram mit den Indianermädchen scherzte und lachte«, sagte Meade und belud Rogers Teller mit Kartoffelpüree, »gegenüber vom Café Risqué, wo meines Wissens splitternackte Frauen auf der Theke tanzen, während die

Männer Sloppy Joes essen und ihnen durch einen Maschendrahtzaun zusammengerollte Dollarscheine zustecken.«

»Das mit dem Maschendrahtzaun ist mir neu«, sagte Roger.

Eine Weile konzentrierten sie sich stumm auf das Essen, zivilisiert Gabeln und Salatgabeln handhabend, und lauschten dem Blubbern der Kaffeemaschine in der Küche.

»Ich hoffe nur, daß Hilma genug zu essen bekommt«, sagte Meade. »Ethel ist nämlich nicht in der Lage, an so einfache Dinge wie Essen zu denken.«

Das lackglänzend purpurrot und weiß gestrichene Café Risqué stand im Zentrum des zugehörigen Asphaltparkplatzes, der von Flutlichtstrahlern auf Masten taghell ausgeleuchtet war. Türkisfarbene Fensterladenattrappen rahmten blanke Mauerflächen, und da, wo Fenster hätten sein können, waren bunt beschriftete Schilder angebracht:

STRIPTEASE

SEXSHOP

IA-KÜCHE!

BILDSCHIRM-PEEPSHOW RUND UM DIE UHR

»Ich seh an Ihrem Sonnenbrand, daß Sie in der Quelle waren«, sagte die Frau im Büro des Motels. »Dafür war heute ja auch das richtige Wetter. Ja, ja, das sind hauptsächlich unsere Gäste hier, Reifenreiter.« Sie nickte zum Café Risqué hinüber und warf Hilma einen Blick zu, der Mißbilligung zum Ausdruck brachte. »Und die da drüben. Die Reifenreiter, die sind wenigstens sauber, nachdem sie den ganzen Tag in dem eiskalten Wasser waren, und ruhig, weil sie von der Planscherei fix und fertig sind. Die da drüben, das sind hauptsächlich Trucker.«

Das Zimmer war schäbig, aber sauber. Es gab keine

Flecken auf dem Teppichboden und kein verirrtes Haar im Badezimmer, nur abgetretenes Linoleum und ein paar Brandflecken von Zigaretten auf dem Badewannenrand.

Ethel war hungrig, und sobald sie sich in ihrem Zimmer eingerichtet hatten, fuhr sie nach Micanopy, um sich nach etwas Eßbarem umzusehen. Hilma dagegen wollte einfach nur still dasitzen und die wohltuende Wirkung eines im Jungbrunnen verbrachten Nachmittags genießen. Sie streckte sich auf dem abgenutzten Leintuch auf dem Bett am Fenster aus und sah zu, wie das Café Risqué mit zunehmender Dunkelheit immer mehr erstrahlte, bis es vor Licht fast zu lodern schien. Genau wie die Orchideen im Schulfernsehen, dachte sie, die artspezifische Bestäuber mit trickreicher Mimikry anlocken. Und unmittelbar bevor sie einschlief, fiel ihr zu ihrer Freude der Name ein, den die Indianer William Bartram gegeben hatten: Puk Puggy – der Blumenjäger.

Ein schöner Tag

Es war Ende Mai, die Zeit für den großen Frühjahrsputz, als Roger sich am Müllabladeplatz in eine Frau verliebte. Dabei sah er sie nie. Er mochte einfach die Art, wie sie Dinge wegwarf. Manchmal ließ sie anmutig über eine Ecke des Müllcontainers drapierte Kleidungsstücke da – ein säuberlich gewaschenes Hemd, dessen lange Ärmel über braunen Flicken hochgeklappt, oder eine Blue Jeans, deren Beine genau in den etwas abgewetzten Knien gefaltet waren. Manchmal stellte sie Sachen, ordentlich aufgereiht, separat in dem grasbewachsenen Graben am Waldrand auf – einen weißen Plastikventilator, einen Keramikbehälter mit Kochlöffeln, eine Klemmlampe und eine ganze, mehrmals in Frischhalte- und Alu-Folie eingewickelte Hummingbird-Torte, die auf einem Baumstumpf abgelegt war. An manchen Dingen hinterließ sie eine Nachricht.

»Dieser Ventilator tut noch, macht aber ein klickendes Geräusch und oszilliert nicht.«

»Ich kann diese ganze Hummingbird-Torte nicht aufessen.«

Am liebsten mochte Roger die Nachricht an einem Hamilton-Beach-Mixer mit vierzehn Geschwindigkeitsstufen: »Funktioniert in Ordnung.«

Er bewunderte die Gestaltung der Notizzettel, den großzügigen Rand, die fast kindliche Handschrift, die sorgfältige Zeichensetzung, das unbekümmerte »Funktioniert in Ordnung«, das ihn mehr anheimelte, als es eine grammatikalisch korrekte, aber seelenlose Satzkonstruktion je vermocht hätte. Er war fasziniert von der schrägen Logik in einigen ihrer Nachrichten, wo ihre Gedanken irgendwie abschweiften von der strengen Vernunft in eine Richtung, in die er ihr bis zu einem gewissen Grad, aber doch nicht ganz folgen konnte.

»Wenn Sie groß sind, blendet Sie diese Lampe vielleicht nicht.«

»Ich bin fasziniert«, sagte er zu Hilma und Meade, die offenbar beide ganz entsetzt waren. »Wie viele Leute kennt ihr, die das Wort ›oszillieren‹ buchstabieren können?« fragte er. »Ich bewundere Leute, die sich in der Rechtschreibung gut auskennen.«

»O-s-z-i-doppel-l-i-e-r-e-n«, sagte Meade spitz.

»Aber Roger«, sagte Hilma nüchtern, »sie könnte eine Rassistin oder eine Diebin, sie könnte eine Tierquälerin sein. Du kannst doch nicht bloß auf einen Mixer mit vierzehn Geschwindigkeitsstufen und einen weißen Plastikventilator hin Rückschlüsse auf einen Menschen ziehen.«

»Nein«, antwortete Roger, »natürlich nicht.« Aber er ließ es sich trotzdem nicht nehmen, jedesmal wenn er zum Schädlinge-Zählen nach Attapulgus fuhr, am Müllcontainer zu halten, bloß um nachzusehen. Sie warf einen Radiorecorder weg: »Das Quäken im linken Lautsprecher hört auf, wenn man an den Lautstärkeregler klopft.« Sie warf zwei Plastikstühle weg.

Auch das Fehlen von Dingen kann einer Räumlichkeit einen gewissen Charakter verleihen, und anhand seines Katalogs von Leerstellen bildete Roger sich eine Vorstellung von ihrem Haus – still, hell, karg, ohne billigen, weißen, klickenden, aber nicht oszillierenden Ventilator, ohne das Heulen eines Mixers auf Geschwindigkeitsstufe »Schaumig«, ohne die sahnige Maßlosigkeit einer Hummingbird-Torte. Er stellte sie sich in dem Haus vor, wie sie auf großen nackten Füßen von einem Zimmer ins andere tappte und nach Dingen Ausschau hielt, die sie wegwerfen konnte.

Della war nach Georgia gekommen, um ein Jahr lang die Vögel, die ihre bevorzugten Motive waren – Bläßhühner, Teichhühner und Wasserrallen – auf den Flüssen, in den Sümpfen und den Salzsümpfen an der Küste zu studieren. Doch statt ernsthaft mit der Arbeit zu beginnen, geriet sie unversehens in den Bann eines Hühnervölkchens auf einer Geflügelzuchtfarm in ihrer Nähe.

»Amerikas älteste Hühnerrasse, Ma'am, ist heute vom Aussterben bedroht«, hatte der Geflügelzüchter zu ihr gesagt und mit besorgter Miene die großen schwarzweißen Vögel betrachtet, die im Sand scharrten. »Vor hundert Jahren hatte jede Familie drei oder vier Dominickers hinter dem Haus in ihrem Garten, und jetzt kann man die registrierten Hühnervölker an einer Hand abzählen.« Noch ehe sie in ihrer kleinen Wohnung heimisch geworden war, hatte Della das Aquarell eines Dominickerpärchens angefangen und die meisten Haushaltsgegenstände weggeworfen.

In der Anfangsphase, als sie Skizzen machte, warf sie den Ventilator raus, weil das Klicken sie in ihrer Konzentration störte. Aber es hatte etwas so Befriedigendes gehabt, den billigen weißen Ventilator im Gras neben dem Müllcontainer abzustellen und wegzufahren, daß sie sich ein paar Tage später, als die Arbeit schwieriger wurde, von weiteren elektrischen Geräten trennte. Und als sie mit den Federn anfing (eine Woche schwindelerregendes Schwarzweiß), ein Geschäft, das eine unendlich leichte Hand verlangte, einen delikaten, aber nicht zögerlichen Strich, schmiß sie alle Küchengeräte und den größten Teil des Mobiliars weg. Sie aß, über den Küchenausguß gebeugt, kalte Sachen vom Laden gleich aus dem Papier, und abends, wenn ihr von der Überanstrengung der Augen schon leicht der Kopf weh tat, ging sie zu Fuß in die Stadt ins Pastime Restaurant und bestellte sich einen Gemüseteller.

Wenn sie mit ihrer Arbeit tagsüber gut vorangekommen

war, ließ sie sich Zeit bei ihren öligen Bohnen und den neuen Kartoffeln und saß dann noch ein Weilchen ruhig da, lächelte vor sich hin und freute sich an dem massiven Weiß des alten Restaurantporzellans, an den Schalen mit Essiggürkchen auf den Tischen und an den Kellnerinnen, die, laut und lärmend und freundlich, ihr so ganz anders zu sein schienen, als sie selber war.

An anderen Tagen nahm sie das Messer und die Gabel in die Hand, stocherte in ihrem Essen herum, schob das Ganze dann von sich und machte auf der Rückseite ihres papiernen Sets kleine Skizzen von schwierigen Partien ihres Bildes. Wenn sie nach Hause kam, streifte sie endlos in der Wohnung umher und türmte an der Tür Sachen zum Wegwerfen auf.

An einem dieser schlechten Abende bemerkte sie zum erstenmal das Foto von Roger und den beiden Erdnußpflanzen. Sie sah das Foto an, als Betty ihr das Wechselgeld herausgab und »Einen schönen Tag noch« zu ihr sagte. Aber es war neun Uhr abends, sie hatte sich bei den schuppigen gelben Beinen eines Dominique-Hahns festgefahren, und als sie nach Hause kam, warf sie ein Telefon und einen Heizlüfter weg.

»Die ist komisch«, sagte Betty. »Die guckt so irre.«

Dann rief Fern, die die Tische abräumte, auf einmal: »Sieh dir das an! Hühnerfüße!« Einige standen mit leicht einwärts gedrehten Zehen flach auf dem Boden, andere markierten die Schrittbewegung, teils des Gehens, teils des Laufens, wieder andere waren hochgeworfen, hatten die Zehen gespreizt und zeigten bedrohliche Sporen. Fern und Betty setzten sich an den Gästetisch, umgeben von schmutzigem Geschirr, und inspizierten den Set, indem sie ihn hindrehten und herdrehten, um die Hühnerfüße zu sehen.

»Also, wenn sie so gut zeichnen kann, warum in aller

Welt versteift sie sich auf Hühnerfüße?« sagte Fern. »Wenn du mich fragst, müßte sie doch lieber 'ne Vase mit Blumen oder 'n Mann auf'm Pferd zeichnen.«

»Ich hab dir doch gesagt, die ist komisch«, antwortete Betty.

»Einen schönen Tag noch«, flüsterte Della am nächsten Morgen auf der Hühnerfarm vor sich hin, während sie auf ihrem Schemel die vier Dominiques beobachtete, die im Sand scharrten, pickten, umherstolzierten und badeten.

»Einen schönen Tag noch«, flüsterte sie den ganzen Nachmittag vor sich hin, während sie an ihrem Schreibtisch sitzend, die Hände im Schoß, ihre Pinsel betrachtete.

»Sie sind das, die gestern abend diese Klasse Hühnerfüße gezeichnet hat«, sagte Fern, schob Pfeffer, Salz und Zuckerdose zur Seite und fuhr mit einem Lappen über den Tisch. »Ich weiß nich, was Sie sonst noch zeichnen können, aber Hühnerfüße können Sie wirklich zeichnen, Schätzchen, da gibt's nix dran zu rütteln. Ich und Betty, wir haben das beide gesagt, wir haben gesagt: ›Sie ist vielleicht 'n bißchen komisch, aber sie kann echt gut Hühnerfüße zeichnen.‹ Und was wollen Sie heute abend essen?« Sie preßte den Lappen auf der Tischecke zu einem diskreten Kloß zusammen und stellte sich mit gezücktem Notizblock, den Bleistiftstummel darüber in Anschlag gebracht, in Positur. Aber Della, die ihr problematisches Geheimleben mit den Hühner von dieser lärmenden, breitgesichtigen, leicht nach Klorix riechenden Frau ans Licht des Pastime Restaurants gezerrt sah, rührte sich nicht.

»Und was wollen Sie heute abend essen, Schätzchen? Das übliche?« fragte Fern noch lauter, schnappte sich den Lappen und verschwand. Wieder allein, starrte Della auf die Buchstabenfolge e-m-i-t-s-a-P in roter Leuchtschrift vor dem schwarzen Fenster.

»Sind Sie so 'ne Art Hühnerkünstler?« fragte Betty hinter

der Kasse, aber weil sie mit dem Bild so schlecht vorankam, war Della verschreckt, daß man sie überhaupt als Künstlerin ansprach; und während sie im Portemonnaie nach dem passenden Münzgeld kramte, sagte sie: »Äh, nein, im Moment wohl nicht, obwohl ... nein, eigentlich nicht.« Als sie mit dem Vierteldollar und den zwei Pennies in der Hand aufblickte, war er plötzlich da, der schöne Tag mit den herrlichen weißen Wolken, der Baumreihe am Ende des Felds und dem kahlköpfigen Mann mit dem freundlichen Gesicht, der die Pflanzen so behutsam in den Händen hielt.

»Einen schönen Tag noch, Schätzchen«, sagte Betty.

Alles, was sie den Rest der Woche zu malen versuchte, fiel schwer und unsauber aus. Es schien ihr lächerlich zu glauben, daß sie aus schwarzer Farbe, Wasser und weißem Papier das schimmernde, zebragestreifte Gefieder würde zaubern können, dessen Schwarz und Weiß mit jedem Lidschlag den Platz zu wechseln schien. Und als Betty dann eines Abends hinter der Kasse fragte: »Na, wie läuft's mit unseren Hühnern?«, atmete Della tief ein, hielt die Luft an und bedeckte das Gesicht mit beiden Händen. Fern stellte einen Stoß Geschirr ab und knuffte sie ein paarmal kräftig in den Rücken.

»Na, ich weiß, daß Hühner nich einfach sind, Schätzchen, die ham gar keine richtige Figur.« Sie fischte ein paar Servietten von dem Selbstbedienungsstapel und steckte sie zwischen Dellas fest geschlossene Finger. »Ich weiß, was Sie machen«, sagte sie, schloß die Augen und kaute nachdenklich an der Unterlippe. »Sie gehn nach Hause, setzen sich hin und malen 'n kleines Haus. Machen Sie 'n Blumengarten davor und malen 'n kleinen Mann mit 'ner Hacke da rein. Wenn Sie auch noch 'n Vogel drin haben wollen, malen Sie auch noch 'n Vogel rein«, und sie klopfte Della tröstend auf den Rücken. »Bloß malen Sie keine Hühner rein.«

Dann kam Betty mit einem dicken, weißen, tiefgefrorenen, in Plastikfolie eingewickelten Klumpen aus einem der hinteren Räume des Restaurants herbeigeeilt. »Hier«, sagte sie, »nehmen Sie die mit nach Hause. Es ist eine Hummingbird-Torte.«

Es waren so liebgemeinte Geschenke, der kleine Mann mit der Hacke und der tiefgefrorene Kuchen, und Della hätte so gern gelächelt und irgend etwas zum Dank gesagt, aber das Schwarz und das Weiß flirrten immer noch in ihrem Kopf und machten sie benommen, und sie traute sich nicht zu sprechen. Sie stand an der Kasse, sah das Foto von dem Erdnußfeld an, und die Augen schmerzten ihr von dem Schwarzweiß, und die Arme schmerzten ihr von dem tiefgefrorenen Kuchen, während Betty und Fern verstohlene Blicke tauschten.

»Schätzchen«, sagte Betty schließlich, »das ist bloß Roger auf der Frühjahrsnummer der ›Landwirtschaftlichen Forschung‹ bei seiner Arbeit als Fleckwelkespezialist.«

»Vielen, vielen Dank für alles«, sagte Della. »Es ist so lieb von Ihnen, aber eigentlich kann ich das gar nicht annehmen, nein, das geht nicht ...« Und noch ehe Betty »Einen schönen Tag noch« sagen konnte, hatte sie die vier Dollar fünfundneunzig auf das Zahlbrett gelegt und war verschwunden. Der Kuchen wog mindestens zehn Pfund.

»Kleine Studien« nannte sie es. Ein Zweig und ein Blatt, ein einzelner Kiefernzapfen, ein gestreifter Kürbis, eine Eichel neben ihrem Fruchtbecher, alles nicht größer als zehn mal zwanzig Zentimeter. »Das bringt mich weiter«, sagte sie sich mit gezwungener Fröhlichkeit, und sie schob das unbeendete Hühnerbild mitten in einen Stapel Zeichenpapier und verschnürte ihn. Jeden Morgen saß sie an ihrem Tisch unter der Lampe und malte Miniaturen von einzelnen Motiven, und jeden Nachmittag sammelte sie die Blätter zusammen, begutachtete sie und warf sie weg.

Ein Mensch reagiert unter Umständen mit Unbehagen, wenn er an einem meilenweit von der nächsten Ansiedlung entfernten Müllcontainer neben der Landstraße einem Wildfremden begegnet – und dann auch noch ein finsterer Wald im Hintergrund, dazu die unheimlich aussehenden schwarzen Plastikbeutel, irgendwelche nicht ganz geheuren glitzernden Sachen im Sand und das nächstgelegene Gebäude eine menschenleere Kirche auf einem Hügel hinter der nächsten Straßenbiegung; deshalb hielt Roger sich in rücksichtsvoller Entfernung und wartete, während sie in der weichen Erde kauerte und ihre Miniaturaquarelle gegen den Bodensockel des Müllcontainers lehnte.

Als sie schließlich aufstand und sich umdrehte, sah sie so traurig und bekümmert aus, daß Roger an sich halten mußte, um nicht zu ihr zu gehen und sie zu trösten. Sie stand eine ganze Weile einfach da und sah ihn an. Dann lächelte sie plötzlich und lachte laut auf und sagte: »Einen schönen Tag noch!«

Blumen in den Sumpf werfen

»Ich hoffe nur, daß es hier keine Zecken gibt«, sagte Hilma und bemühte sich angestrengt, die Füße auf den Kufen ihres Schaukelstuhls zu halten. Zur Gestaltung neuer, abenteuerreicher Donnerstagabende im Mai hatte sie einen kalten Imbiß im Freien hinter ihrem Haus vorgeschlagen, wo ihr Nachtblühergarten im Begriff war, seine Pracht zu entfalten – die Engelstrompeten, die Wunderblumen, der Virginische Tabak und die Mondwinde, alle in einem Rondell. Aber Meade hatte Ethels Bemerkung von den steigenden Säften verinnerlicht. »Der Duft des Kiefernsafts wird deine Sinne öffnen«, hatte sie zu Hilma gesagt.

Und da saßen sie nun an einem kühlen, späten Maiabend, zwei alte Frauen in Schaukelstühlen, inmitten von tausend Hektar Gelbkiefernwald. Meade hatte nur die Stühle mitnehmen wollen – »Der Witz bei der Sache ist doch, frei von Ballast zu sein« –, aber Hilma hatte in einer Leinentasche ein paar Töpfchen mit Pasteten dabei. »Man kann sich nicht frei und unbeschwert fühlen, wenn man Hunger hat«, sagte sie. Sie blieben, bis es dunkel war, atmeten die von Kieferndurft geschwängerte Luft ein und sahen zu, wie die Glühwürmchen ausschwärmten.

Er stand an einem kleinen Wasserlauf und sah durch seinen Feldstecher zu ihnen hinüber. Es kam ihm eigenartig vor, zwei Frauen, die in Schaukelstühlen mitten im Wald saßen. Aber andererseits verbrachte er mit der Erforschung eines seltenen, scheuen Vogels selber soviel Zeit im Wald, daß ihm fast alles an Menschen eigenartig vorkam, das, was sie sagten und taten, die Kleider, die sie trugen, die Schuhe, in die sie ihre Füße steckten.

Zwei Schaukelstühle, einer gepolstert, einer mit gerader, harter Rückenlehne. Sie löffelten irgendwas Weißes. Zwei alte Frauen in Schaukelstühlen mitten im Wald. Er mußte Gawain nach ihnen fragen.

»Das müssen Meade und Hilma gewesen sein«, sagte Gawain. Er und der Ornithologe studierten eine Karte von einem großen Waldgebiet, Gawains sechshundert Morgen Weihrauchkiefer, Gelbkiefer und Elliotkiefermix und Rogers dreihundertfünfzig Morgen fast reine Gelbkiefer. Winzige Kreise kennzeichneten die größten Hickorybäume, unregelmäßige Kringel umschlossen die ausgedehnten neuen Gelbkieferkulturen. Mit Punkten waren die Aktionsräume von Spechten markiert – blau für leerstehende Nisthöhlen, rot für die in dieser Brutsaison besetzten Höhlen. Gawain war Experte für kontrollierten Waldbrand, und diese vom Aussterben bedrohten Spechte waren eine brandabhängige Art.

»Was, die setzen sich jeden Donnerstagnachmittag in den Wald?« fragte der Ornithologe.

Aber wenn Gawain sich mit jemandem unterhielt, ließ er sich nicht so leicht vom Thema Waldbrand abbringen. »Nehmen wir zum Beispiel dieses Areal mit jungen Gelbkiefern, im Februar 1978, da waren die Sämlinge mit den Trieben vier Monate im Rückstand. Da hat Roger hier ein Feuer gelegt, und heute ist das der beste Bestand an jungen Gelbkiefern im ganzen Kreis. Wir reden immer bloß vom ›Feuer‹, aber ich sag dir, Lewis, im Feuer stecken tausend verschiedene Dinge drin, und wenn ein Förster, der sein Handwerk versteht, damit arbeitet, ist es ein hochraffiniertes Präzisionsinstrument.«

»Diese alten Damen –«

»Sind zwei alte Schullehrerinnen im Ruhestand«, sagte Gawain, »aber sie kennen alle beide den Segen des Feuers.«

»Da kommt ein Mann mit einem Feldstecher um den Hals durch den Wald«, sagte Meade. Es war der letzte Donnerstag im Mai; der Adlerfarn war schon beinahe vier Fuß hoch, und Hilma und Meade in ihren Schaukelstühlen waren hinter dem Blattwerk fast vollständig verborgen.

»Vielleicht sollten wir mal rufen«, sagte Hilma, »damit er nicht unvermutet auf uns trifft und erschrickt.«

Meade reckte eine Hand über den Farn hinaus. »Hallo!« rief sie. »Hallo!« Aber der Mann war nicht überrascht. Er kam schnurstracks auf sie zu und blieb, den Kopf leicht vorwärtsgeneigt, mit beiden Händen den Feldstecher umklammernd, direkt vor ihnen stehen.

»Wir können Ihnen leider keine Sitzgelegenheit anbieten«, sagte Meade. »Wir haben nicht mit Ihnen gerechnet, und wir haben nur diese beiden Stühle.«

Aber selbst inmitten von tausend Morgen offenem Waldland regte sich in Hilma das Verantwortungsgefühl einer Gastgeberin, als wäre dieser fremde junge Mann in den abgetragenen Turnschuhen ein vernachlässigter Gast, um den man sich besser kümmern müsse. »Ich heiße Hilma, und das ist meine Freundin Meade«, sagte sie. Es folgte ein kurzes Schweigen. »Und wie heißen Sie?« versuchte Hilma nachzuhelfen.

»Oh«, sagte er und fummelte mit beiden Daumen hektisch an dem Adjustierrädchen seines Feldstechers herum. »Lewis.«

»Und mit diesem Feldstecher da«, fuhr Hilma fort, »müssen Sie irgend etwas genau beobachten. Ich wüßte gerne, was das ist.«

»Oh«, sagte der junge Mann, und als sei er just in diesem Moment zum Leben erweckt worden, fing er an, sich zu bewegen und zu sprechen. Er hockte sich zu ihren Füßen nieder, stand dann wieder auf, blickte nach oben in die Bäume und deutete auf irgendwelche Dinge in der Ferne, die sie nicht sehen konnten. Dabei redete er die ganze Zeit über Rotkopfspechte: ihr Nistverhalten, ihre komplizierte Sozialstruktur, ihr Bedürfnis nach einem lichten Gelbkiefernwald und über seine eigene Untersuchung des kooperativen Verhaltens der Vögel, bei der zutage kam, daß Männchen früherer Generationen alljährlich wieder bei der Aufzucht der frisch geschlüpften Nestlinge helfen. »... die gesündeste Rotkopfspechtpopulation außerhalb des Apalachicola Forest«, sagte er abschließend.

Meade und Hilma hörten gespannt zu und beugten sich vor in ihren Stühlen. »Mein Gott, das ist ja ...« sagte Hilma. »Ich hab nur ein einziges Mal in meinem Leben einen Rotkopfspecht gesehen, den hat Roger mir gezeigt, als er vorbeigeflogen ist, und Sie haben sich all diese Erkenntnisse durch –«

»Durch nie erlahmenden Eifer und unermüdlichen Fleiß erworben«, sagte Meade ehrfurchtsvoll. Sie bewunderte gründliche Arbeit, ganz gleich, auf welchem Gebiet.

Es war inzwischen fast dunkel, die Glühwürmchen schwärmten umher, und es war schon ein wenig Tau gefallen. »Haben Sie ganz herzlichen Dank für ihre lehrreichen Ausführungen«, sagte Hilma. »Sie haben unserem letzten Maidonnerstag damit eine besondere Note gegeben.« Es war schwierig, durch den hohen Farn zu gehen, und Hilma und Meade stolperten mit ihren Stühlen vorwärts. Lewis ging leichten, geübten Schrittes ein Stückchen vor ihnen her. Er war gar nicht auf die Idee gekommen, ihnen seine Hilfe mit den Stühlen anzubieten, aber Hilma und Meade bemerkten das nicht. Auf dem Weg zur Straße deutete er wiederholt auf Nistbäume, kenntlich an dem weißen Latz, mit dem der ausgetretene und getrocknete Saft den Stamm geschmückt hatte, und genau in dem Moment, als sie beim Auto ankamen, erblickten sie einen winzigen Vogel, der in eine der Öffnungen schoß.

»Ich fühl mich wie beschenkt«, sagte Hilma. »Haben Sie vielen, vielen Dank, Mr. Lewis.« Und sie zog die rechte Hand von seinem Feldstecher weg und schüttelte sie herzlich.

»Gawain kennen Sie ja schon, und das hier sind unsere Freundinnen Lucy und Ethel«, sagte Hilma mit einer Leichtigkeit, die nichts davon ahnen ließ, welche Schwierigkeiten es gemacht hatte, diese Gästeliste zusammenzustellen. Meade hatte unbedingt Roger einladen wollen – »Ich kann mir eine solche Zusammenkunft ohne Roger gar nicht vorstellen«, hatte sie gesagt.

»Aber wenn wir Roger einladen, können wir Ethel nicht dabei haben«, sagte Hilma, »und wenn Gawain Roger als Zuhörer hat, können wir uns über nichts anderes mehr unterhalten als über Waldbrände.«

Deshalb hatten sie sich schließlich auf Gawain, Ethel und Lucy geeinigt. »Durch Gawain wird er sich nicht so fremd fühlen, Ethel wird mondän und stilvoll mit ihm konversieren, und Lucy sorgt dafür, daß alles harmonisch verläuft.« Die Party fand draußen hinter Hilmas Haus statt – »Die Engelstrompete wird sich hoffentlich öffnen« –, und das Essen bestand aus lauter Sommergerichten: Gurkensuppe, Tomatensalat, Vidalia-Zwiebelkuchen und ein köstlicher Gumbo, den Lucy aus dem ersten Ertrag einer fadenwurmresistenten neuen Okrazüchtung zubereitet hatte.

Lewis stand steif und unbehaglich im Schatten des Indischen Flieders und sah unnatürlich sauber aus. Sein sorgfältig gescheiteltes Haar zeigte noch Spuren der Kammzähne, und an seinem Hemd standen scharfe Falten an den unmöglichsten Stellen weg wie Flossen. Auf seiner Hemdbrust war noch der Umriß des steifen Kartons zu sehen, der erst vor wenigen Minuten entfernt worden war.

»Neue Klamotten?« fragte Ethel und lachte ihn an. Lewis fummelte an der Brust herum, weil ihm sein Feldstecher fehlte, und trat in die Virginischen Tabakpflanzen hinein.

»Wir sind im Wald auf ihn gestoßen«, sagte Hilma zu Lucy. »Wir hatten drei Donnerstage dort gesessen und nach nichts Interessanterem als nach Zecken Ausschau gehalten, und da war er auf einmal. Er hat uns von seiner Untersuchung erzählt, und dann ist wie durch einen Zauber einer von diesen Vögeln an uns vorbei- und direkt in seine Nisthöhle hineingeflogen. Wir haben sogar sein leises Piepsen gehört.«

Ethel zog zwei Stühle direkt an den Rand des Blumenrondells heran. »Wir sind hier alle ganz normale Menschen, Lewis«, sagte sie. Sie lachte noch immer. »Und Sie sind einer von uns.«

»Er ist ein ausgezeichneter Naturforscher alter Schule«, sagte Gawain, »und dazu ein hervorragender Wissenschaftler, der nicht auf isolierte Einzelheiten starrt, sondern der die großen ökologischen Zusammenhänge im Auge hat.«

Ethel setzte sich auf die Stuhlkante und beugte sich aufmerksam vor. Sie hatte die winzigsten Kniescheiben, die er je an einem normal gewachsenen Menschen gesehen hatte, sie waren nicht größer als ein Fünfzig-Cent-Stück, und ihr schimmerndes braunes Haar schob sich übereinander wie Vogelfedern. »Die Spielregeln verlangen, daß wir Konversation machen, Lewis. Ich sag was zu Ihnen. Und dann sind Sie dran.«

Die Nachtblüher öffneten sich nach und nach, und der frische Duft der Mondwinde vermischte sich mit dem jasminähnlichen Duft des Virginischen Tabaks und dem eigenartigen Moschusgeruch der Engelstrompete, die jetzt anfing, sich zu entfalten. Es war ein schöner Abend, um im

Freien die ersten Vidaliazwiebeln zu essen. Sie saßen unter der mondwindenbewachsenen Pergola und unterhielten sich über Fadenwürmer, Spechte, Brände und die bemerkenswerte neue Freundschaft.

»Ich bin mir fast vorgekommen wie Jeanne d'Arc«, sagte Hilma, »und er war der Erzengel Michael, der durch das Grün auf uns zugeschritten kam.«

»Die dezimierte Rotkopfspechtpopulation ist nur ein Beispiel für die Vernichtung feuerabhängiger Ökosysteme durch Brandvermeidung – das belegt seine Arbeit eindeutig«, sagte Gawain.

»Er muß sich vor Ethel in acht nehmen«, sagte Lucy, und sie guckten alle um die Mondwinden herum zu dem Blumenrondell hinüber.

»Oh«, sagte Hilma.

»Oh, Ethel«, sagte Meade.

»Tja, Zeit für mich, nach Hause zu gehen«, meinte Gawain.

»Dieser reizende Ventilatormensch Jim Wade«, sagte Hilma. »So freundlich und immer so guter Dinge. Warum kann Ethel nicht ...«

»Weil sie selbst die Initiative übernehmen will«, sagte Lucy.

»Das erinnert mich an Insekten bei der Paarung«, erklärte Meade.

Im Blumenrondell bog Ethel einen Stengel der Engelstrompete zur Seite und flüsterte Lewis etwas ins Ohr; dann trat sie lachend einen Schritt zurück. »Und jetzt«, sagte sie, »sind Sie dran.«

»Diese Ethel!« sagte Meade giftig und klatschte ein Paar gelbe Gummihandschuhe auf den Ausgußrand. »Sich direkt vor unseren Augen in einem Beet mit giftigen Blumen derartig aufzuführen.«

»Und was wird jetzt aus dem armen Mann?« seufzte Hilma. »Der hat nicht soviel Kraft wie Roger.«

»Ich hab dir gesagt, wir hätten Roger einladen sollen«, sagte Meade und fuhr mit den Händen in die Gummihandschuhe. »Was wär das für eine schöne Party geworden, wenn Roger, Lewis und Gawain sich wie zivilisierte Menschen über den Einfluß von Bränden auf das Leben von Pflanzen und Tieren unterhalten hätten.«

»Na ja«, sagte Hilma, bemüht, das Positive bei der Sache zu sehen, »die Nachtblüher waren herrlich, das Essen war lecker, und es ist immer eine Freude, Lucy zu sehen.«

»Wenn du mich fragst, sind an allem nur die Nachtblüher schuld«, sagte Meade. »Ich hab der Engelstrompete noch nie über den Weg getraut.«

»Hast du nicht gesagt, daß Sex am besten ist, wenn man es bleiben läßt?« fragte Lucy.

»Aber ich muß das hin und wieder überprüfen, um zu sehen, ob es noch stimmt«, sagte Ethel. Sie hatte den Tag mit Lewis im Wald bei den Spechten verbracht und suchte ihren Körper nach Zecken ab. Bis jetzt hatte sie vier Stück gefunden. »Es war eine interessante Begegnung«, sagte sie. »Er ist so entzückend kauzig. Er weiß besser über diese Vögel Bescheid als über sich selbst.«

»Meade sagt, du erinnerst sie an ein Insekt bei der Paarung«, sagte Lucy.

»Hah«, sagte Ethel. »Die gute alte Meade. Wahrscheinlich hat sie an eine Gottesanbeterin gedacht. Nein, nein, Lucy, ich lasse sie immer am Leben.«

»So gerade eben«, sagte Lucy und dachte an die Irische Kartoffelfäule-Hungersnot.

»Er wird darüber hinwegkommen«, sagte Ethel. »Sie kommen immer darüber hinweg.«

Es war später Abend, und er kam mit den Entfernungen nicht klar. Er verzählte sich dauernd und mußte immer wieder von vorne anfangen. Lag es an seinem Liebeskummer oder lag es an den Mottenkugeln in den ausgestopften Vogelbälgen, daß ihm ein wenig übel und schwindlig war? »Es war schön«, hatte sie gesagt. »Ich hab's genossen. Und jetzt geh ich zu mir nach Hause, und du mußt zu dir nach Hause gehn.« Sie standen am Waldrand. Auf der einen Seite erstreckte sich die I-10 bis nach Kalifornien, und auf der anderen Seite lagen tausend Morgen unberührter Gelbkiefernwald mit fünf Kolonien der vielleicht letzten Rotkopfspechte, die es auf dieser Erde gab.

»Du mußt das verstehen«, sagte sie, während die Autos vorbeidonnerten, »in der Liebe halte ich es mit den Zugvögeln. Heute hier, morgen dort.« Aber er verstand es nicht. Er konnte nur an die Tausende Zugvögel denken, die sich jede Nacht in den Drahtseilen der Fernmeldetürme verfingen und verendeten.

»Es gibt keine Hoffnung, die Leichen in dem Morast da zu finden«, sagte Meade, »deshalb werfen die Hinterbliebenen Blumen in den Sumpf.« Ein kleines Flugzeug war mitten über dem Okefenokee Sumpf abgestürzt, und auf allen Fernsehkanälen waren Ansager mit traurigen Gesichtern zu sehen, die von »menschlichen Überresten« sprachen. Meade war entzückt gewesen von dem Gedanken, Blumen in den Sumpf zu werfen.

»Vielleicht sollten wir das für Lewis tun«, sagte sie.

»Aber so schlimm ist es ja nun auch wieder nicht«, sagte Lucy sachlich. »Immerhin war er nicht an seinem Sitz festgeschnallt und ist mit ausgebranntem Motor hilflos durch den Nachthimmel getrudelt.«

»Ethel hat im Grunde echte menschliche Qualitäten – sie ist sehr umgänglich, ist eine ausgezeichnete Lehrerin und eine gute Gärtnerin –, das hat sie von Roger gelernt. Sie bringt nur keine zärtlichen Gefühle für ihre Männerbekanntschaften auf«, sagte Hilma.

»Sie mag die Fesseln der Liebe nicht«, sagte Lucy.

»Warum bricht sie diesen netten Männern dann immer wieder das Herz? Dem Liedermacher aus Nashville, dem armen Ventilatormensch Jim Wade, der sich immer so begierig bei mir nach Ethel erkundigt, und jetzt Lewis.«

»Sex«, erklärte Lucy.

»Oh«, sagte Hilma.

»Unter den Leichenteilen, die man gefunden hat, waren keine größer als ein Ellbogen«, sagte Meade.

Es war Juni geworden, doch Hilma und Meade wollten ihre Mai-Abenteuer noch immer nicht aufgeben und hatten Lewis eingeladen, ihnen eine kleine Einführung in das Leben und die Gewohnheiten der Rotkopfspechte zu geben. Meade zappelte in ihrem Sessel herum, und Hilma merkte, daß ihre Gedanken anfingen, auf Wanderschaft zu gehen. Im Mai war er wie ein Engel aus dem Grün auf sie zugeschritten, mit der Wissenschaft, dem jungen Adlerfarn und allen Versprechungen des Sommers als Verbündeten. Aber als er jetzt in ihrem Wohnzimmer neben der kleinen Tafel stand, die sie vom Speicher heruntergeholt hatte, kam er ihr nur wie ein ganz gewöhnlicher Mann vor. Hilma fand es unschön, daß er immer wieder den Handballen benutzte, um seine Skizzen wegzuwischen, so daß auf der Tafel feuchte Schmierflecken zurückblieben und das Schemabild, das er gerade zeichnete, wegen der verwischten Linien des vorigen Diagramms kaum zu erkennen war. Lewis war offenbar auch nervös und niedergeschlagen. Er sah immer wieder verstohlen hinaus in den Garten, als erwarte er, Ethel in ihrem geblümten Kleidchen aus dem Engelstrompetenbeet heraustreten zu sehen. Aber keiner hätte es bei dieser Hitze im Freien aushalten können. In dem weißen Nachtblüherbeet waren die Blüten der vergangenen Nacht welk und schlaff. Die Köpfe des Virginischen Tabaks hingen in glitschigen Klumpen am Stengel herab, und die Blütenblätter der Engelstrompete hatten, gebeutelt und malträtiert von den Flügeln der Kolobri-Motte, Spannkraft und Form verloren.

Der alte Ventilator

Der Hund rollte sich auf die Seite und streckte sich aus, bis ein Ohr und eine schlaffe Lefze platt auf dem Boden klebten. »Paß auf, daß du dem Hund nicht den Stuhl aufs Ohr stellst«, sagte Ethel.

Aber da ertönte auch schon ein Jaulen und ein Schrei. Der Junge sprang auf, und der Stuhl fiel hintenüber zu Boden. Der Hund rappelte sich auf und drehte sich mit verlegenem, beschämtem Gesicht um sich selbst.

»Es tut mir leid, Bud, es tut mir so leid, das wollte ich nicht«, sagte Andy und drückte den alten Hund fest an sich.

»Mach dir um den alten Hund keine Sorgen«, sagte Eula. »Der sucht sich schon ein anderes kühles Plätzchen. Aus dem Weg, Andy und Bud, ich komm jetzt mit was Heißem rein.« Und der alte Hund spazierte quer durchs Zimmer, legte sich in die Türöffnung und sah mit müden, traurigen Augen zu Eula, Ethel, Tom und Toms Sohn Andy hinüber, der die ganze weite Reise von Kalifornien hierher gemacht hatte, um den Sommer mit seinem Daddy zu verbringen.

»Das ist vielleicht 'n jämmerlicher Hund«, sagte Tom.

»Das ist kein jämmerlicher Hund«, sagte Andy, »das ist ein lieber Hund« – und dann quer durchs Zimmer zu dem Hund – »nicht, Bud?« Der Hund klopfte zur Bekräftigung einmal mit dem Schwanz auf den Boden und kreuzte die Vorderpfoten.

»Also, wenn man lange genug mit einem Hund zusammen ist, liebt man ihn jedenfalls. Ganz gleich, ob er jämmerlich ist oder nicht.«

»Was du schon für 'n Geld für diesen jämmerlichen Hund

hingelegt hast«, sagte Tom, »für Tollwutspritzen, Herzwurmbehandlungen, Wurmkuren.«

»Er ist kein jämmerlicher Hund«, sagte Andy, und seine Stimme wurde schrill. »Er ist ein lieber Hund!«

»Ich möchte, daß Andy mit Jim Wade und mir zu einem Ventilatorausflug mitkommt«, sagte Ethel, »rauf in die Gegend von Abbeville. Jim braucht ein paar Ersatzteile – Flügel und einen Korb. Er will einen –«

» Ein gottesjämmerlicher Hund«, wiederholte Tom.

»Tom«, sagte Eula und hielt sich mit beiden Händen an der Tischkante fest.

»Du hättest ihn an dem Müllplatz lassen sollen, wo du ihn gefunden hast«, sagte Tom.

»Tom«, sagte Eula, aber es war zu spät. Andy sprang vom Tisch auf und lief aus dem Zimmer. Sie hörten, wie die Fliegentür zugeknallt wurde.

Tom stocherte unmutig in seinem Essen herum. »Daran ist seine Mutter schuld«, sagte er. »Das hat sie aus ihm gemacht. Und was soll ich dagegen tun? Ich verbringe, wenn's hochkommt, drei Monate im Jahr mit ihm!«

»Er ist doch bloß 'n kleiner Junge, Tom«, sagte Eula.

Aber Tom spießte eine Kartoffel auf die Gabel und gestikulierte damit herum. »Ich schick ihr das ganze Geld«, sagte er, »und das kommt bei ihrer Erziehung raus. Er will nich mit auf die Jagd, weil er kein Blut sehen kann, er will nich mit zum Angeln, weil er nichts Glitschiges anfassen kann, er kann nich mit in den Wald, weil er gegen den Giftsumach allergisch ist. Deshalb wird er den ganzen Sommer über nur in diesem Haus voller Frauen und jämmerlicher Hunde rumhängen, sich von mir beköstigen lassen und mit Moos und Buttermilch Blumenpötte anmalen. Himmel, Arsch und Wolkenbruch, gegen den Giftsumach sind alle Leute allergisch!«

»Du erschreckst uns mit deiner Kartoffel zu Tode«, sagte

Ethel. »Iß sie auf oder leg sie auf den Teller. Andy und ich fahren dieses Wochenende mit Jim Wade rauf nach Abbeville. Jim ist hinter elektrischen Ventilatoren her.«

»Weiber, Hunde und Verrückte«, knurrte Tom.

STELLEN SIE IHRE EIGENEN BEMOOSTEN BLUMENTÖPFE HER! hieß es in der Anleitung. ES SIND TOLLE GESCHENKE FÜR IHRE GÄRTNERNDEN FREUNDE!

»Aber ich hab gar keine gärtnernden Freunde«, sagte Andy und starrte in den Brei aus Moos und Buttermilch in dem Eimer. »Puuh.« Das Gebräu hatte zwei Tage lang in der Sonne gegoren.

»Wenn du mit diesen bemoosten Blumentöpfen nach Kalifornien zurückkommst, werden die gärtnernden Freunde in Scharen gelaufen kommen. Sie werden an den Straßen Spalier stehen. Sie werden nachts aus den Mauerritzen kriechen. Schmier's nur schön dick drauf, kleiner Mann. Uuuh, so einem Gestank kann doch keiner widerstehen!«

Andy saß, die Ellbogen auf den Knien, auf der Treppe, und der Moos- und Buttermilchbrei tropfte vom Pinsel auf die Stufen. »Alle Leute, die ich lieb hab, sind geschieden«, sagte er. »Du und Roger, Mama und Daddy.«

»Deine Großmutter ist nicht geschieden«, erwiderte Ethel. »Und deine Großtante Louise ist nicht geschieden.«

»Großvater ist vom Traktor überfahren worden. Und Louise ist verrückt, das ist noch schlimmer.«

»Du mußt den Blick auf die positiven Dinge richten«, sagte Eula. »Das mach ich auch immer.« Und sie stellte die Schüssel Gurken auf ihrem Schoß ab und rezitierte:

Die Blumen schlafen im finsteren Grab,
Bevor sie knospen und blühen.
Vom Himmel lacht wieder die Sonne herab
Nach des Winters Stürmen und Mühen.

»Aber machmal kann man weit und breit nichts Positives sehen, was, kleiner Mann?« sagte Ethel und wischte grünlichen Buttermilchschleim von den Treppenstufen. »Alle deine Verwandten sind geschieden, tot oder verrückt. Du stellst deinem Hund den Stuhl aufs Ohr, deine Mama ist tausend Meilen weit weg, und dein Daddy ist fies und gemein. Was ist daran positiv, Tante Eula?«

»Das Ohr von dem Hund hat überhaupt nichts abgekriegt«, sagte Eula. »Dem Ohr von dem Hund geht's prima. Kannst du nicht zum Essen bleiben, Ethel? Es gibt Bohnen, Mais, Tomaten, ein Stückchen Schinken und hier diese Essiggurken. Du könntest uns ein bißchen aufheitern.«

»Bitte, Ethel«, sagte Andy.

»Ich kann leider nicht, kleiner Mann«, sagte Ethel.

»Schade, daß Ethel nicht zum Essen bleiben konnte«, sagte Eula. »Ich finde, die Gurkenhappen sind diesmal besonders gut gelungen. Richtig schön krachig, das machen die Limetten.«

»Ethel!« sagte Tom. »Es gibt doch nur einen Grund, warum sie nicht zum Essen bleiben konnte. Wer ist es denn dieses Mal – der Spechtexperte, der Liedermacher aus Nashville oder der beknackte Ventilatorfreak Jim Wade? Ihr ist doch jeder recht. Hauptsache, er hat Hosen an und noch Feuer im Hintern.«

»Hör auf damit, Tom«, sagte Eula.

»Ich kapier's nicht«, sagte Tom. »Sie hat doch 'n guten Mann gehabt, sie hat Roger gehabt, verdammt noch mal, ein Gottesgeschenk für 'ne Frau! Ich kapier's einfach nicht.«

»Tom«, sagte Eula.

»Sie ist schlicht und einfach ein Luder«, sagte Tom.

»Ist sie nicht!« rief Andy und sprang auf. »Nein, das ist sie nicht!« Und sie hörten, wie die Fliegentür zugeknallt wurde.

»Du lieber Himmel!« sagte Tom. »Der Hund ist nicht jämmerlich, Ethel ist kein Luder, und wahrscheinlich geht die Sonne auch nicht im Osten auf, und ich hab mich mein Leben lang geirrt. Du lieber Himmel! Ich hab doch bloß die Wahrheit gesagt!«

»Manchmal ist es eben einfach nicht nötig, daß man die Wahrheit sagt«, erklärte Eula. »Manchmal sollte man einfach die Finger von der Wahrheit lassen.«

Aber Tom stieß seinen Stuhl zurück, die Fliegentür wurde wieder zugeknallt, und draußen im Hof heulte der Motor des Pritschenwagens auf.

Sogar so spät am Abend war es noch heiß. Andy saß im Dunkeln auf der Treppe und stocherte mit einem Stock an den schmierigen Töpfen herum. Die Buttermilch sollte bewirken, daß das Moos besser wuchs, das die Töpfe dann schließlich mit einem üppigen grünen Flausch überzog. Doch inzwischen war da nur schwarzer Schleim, der jetzt anfing zu schimmeln. Die ganze Veranda roch nach vergammelter Buttermilch.

»Es liegt an der Hitze, daß er sich so aufführt, mein Kleiner«, sagte Eula. »Den lieben langen Tag draußen im Wald bei der Knallhitze, da kochen all seine schlechten Gedanken hoch. Die Hitze macht Menschen gemein. Fahr morgen weg mit Ethel und Jim Wade, vielleicht gibt's inzwischen hier mal 'n Regenguß, und der kühlt uns ab, und wenn du zurückkommst, ist alles anders. Du wirst schon sehn, jede dunkle Nacht hat 'n helles Ende«, schloß sie aufmunternd.

Aber später, als sie in der Küche das Geschirr abwusch, sah Eula enttäuscht, daß auf jedem Teller ein Häufchen Gurkenhappen liegengeblieben war.

»Ihr werdet's vielleicht nicht glauben«, sagte Jim Wade, »aber alte Ventilatoren kriegt man am besten im Sommer.« Er fuhr seinen großen roten Transporter, mit ernster Miene über das Lenkrad gekrümmt. »Die Leute verzweifeln bei dieser Hitze. Sie glauben, daß sie mit dem neuesten Ventilator vom Wal-Mart besser bedient sind, ein mißgelaunter Enkel setzt seiner Oma ein Fensterklimagerät ein, und schöne alte Ventilatoren landen beim Trödler oder auf dem Flohmarkt.«

Ethel saß vorne auf der Sitzbank und las die Karte. Andy saß hinten im Laderaum inmitten von Ventilatoren und Ventilator-Einzelteilen: einem Haufen Sicherheitskörben, einem Stufensockel, einem Bündel von rostigen Stangen, einem Gilbert Polar Cub ohne Motor und einem 12-Zoll-General-Electric mit Stahlflügeln. Es war heiß und trocken. Das Gras entlang der Straße war infolge des Wassermangels verdorrt und silbrig, während in den Feldern die Rohrleitungen der Bewässerungsanlage in majestätischem Zug endlose Mais- und Erdnußpflanzungen durchquerten und Wasserfontänen in die Luft schossen.

»So bin ich an meinen Cool Spot gekommen. Mr. Martin hat einer alten Dame drüben in Colquitt County eine Klimaanlage ins Fenster eingesetzt, und am nächsten Tag stand der Ventilator auf dem Flohmarkt in der Farr Road. Im August hat die alte Dame dann der Schlag getroffen, als sie unmittelbar vor dem Tausend-Watt-Klimagerät saß. Sie würde heute noch leben, wenn sie den Cool Spot behalten hätte – der kühlt nicht so aggressiv.«

»Die Hitze macht Menschen gemein«, sagte Andy.

»Die Hitze kann Menschen umbringen«, sagte Jim Wade. »Du würdest staunen, wenn ich dir erzählen würde, an wie viele Ventilatoren ich durch Todesfälle gekommen bin.«

»Nö, würden wir nicht«, sagte Ethel, »was, kleiner Mann? Es gibt nichts, was den kleinen Mann hier und mich überraschen könnte.«

Das erste, was ihnen an dem Country Kitchen Restaurant und Motel auffiel, waren die Schweine. Dutzende von ausgesägten Holzschweinchen mit aufgemalten Kleidern – langen Hosen, karierten Hemden, Latzhosen und Rüschenröcken. Jedes war an einen in den trockenen, harten Boden gerammten Stock genagelt, so daß es so aussah, als schwebten sie in der flimmernden Hitze, die zierlichen kleinen Füßchen knapp über dem dürren Gras. Drinnen im Restaurant standen noch mehr Schweine auf den Regalen – bemalte Keramikschweine, winzige Schweine aus Pekannüssen und Gläser mit »eingelegten« Schweinchen aus ausgestopften Nylonstrumpfhosen. An den Wänden hing ein Sammelsurium von alten Werkzeugen und Gerätschaften – eine Zimmermannssäge, ein Schneebesen, ein Beil, ein Bügeleisen, zwei Butterstampfer, eine Krimpzange, ein Sieb, ein Milchkrug und ein paar Fuchsschwänze mit barocken Handgriffen. Die Kellnerin stellte eine Schale eingelegte Gurken auf den Tisch. »Mit oder ohne Zucker?« fragte sie.

»Guck mal, Jim Wade«, sagte Andy, »da ist 'n Ventilator.« Er stand auf einem Bord über der Küchentür zwischen einem Butterfaß und einer Kerosinlampe – ein 12-Zoll-General-Electric-Tischventilator mit vier Messingflügeln und Messing-Schutzkorb. Im ersten Moment sah Jim Wade zu dem Ventilator hin, ohne sich zu rühren. Dann legte er die Hände auf die Knie und stieß hörbar die Luft aus. Er stand auf, ging zu der Tür hinüber und sah mit auf dem Rücken verschränkten Händen zu dem Ventilator hinauf. Die Kellnerin stellte drei Gläser Eistee auf den Tisch, zückte ihren Bestellblock und leckte am Bleistift. Dann warf sie seufzend einen Blick auf Jim Wade. »Will der nix essen?« fragte sie.

Bemüht lässig schlenderte Jim Wade an den Tisch zurück. Er nahm behutsam auf seinem Stuhl Platz und lehnte sich zurück. Er nahm die Speisekarte in die Hand und warf sie achtlos wieder hin. Seine Finger zitterten. Die Kellnerin beäugte ihn argwöhnisch, trat einen Schritt zurück und fragte: »Was möchten Sie zu essen?«

Jim Wade streckte die Beine aus und gab einen langen Schnaufer von sich. »Was soll 'n der Ventilator kosten?« fragte er.

»Oh«, sagte die Kellnerin erleichtert. »Das Zeug da kann man nicht kaufen. Das ist die Dekoration.«

»Die Dekoration?« sagte Jim Wade und stemmte sich mit beiden Händen von seinem Stuhl hoch. Die Schale mit den sauren Gurken rutschte an den Tischrand. »Die Dekoration? Liebe Frau, das ist ein General Electric 940566 mit verblendetem Motor von 1914!«

Die Kellnerin schob sich den Bleistift hinters Ohr und klatschte mit dem Bestellblock auf die Handfläche. »Meckern Sie mich nicht an, Mister«, sagte sie. »Wenn Sie ein Problem mit der Dekoration haben, sprechen Sie mit Mr. Loomis draußen am Grill.«

»Nein, Sir, das Zeug kann man nicht kaufen«, sagte Mr. Loomis. Rauchende Flammen schossen auf, wo Mr. Loomis mit einem Mop das Fett von den Fleischstücken wischte. »Das ist die Atmosphäre, der rustikale Charme.«

»Der rustikale Charme«, jammerte Jim Wade und stolperte zwischen dem Feuerholz herum. »Die Atmosphäre!« Er hob ein Stück Hickoryholz auf und warf es wieder hin. »General Electric hat dieses verblendete Oszillierwerk nur in einem einzigen Jahr hergestellt, Mann – nämlich 1914!« Eine massige rote Bulldogge kauerte unter einem Pritschenwagen und sah mit verstohlenen Blicken aufmerksam zu, wie Mr. Loomis eine Schweineschulter aus der Styroporverpackung zog und auf den Rost warf.

»Jim Wade«, sagte Ethel.

Mit leichter Hand und geübtem Schwung warf Mr. Loomis noch ein Holzscheit ins Feuer. Mit einem Schürhaken stocherte er nach, bis das Holz fest zwischen den Kohlen eingebettet war.

»Den Ventilator kann man nich kaufen«, sagte er

»Wie wär's dann mit einem Deal?« fragte Jim Wade. »Der Zufall will es, daß ich gerade einen Ventilator dabei habe, einen 12-Zoll-General-Electric von 1922, mit Stahlflügeln, für ein ungeübtes Auge von einem 940566 nicht zu unterscheiden – schwupp, der eine raus, schwupp, der andere rein. Ihre Gäste merken das nie.«

Mr. Loomis' Augen waren gerötet vom Rauch. Dunkle Flecken auf seinem blauen T-Shirt zeigten an, wo ihm das Hemd schweißnaß am Rücken klebte. An seinen Unterarmen waren schwarze Streifen, und sein Gesicht glänzte von Ruß und Schweiß.

»Jim Wade«, sagte Andy.

»Ich zahl die Differenz!« sagte Jim Wade

Mr. Loomis richtete sich langsam auf, wandte sich zu Jim Wade und wiegte den Schürhaken spielerisch in der Hand. Er trat ein Stückchen weg von dem Grill.

»Mister«, sagte er, und genau in dem Moment kam der Hund auf kleinen Füßen geduckt unter dem Pritschenwagen hervorgeschossen und schnappte nach einem Rippenstück. Ohne sich umzusehen, hob Mr. Loomis ein Holzscheit auf und schleuderte es mit einer knappen, präzisen Bewegung aus dem Handgelenk. Er traf den Hund mit voller Wucht am Kopf und streckte ihn zu Boden. Der Hund lag, ohne einen Laut von sich zu geben, zwischen dem Feuerholz auf der Seite und zappelte mit den Beinen.

»Den Ventilator kann man nich kaufen«, sagte Mr. Loomis.

Am Tisch saß Jim Wade mit dem Rücken zum Ventilator stocksteif da, kaute Zahnstocher mit Zimtgeschmack und starrte auf die Laubsägeschweine im Sonnenuntergang. Ethel aß ein Gürkchen, aber keiner von ihnen rührte die Rippchen und den Kohlsalat an. Die verdrossene Kellnerin funkelte sie, eine Zigarette im Mundwinkel, vom Personaltisch her an. Andy starrte unverwandt zu den Schweinen an den Toilettentüren hinüber. Das eine Schwein hatte lange Wimpern und trug ein rosa getupftes Kleid; auf der anderen Tür hielt ein ernst dreinblickendes Schwein in einer blauen Latzhose eine Mistgabel in der Pfote.

»Die Hitze macht Menschen gemein«, sagte Andy.

Das Fenster war höher oben, als er erwartet hatte. Als er es in der Toilette von innen entriegelt hatte, war ihm das Fensterbrett nur bis zur Taille gegangen, aber hier draußen, vom Boden aus, war das Fenster noch ein Stück weit über seinem Kopf. Um es zu erreichen, mußte er sich aus Laubsägeschweinen einen wackeligen Turm bauen, und in der engen Öffnung schürfte er sich Knie und Ellbogen auf. Drinnen war es dunkel. Die Klimaanlage war ausgeschaltet, und ein Mief aus kaltem Zigarettenrauch, Essiggeruch, Airfresh und geräuchertem Fleisch hing in der Luft. Zwei Sätze gingen ihm unaufhörlich im Kopf herum, und er murmelte sie gebetsmühlenartig vor sich hin – »Ventilatoren, an die man durch Todesfälle kommt« und »Den Ventilator kann man nich kaufen«.

Am nächsten Morgen fiel feiner Nieselregen. Es war fast kalt. Ethel stand am Motelzimmerfenster und blickte hinaus auf die Schar Laubsägeschweine, die mit ihren munteren aufgemalten Gesichtern und den albernen Kleidern im Regen über dem aufgeweichten Boden schwebten. »Es macht mir nicht das geringste aus, wenn ich nie wieder in meinem Leben ein Laubsägeschwein zu sehen kriege«, sagte sie. Andy stand auf dem Gehweg und sah zu, wie die Gäste mit Regenmantel und Schirm in das Country Kitchen Restaurant hinein und heraus eilten. Und Jim Wade stand im Regen an der hinteren Tür des Transporters, hielt sich mit beiden Händen am Autodach fest und starrte auf die Messingflügel des General Electric 940566.

Keinem von ihnen stand der Sinn nach einem Frühstück im Country Kitchen Restaurant, und so kamen sie schon vor dem Mittagessen nach Hause. »Es gibt Bohnen, Tomatensalat und saures Gemüse«, zählte Eula auf, aber Jim Wade sagte, er wolle vielleicht doch lieber nicht zum Essen bleiben. Andy setzte sich auf den Boden, zog soviel Hund, wie dort Platz hatte, auf seinen Schoß und knuddelte und knuddelte ihn und sang dabei »Lieber Hund, lieber Hund«, vor sich hin, während Ethel die Geschichte von dem Mann, seinem Grill, seiner Bulldogge und seinem GE Ventilator von 1914 mit dem ausgefallenen Oszillator erzählte.

»Ich kann mir vorstellen, es hat Jim Wade fast zerrissen«, sagte Tom, »daß er den Ventilator nicht kriegen konnte. Kein Wunder, daß er nicht darüber reden wollte.«

»Lieber Hund«, sagte Andy. »Lieber Hund.«

»Der Ventilator steht bloß zum Begaffen oben auf'm Bord und nützt niemand nix«, sagte Tom. »Ich kann euch sagen, ich an seiner Stelle, ich hätt' ihn geklaut.«

Dann rief Ethel von der Veranda her: »Das Moos an den Töpfen wächst«, und tatsächlich, außen an den schimmeligen Töpfen konnte man ein feines Geflecht von Grün erkennen, das den schwarzen Schleim durchzog.

Vogelbeobachtungen

»Orangesänger«, sagte Roger, der durch seinen Feldstecher spähte.

»Eha«, sagte sie. Der Laut bedeutete bei ihr soviel wie Unschlüssigkeit oder höflichen Widerspruch. Innerhalb der drei Stunden, die sie jetzt auf dieser Vogelbeobachtungsexkursion zusammen waren, gab sie den Laut jetzt zum zweiten Mal von sich. Roger verspürte ein leichtes Unbehagen. Er gab ihr den Feldstecher.

»Grasmücke«, sagte sie. Eigentlich waren ja Sumpfvögel ihre Spezialität, aber ihr künstlerisches Ethos verbot es ihr, über einen falsch identifizierten Waldsänger hinwegzusehen. Sie wußte nicht, daß Roger in sie verliebt war, daß er ganz hin und weg von ihr war, seit sie den Hamilton-Beach-Elektromixer am Müllabladeplatz gelassen hatte. Sie wußte auch nicht, daß er Stunden damit zugebracht hatte, ihre Aquarelle in der Galerie in der Stadt zu studieren und das Spiel des Sonnenlichts auf dem schwarzen Wasser zu bewundern, die glänzenden Seerosenblätter und die Vögel, die, zwischen Schilf und Wassergräsern fast verborgen, nur andeutungsweise zu sehen waren. Sie wußte nicht, wie sehr er die knappen, unverschnörkelten Titel bewunderte, mit denen sie ihre Bilder versah – »Das Bläßhuhn beim Nestbau«, »Das gemeine Teichhuhn«, »Lappentaucher mit Jungen«. Sie wußte nicht, daß er ihr seit ihrer ersten zufälligen Begegnung am Müllcontainer in unanstößiger Form nachgestellt hatte und sich dabei Schritt für Schritt vorgearbeitet hatte, von jenem verblüffenden »Einen schönen Tag noch« bis zu der heutigen Vogelbeobachtungsexkursion in das Wildtierreservat auf einer Schelfinsel nicht weit vor der Küste. Sie wußte nicht, daß ihm ganz flau wurde, wenn er nur Petersons Beschreibung ihrer Vögel, aus der Familie der Rallidae, las: »... in der Gestalt dem Huhn ähnelnde Sumpfvögel mit einer zurückgezogenen Lebensweise und eigenartigen Stimmen.«

Deshalb war es Roger nicht leichtgefallen, als er da an jenem Sommertag vor einer Woche auf dem Müllplatz stand, während sich über einer Pfütze von zäher Tropfflüssigkeit aus dem Müllcontainer ein Schwarm Gelblinge versammelte und vor seinem Schuh eine alte Tamponeinführhilfe lag –, es war Roger nicht leichtgefallen, Luft zu holen und zu sagen: »Haben Sie schon mal die Sumpfvögel in dem kleinen Moorgebiet draußen auf Cathead Island gesehen? Durch meine Arbeit mit Pflanzen habe ich eine Genehmigung und könnte Sie dorthin mitnehmen.«

Und doch, wie einfach war es für sie gewesen, ihren Müllbeutel über den Rand des Müllcontainers zu befördern und sich zu ihm umzudrehen, während der Schwarm Gelblinge sich hob und sie wie eine flatternde gelbe Säule umgab, wie unendlich einfach war es für sie gewesen, die Hände mit den geöffneten Handflächen in den Schmetterlingsschwarm zu strecken und lächelnd zu sagen: »Sehen wir dort vielleicht auch Rallen?«

Auf der Fähre nach Cathead Island hatten sie nebeneinander gesessen zwischen Leinentaschen und Kühlboxen und hatten einer lebhaften Quasselstrippe zugehört, die mit schwungvollen Gesten von einer Studie erzählte, die sie über den Lebenszyklus der Auster durchführte. Roger konnte seinen Blick nicht von ihrer ausgedörrt wirkenden, ziemlich grauen Zunge abwenden, die sich während der Sprechpausen unaufhörlich in dem Mund hin und her bewegte, als taste sie schon nach dem nächsten Satz. Della saß reglos da, die Hände auf dem Schoß ineinandergelegt. Von Zeit zu Zeit hob sie den Feldstecher an die Augen, verfolgte einen Augenblick den Gleitflug eines Vogels, ließ den Feldstecher dann sinken und legte die Hände wieder auf dem Schoß ineinander. Nichts als Möwen und Pelikane. Was habe ich bloß getan, dachte Roger, und dann beugte sie sich zu ihm und flüsterte: »Sieht aus wie die Zunge eines gelangweilten Papageis.« Roger hätte sie am liebsten an sich gedrückt, aber er konnte nur die Augen schließen und heftig nicken.

Seit jenem glanzvollen Augenblick hatte er aber dann einen Waldsänger falsch identifiziert, und bei ihrem dreistündigen Marsch auf schmalen Sandwegen durch Sumpfland und Buschwerk hatten sie nichts Aufregenderes gesehen als einen Eisvogel, einen Fischadler, einen Schlangenhalsvogel und ein paar Reiher. Sie fischte immer wieder etwas aus dem Sumpf und untersuchte eingehend irgendwelchen Tierkot.

»Das stammt von Ottern«, sagte sie und stocherte mit zwei Stöcken behutsam darin herum. Roger stand da, sah auf die Bucht hinaus und dachte an die Vögel, die sie, wenn es nach seinem Willen ginge, hier in diesem Sumpfland zu sehen bekommen würde: die großen grünen und hellroten Stelzvögel – ein Paar rosenfarbige Löffelreiher mit blutroten Spritzern auf dem Flügelansatz, amerikanische Flamingos, eine Schar purpurrote Ibisse, die durch einen Hurrikan aus ihrem Lebensraum nach Norden verschlagen wurden. Dann ein Schwarm kleiner juwelengleicher Vögel – Papstfinken, Goldhähnchen, blaue Kernbeißer und zinnoberrote Fliegenschnäpper. Sie legte die beiden Stöcke weg und stand auf.

»Sie haben Winkerkrabben gefressen«, sagte sie.

Am frühen Nachmittag machten sie am sumpfigen Rand eines Kiefernwäldchens auf einer Holzbrücke Rast. Aus den Bäumen war in den zwanziger Jahren Terpentinöl gewonnen worden, sie waren verkümmert, die Kronen struppig, und die alten winkelförmigen Narben machten fast den Eindruck, als ob sie Gesichter schneiden wollten. Die Sonnenhitze weckte den trockenen, scharfen Geruch eines Waldes, der ein schweres Leben hinter sich hat – austretender Kiefernsaft, verdorrende Flechten, trockener Sand. Aus dem Wald drang das rauhe Lachen eines Buntspechts zu ihnen, und vom Sumpf her war das heisere Krächzen der Reiher zu hören. Roger betrachtete Dellas Füße, die in den abgetragenen braunen Stiefeln über dem schwarzen Wasser des Little Tired Creek baumelten, und dachte an Petersons Abbildung eines Bläßhuhnfußes in der Ecke einer Buchseite, in einen zierlichen Kreis eingeschlossen, das Gelenk entspannt, die Zehen in elegantem Schwung. »Schwimmfuß des Bläßhuhns« lautete die Unterschrift.

Dann rief sie: »Die Füße!« und deutete ins Wasser. »Da ist ein Seidenreiher. Diese gelben Füße bereiten mir Alpträume«, setzte sie dringlich hinzu und gab Roger den Feldstecher. Tatsächlich, unten, am Ende der schwarzglänzenden Beine, waren ein Paar verblüffend gelber Füße.

»Die Füße vom Seidenreiher bereiten Ihnen Alpträume?« fragte Roger und ließ den Feldstecher sinken. In einem Anfall von Verliebtheit packte er das Picknick aus und verteilte es auf der Brücke. Hartgekochte Eier, Brot, Käse, saure Gürkchen, Würstchen in der Dose, grüne Peperoni, Äpfel und Avocados. »Was machen die Füße in Ihren Träumen?« fragte er. Er reichte ihr von dem Essen, und sie verzehrte es mit ernstem Gesicht, den Blick noch immer auf den Rand des Sumpfgebiets gerichtet.

»Normalerweise stehen sie einfach nur da«, sagte sie. »Aber manchmal hebt sich ein Fuß und setzt zu einem Schritt an. Das macht aus dem Traum einen Alptraum. Und dann zitierte sie: »Läuft beim Fressen geschäftig hin und her und scharrt nach Futter.« Sie sah Roger mit ihrem festen, ernsten Blick an. »Stellen Sie sich das mal vor, Roger.«

Für den Rest des Nachmittags konnte Roger nur noch daran denken, wie gern er diese eigenartige, hochsensible Frau vor jedem Kummer bewahrt, für ihre Sicherheit und ihr leibliches Wohl gesorgt und die scharrenden gelben Füße für immer aus ihren Träumen vertrieben hätte. Die Sonne versank hinter den Baumwipfeln, als sie durch das Wäldchen zur Anlegestelle der Fähre zurückgingen. Sie redeten nicht, aber von Zeit zu Zeit hob sie, ohne stehenzubleiben, den Feldstecher an die Augen und flüsterte in einem Atemzug: »Bläßhuhn, Lappentaucher, Schnepfen – Seiden- eeh, nein –« und hielt inne. »Ha! Unreifer, kleiner Blaureiher.« In der Ferne, jenseits des letzten Sumpflandstreifens, sah Roger die Anlegestelle der Fähre. Die Farbe des Wassers hatte von einem Bläulichgrün und Indigoblau am Mittag zu einem schmutzigen Dunkelgrau gewechselt. »Nur noch einen letzten Blick«, sagte sie, verließ den schmalen Sandweg und ging mit vorsichtigen Schritten den engen Fußsteig entlang, der durch das Sumpfgras führte. Am Rand eines schmalen Meerarms kauerte sie sich hin und hob den Feldstecher, die Arme auf die Knie gestützt, an die Augen. Jenseits des Wassers raschelte etwas Kleines, Dunkles im Gras und war verschwunden.

Della richtete sich müde auf, wie ein alter Boxer nach einem großen Kampf seine Glieder dehnen und strecken mochte. Sie streckte, die Hände auf den Knien, ihre Beine, dann den Rücken und schließlich die Schultern. Dann drehte sie sich um und balancierte auf demselben Weg zurück, den sie gekommen war. »Puuh!« sagte sie lächelnd. Sie stand vor Roger, legte ihm mit ausgestrecktem Arm die gespreizten Finger einer Hand auf die Brust und sah ihn an. »Eine schwarze Ralle«, sagte sie. »Nummer 397.«

Die Rückfahrt zum Festland verlief ruhig und friedlich. Die Frau mit der Papageienzunge war still, müde von den Studien über das Leben der Austern, die sie den ganzen Tag getrieben hatte, und auf Dellas Gesicht lag der glückselige Ausdruck einer tief befriedigten Vogelbeobachterin. Der Schiffskapitän schaltete den Autopiloten ein und setzte sich mit seinem Buch auf einen Klappsitz. Der Schiffsmotor tuckerte.

Della wendete sich zu Roger. »Ich hab meine Freude an Hühnern«, sagte sie.

Roger war nicht überrascht. Sie lächelte nicht, und er erwartete es auch nicht. Sie war eine ernsthafte Frau, deren Herz an Vögeln hing.

»Aber nicht an Weißen Leghorns«, erklärte sie.

»Nein«, sagte Roger langsam. »Bestimmt nicht an Weissen Leghorns.« Er kniff nachdenklich die Augen zusammen. »An goldenen Sebrights, würde ich sagen.«

»Ja«, stimmte sie zu und nickte heftig mit dem Kopf. »Und an silbernen Wyandottes.«

»An gelbbraunen Orpingtons«, sagte Roger.

»An Dominickers«, rief sie und begann zu lächeln.

»An orangefarbenen Holses«, sagte Roger, »an Lackenvelders und lachsfarbenen Favorelles.«

Dann lachte sie laut auf und drückte ihn mit beiden Armen fest an sich. Sie roch nach Kiefern, Flechten und heißem Sand. Wie komisch, dachte Roger, daß es am Ende das war, dessen es bedurfte – nicht einer Schar Goldhähnchen oder purpurroter Ibisse, sondern einfach nur einiger Hühnernamen, die in der Luft schwebten wie die Gelblinge am Müllplatz.

Vier Hühner

»Und das Flugzeug ging auf dem Rollfeld in Flammen auf«, murmelte Della vor sich hin. Sie sagte sich das immer beim Start und bei der Landung vor, den gefährlichsten Phasen bei einem Flug, wie sie gelesen hatte. Sie zitierte manchmal auch nur Teile des Satzes: »... in Flammen ...« oder sogar nur »Und das Flugzeug ...« Aber diesmal war ihr nach dem ganzen Satz zumute, und sie wiederholte ihn sogar noch ein zweites Mal laut und sah dabei ihrem Sitznachbarn direkt in die Augen.

»Und das Flugzeug ging auf der Rollbahn in Flammen auf.«

Aber er wendete sich von ihr ab und stopfte seine Zeitung in die Tasche am Vordersitz. Dann gab es einen leichten Rums, eine freundliche Stimme machte sie darauf aufmerksam, daß das Handgepäck während des Flugs verrutscht sein könnte, und plötzlich waren alle auf den Beinen, sammelten ihre Sachen zusammen und wirbelten die Geruchswolke eines Haufens nervöser Menschen auf.

Della hatte den ganzen Tag auf Flughäfen und in Flugzeugen verbracht, auf dem Weg nach Norden zu der renommierten Ausstellung »Vögel in der bildenden Kunst« in Wausau, Wisconsin, wo man ein Bild von ihr angenommen hatte. Ja, an diesem frühen Herbsttag schwirrte es in der Luft von Vogelmalern: Aus Schweden flog Meister-Tiermaler Lars Jonsson mit einer geheimnisvollen und phantastischen Eislandschaft ein, auf der im Vordergrund sechs Königseiderenten zu sehen waren; aus Belgien flog Carl Brenders ein mit einem überrealistischen Gouache-

und Wasserfarbenbild von einem seitlich rotbraun gefärbten Erdfinken, der sich im Rückspiegel einer Harley Davidson spiegelte, und aus Connecticut Roger Tory Peterson mit einer Bildtafel, die als Illustration für ein Bestimmungsbuch gedacht war und auf der eine ganze Anzahl Tyrannen in Seitenansicht pflichtbewußt ihre Unterscheidungsmerkmale sehen ließen. Da waren die akademischen Naturalisten alter Schule mit ihren Vogelporträts à la Audubon und die hitzigen Protestkünstler mit ihren Bildern von toten Vögeln und menschlichen Exkrementen. Da waren Maler mit winzigen, akribisch genauen Aquarellen von Singvögeln und Bildhauer mit lebensgroßen Plastiken von herabstoßenden Fischadlern und flügelspreizenden Raubvögeln.

Aber selbst bei all dieser Vielfalt fühlte Della sich unbehaglich, sie hatte auf ihrem Weg durch den Flughafen das Gefühl, daß sie von einem ständigen Gezischel verfolgt wurde, und aus jedem Satz schoß ein bestimmtes Wort hervor.

Am Gate B-22: *»Hühner!«*

Auf dem Laufband: »Sie hat *Hühner* gemalt.«

An der Gepäckausgabe: *»Man stelle sich das vor! Hühner!«*

»Was, Sie haben ein Bild von Hühnern für die Ausstellung ›Vögel in der bildenden Kunst‹ eingereicht?« hatte Lou, der Galeriebesitzer zu Hause gefragt, war einen Schritt zurückgetreten und hatte sich das Bild angesehen.

»Das sind Dominiques«, sagte Della. »Eine alte Nutzrasse.«

»Sie haben für die weltweit bedeutendste Ausstellung von Tierdarstellungen ein Hühnerbild eingereicht?«

»Sie gelten beim amerikanischen Artenschutzbund als eine vom Aussterben bedrohte Rasse.«

»Vom Aussterben bedrohte Hühner!« sagte Lou, blätterte in dem Ausstellungskatalog von ›Vögel in der bildenden Kunst‹ und hielt gezielt inne bei John Felsings Ölgemälde mit rosenfarbigen Löffelreihern vor einem Sonnenuntergang im Süden Floridas und bei Guy Coheleachs Afrikanischem Fischadler im Flug vor den Viktoriafällen, die abschwingenden Flügel in dramatischer Position.

»Hühner!« Lou trat zurück und machte eine verächtliche Geste, Handflächen nach oben, den beiden Dominiques entgegen, die im Dreck scharrten. »Della! Landsdowne kommt dahin! Robert Bateman kommt dahin! Hartsfield! Sogar Hartsfield könnte das zu Gesicht bekommen!«

Aber es war zu spät; eine Woche darauf war ein Brief in der Post:

Liebe Miss Robinson,
wir freuen uns, Ihnen mitteilen zu können ...

»Ich denke an Ihren Ruf als ernstzunehmende Tiermalerin, Della«, sagte Lou. Sie aßen zusammen zu Mittag, »zur Feier des Tages«, hatte Della gesagt.

»Hühner.« Lou begann sein Brötchen in mundgerechte Bissen zu zerreißen und mit heftigen Bewegungen Butter darauf zu streichen. »Sie nennen Ihr Bild ›Hühner‹, aber was wollen Sie dem Betrachter mit diesem Bild eigentlich sagen, Della? Geht es um Eingesperrtsein? Die Herrschaft des Menschen über das Vogelreich? Oder ist es einfach nur eine Studie des Lichts, was *schön* wäre.« Er legte das Messer und das letzte Stückchen von dem Brötchen hin, kreuzte die Arme auf dem Rand der Tischplatte und beugte sich mit ernster Miene über den Teller hinweg zu ihr. »Aber in der sich wandelnden Welt der Tiermalerei muß man den Mut haben, zu seinen Überzeugungen zu stehen. Man muß Überzeugungen haben, Della ... Haben Sie die?«

Er biß in sein Brötchen, als ob er es guillotinierte. Es war fast ein Zuschnappen.

»Es ist doch nur ein Bild von Hühnern, Lou«, sagte Della tapfer.

Und als »Hühner« war das Bild in eine Kiste verpackt und nach Wisconsin verschifft worden, wo es sorgsam an eine weiße Wand in eine ausgewogene Beleuchtung gehängt wurde. »Hühner« stand in deutlichen Druckbuchstaben auf einer cremefarbenen Karte in einer Plastikhülle unter dem Bild.

»Hühner«!« schnaubte eine Frau in einem Zobelmantel verächtlich, als sie den Titel las, und beugte sich vor, um das Bild genauer in Augenschein zu nehmen. »Ich weiß wirklich nicht, wo es mit der Tiermalerei noch hingeht«, sagte sie zu ihrem Begleiter, einem großen, faden Mann mit Halstuch und randloser Brille, und gemeinsam schoben sie sich weiter.

Nach der Eröffnung vor geladenen Gästen am Freitagabend hatte man Della bei einem Fest, das die Sponsoren des Museums anläßlich der Ausstellung veranstalteten, neben Bruce Coulton gesetzt, einen Maler, der sich vorwiegend Eroberungskriege und Beispiele sexueller Freizügigkeit in Äquatorialafrika als Bildthemen wählte. Er hatte gerade das Rauchen aufgegeben, und der Jetlag wie das Verlangen nach Nikotin machten ihn zu einer anstrengenden Gesellschaft.

»Mr. Coulton hat sich von seinem Regenwald losgerissen, um uns hier mit seinen herrlichen Flamingos zu beehren«, verkündete die Gastgeberin, die dem Museum gerade eine Sammlung viktorianischer Kristallvogelnester zum Geschenk gemacht hatte. »Wir wissen es wirklich zu schätzen, Mr. Coulton, daß Sie Ihr aufregendes Leben und vor allem Ihre *Arbeit* für uns unterbrochen haben, die Sie so sehr in Anspruch nehmen muß. Und Sie« – sie lugte um die Lilien herum, um Dellas Namensschild sehen zu können –, »und von Ihnen haben wir ...«

»Hühner«, sagte Della.

»O ja, die Hühner«, rief die Gastgeberin und warf die Hände hoch. »Ich liebe Ihre wundervollen Hühner!« Sie legte eine Hand auf Bruce Coultons Arm und flüsterte: »Wir müssen wahrscheinlich das malen, was wir kennen, und das Beste daraus machen, nicht wahr, Mr. Coulton?«

Bruce Coulton fuhr auf seinem Stuhl zusammen und atmete durch die geschlossenen Zähne ein. Aber in diesem restaurierten georgianischen Herrenhaus war Rauchen nicht erlaubt, und als Della nach Dessert und Kaffee hinausging, um frische Luft zu schöpfen, entdeckte sie ihn, wie er mitten in einem kleinen Skulpturengarten stand und sich mit zitternden Fingern eine Zigarette ansteckte. Er atmete den Rauch mit geschlossenen Augen tief ein und hielt die Zigarette in der hohlen Hand verborgen, als rechne er damit, daß man sie ihm jeden Moment entreißen würde. Die Kälte, die Dunkelheit, die glimmende Zigarette und die spukhaften modernen Skulpturen wie gefoltert aussehender Tiere auf ihren weißen Kiesbetten verliehen der Situation etwas beinah sinister Theatralisches, und als Bruce Coulton barsch hervorstieß: »Ist Hartsfield da?«, fuhr Della zusammen.

»Er kommt immer am zweiten Tag, zur offiziellen Eröffnung«, sagte sie.

»Der große Auftritt«, sagte er, kniff die Augen zusammen und zog an der Zigarette. »Er schießt auf uns alle herunter in seinem grauen Umhang.«

»Es wäre sicher ein großer Auftritt, wenn er käme«, sagte Della.

Hartsfield hatte seit dem Wintertag vor zehn Jahren nicht mehr gemalt, als er beim Beobachten eines Papageientauchers vor der Küste von Maine aus dem kleinen Boot ins

Wasser gefallen war. Er ließ sich aber jedes Jahr auf der Ausstellung ›Vögel in der bildenden Kunst‹ blicken und bewegte sich am Arm seines Begleiters schweigend durch den Besucherstrom, wobei ihm der Kaschmirumhang immer wieder von den mageren Schultern rutschte. Die Menschenmenge teilte sich, wenn er näherkam, um dem grossen Mann Platz zu machen, und der Museumsdirektor brachte ihn mit einem sanften Ruck vor den einzelnen Bildern zum Stehen und flüsterte ihm den Namen des Künstlers und den Titel des Werks zu. Hartsfield gab keinen Kommentar zu den Bildern ab, aber manchmal beugte er sich vor, um irgendein Detail eines Bildes genauer in Augenschein zu nehmen, und sagte »Hmmm«, bevor er weiterging.

»Ich weiß nicht, warum er sich die Mühe macht, überhaupt noch zu kommen«, sagte Bruce Coulton und drückte ingrimmig die Zigarette in dem Kies aus. »Er ist völlig gaga, seine Werke sind passé, der Sabber läuft ihm aus dem Mund, und er ist blind wie 'ne Fledermaus.« Er schwieg und starrte die Skulptur zu seinen Füßen an, ein glattes, fast konturenloses Pantherpärchen, das träge auf seinem Kiesbett ruhte und dessen stummelige, unausgeformte Vorderpfoten nicht mal ganz bis zum Boden reichten. »Du lieber Gott, die sehen ja aus wie Contergan-geschädigt!« Er stieß mit der Fußspitze gegen eine der Katzen. »Wo mag es in diesem Genre noch hingehen?« knurrte er, und dann stelzte er davon in Richtung Helligkeit und ließ Della, die ein leichtes Unbehagen verspürte, bei den weißen Panthern und den letzten Rauchwölkchen zurück. Es war das zweite Mal an diesem Tag, daß diese Frage in mehr oder minder rhetorischer Form an sie gerichtet wurde. Sie dachte an Hartsfields großartiges Oeuvre, das in der ständigen Ausstellung des Museums zu sehen war: Raubvögel im Segelflug, der Körper wie aufgehängt zwischen den gespreizten Schwingen, Königseiderenten in arktischem Nebel, ein Kaiseradler mit seiner Beute. Dann dachte sie an ihr eigenes Bild von den beiden Dominiques, und wie sie bei der Arbeit daran einen ganzen Sommer lang gekämpft und gelitten hatte. Am Ende war das dabei herausgekommen – nichts weiter als Hühner.

Der nächste Tag präsentierte sich kalt und grau, mit tief herabhängendem Himmel und Schnee in der Luft. Im eisigen Skulpturengarten bildete die Menge der Wartenden eine lange Schlange, und die Ausstellungsräume füllten sich zusehends. Bei der hervorragenden Beleuchtung im Museum sah es fast so aus, als ob die Besucher selbst die Exponate wären – das Haar schimmerte, die Gesichter waren wie von innen erleuchtet, und der Schmuck glänzte und funkelte. Sie strömten durch die Räume wie eine zähe Flüssigkeit und sammelten sich vor den Werken der berühmtesten Künstler zu Pfützen, unter ehrfürchtigem und bewunderndem Geschnatter.

Um Punkt zehn Uhr traf Hartsfield ein, blieb einen Augenblick in der offenen Tür stehen, um nach dem gefährlichen Akt, den das Überschreiten einer Schwelle für ihn bedeutete, das Gleichgewicht wiederzufinden, und ein kalter Wind drang in das Museum ein.

Hartsfields Kleider hingen über die Ecken und Kanten seiner knochigen Greisengestalt herab, als ob sie ein Gefieder wären – der graue Umhang bildete einander überlappende lange Falten, die wie Schwungfedern aussahen, aus dem braun-beigen Wollschal, den er um den Hals geschlungen hatte, lugte ein rotes Halstuch hervor. Seine Freunde scharten sich um ihn, und die Kunst war vergessen, als nun alle gebannt zusahen, wie Roger Tory Peterson, Robert Bateman und J. Fenwick Landsdowne den großen Mann begrüßten. Keiner von ihnen berührte ihn, aus Angst, er könne aus dem Gleichgewicht geraten und stürzen, aber einer nach dem anderen nickte ihm zu, verbeugte sich und murmelte eine Begrüßung.

Dann begann die Führung. »›Fischadler und atlantischer Lachs‹ von Larry Barth. ›Schwarzbrauner Sturmtaucher‹ von Charles Greenough Chase. ›Blaukamm-Loerie‹, Dino Paravano«, murmelte der Museumsdirektor, seiner Sache gewiß, und: »›Schwarzbrauner Sturmtaucher‹ … das ist CHASE, CHARLES CHASE«, erklärte Hartsfields Begleiter mit erhobener Stimme.

»Mmmm«, sagte Hartsfield, verstummte und beugte sich vor. »Hmmm.«

»›Hühner‹, Della Robinson«, sagte der Museumsdirektor.

Hartsfield beugte sich vor und nahm das Bild in Augenschein. Seine unteren Augenlider hatten ihre Spannkraft verloren, hingen herab und erweckten dadurch den Eindruck, daß beide Augäpfel jeden Moment aus ihren Höhlen herausfallen könnten. Della unterdrückte das Bedürfnis, ihm hilfsbereit die Hände mit leicht geöffneten Handflächen an die Wangen zu legen. Langsam streckte Hartsfield eine Hand aus und machte eine zittrige Geste: Er formte mit Daumen und Zeigefinger einen Kreis vor den drei anderen, abgespreizten Fingern. »Dominickers!« sagte er in einem Ton, der wie ein fröhliches Quaken klang, und sein Begleiter brüllte: »Hühner!«

Die Gartenparty

»Smokey Bear ist das destruktivste Tier, das je auf dem nordamerikanischen Kontinent herumgelaufen ist«, sagte Gawain. Er saß bei Hilma in der Küche, trank Kaffee und sprach über Waldbrände. Drei mittelgroße Barsche zappelten im Ausguß, und Hilma schärfte das große Messer. An den meisten Tagen war sie es zufrieden, Gawains Fische auszunehmen und zuzuhören, wie er über die ökologische Heilwirkung des Feuers erzählte, aber heute wollte sie über Roger und Della, die Vogelbeobachterin, sprechen.

»Gegen's Vogelbeobachten ist nichts einzuwenden«, sagte Gawain. »Dabei kann man 'ne Menge lernen. Nehmen wir zum Beispiel die Falken, die Anfang des zwanzigsten Jahrhunderts immer an den Steilufern des Wisconsin River genistet haben. Die Ufer waren licht, wurden durch natürliche Brände licht gehalten. Heutzutage sind durch die Brandbekämpfung die Ufer mit Dickicht zugewachsen, und die Falken sind verschwunden. Diese Vögel brauchen eine freie Aussicht, genau wie bei uns die Rotkopfspechte. Man sieht es überall, Hilma, und die Vögel sind nur ein Anzeichen davon, wir haben der Umwelt durch Brandverhinderung mehr Schaden zugefügt als durch irgend etwas sonst.«

»Aber Gawain«, wandte Hilma ein, »sie ist so ... also, sie denkt so eingleisig. Bei ihr dreht sich alles nur um Bläßhühner, Teichhühner und Wasserrallen. Wo bleibt Rogers Musik? Wo bleiben seine Rosen? Wo bleiben seine bahnbrechenden Studien über die Wildformen des Chili-Pfeffers in New Mexico?«

»Ich kann mich noch an das Feuer erinnern, Hilma«, sagte Gawain, »das Roger vor zwei Jahren da in dem schönen Gelbkiefernbestand gelegt hat, ein Feuer, das sich kaum mannshoch vorwärtsgewälzt hat, ein Feuer, das sich zwischen den jungen Bäumen hindurchgewälzt hat, das auch das letzte Restchen Unterholz verbrannt hat, und Hilma, das schwör ich bei Gott, dabei den jungen Bäumen nicht eine einzige Nadel versengt hat. Und im nächsten Herbst waren da statt dem Unterholz fünfundzwanzig Morgen geschlossene Hundszahngrasdecke in voller Blüte. Wenn ein Mann sich mit Feuer so gut auskennt und damit so prima umgehen kann, brauchst du dir wegen seines Liebeslebens keine Sorgen zu machen.«

Hilma säuberte und zerlegte die Fische auf dem Abtropfbrett der Spüle und verstaute heimlich zwei Filets hinten im Kühlschrank.

»Feuer ist das beste Werkzeug der Natur«, sagte Gawain, schob mit beiden Daumen die Kaffeetasse von sich und stand schwungvoll auf. Dann ließ er den Fisch in einen Plastikbeutel fallen, und weg war er, und Hilma blieb allein zurück mit der Aufgabe, die Fischschuppen von der Wand zu klauben und über Brände und die Werkzeuge der Liebe nachzusinnen.

Am Abend kamen Meade und Lucy zum Essen, um den Fisch mit Zitrone und grünen Zwiebeln zu verspeisen und Pläne für das Wohltätigkeitsfest der Volksbücherei im Herbst zu machen. Nachdem sie sich eine Weile über Aufläufe und belegte Brote unterhalten hatten, kam das Gespräch auf Roger.

»Er hat sie am Müllplatz getroffen«, sagte Meade, »ein armes, verlassenes Geschöpfchen, das keiner haben wollte. Typisch Roger, so einem Menschen zu helfen, aber inzwischen hat sie sich seine Zuneigung erschlichen, und was soll er nun machen?«

»Ganz so ist es nicht gewesen, Meade«, erklärte Lucy. »Ihr erstes richtiges Treffen hat draußen auf Cathead Island stattgefunden.«

»Na ja, das ist auch nicht besser«, sagte Meade. »Die Knallhitze und das ganze Salzwasser da draußen, auf Cathead Island, da verliert unter Umständen sogar ein vernünftiger Mann die Kontrolle über seine Gefühle, und was soll er dann machen, wenn er merkt, daß er mit den Beinen wieder sicher auf dem Festland steht?«

»Ich mach mit solche Sorgen um Rogers Forschungen über den wilden Pfeffer«, sagte Hilma.

»Wenn sie doch nur diesen Elektromixer nicht weggeschmissen hätte«, meinte Meade. »Wenn sie ihn doch nur zu einem Wohltätigkeitsverein gebracht hätte, wie das jede vernünftige Frau tun würde.«

»Komm her und iß was, Roger«, sagte Eula, füllte ihm mit einer Hand etwas von dem Essen auf einen Teller und schob mit der Hüfte Stühle zur Seite, um Platz für einen weiteren zu schaffen. »Tom ist nach Jacksonville, um Andy ins Flugzeug zu setzen, und Louise hockt schon wieder hinten in der Diele und klappert mit 'm Stück von 'nem Verkehrsschild herum, das ich für sie von der I-98 aufsammeln mußte. Ich hab fünfzehn Kürbisaufläufe für die Gartenparty der Volksbücherei gemacht, setz dich dahin, Roger, du siehst ja, es ist reichlich da. Was ich noch sagen wollte, was ist denn das für 'ne Geschichte, die ich da von allen Seiten zu hören kriege, du hast dich mit 'ner Frau angefreundet, die nicht von hier ist, hab ich gehört, eine Yankee-Frau. Also, das ist okay, Roger, versteh mich nicht falsch, ein paar von den Yankees sind wirklich nett, was is sie denn von Beruf, sie stopft Vögel aus, irgendwas mit Vögeln, hat Tom gesagt. Wir freuen uns wirklich sehr für dich, Roger«, und sie drückte ihn ein wenig an sich, bevor sie sich an ihren Platz setzte, um ihm beim Essen zuzusehen. »Ethel ist von meinem Fleisch und Blut, Roger, aber ...« Sie streckte eine Hand aus und drückte Rogers Hand so fest, als prüfe sie, ob ein Teig noch klumpig sei.

»Sie stopft keine Vögel aus, Eula«, erklärte Roger, »sie malt sie.«

»Sie bemalt sie?« sagte Eula. »Ich würd meinen, die meisten Vögel sind so schon ziemlich bunt – Rotkehlchen, Blaukehlchen, Eichelhäher –, also, das ist 'n hübscher Vogel, der Eichelhäher. Na ja, und im Herbst hat man dann seine mausgrauen Spatzen, die tatsächlich 'n bißchen mehr Farbe vertragen könnten ... So, sie bemalt Vögel, das ist für mich was Neues – und interessiert mich sehr.«

»Ich hab nicht gesagt, sie bemalt sie, ich hab gesagt, sie malt sie, Eula. Sie malt Bilder von Vögeln. Hauptsächlich Sumpfvögel. Sie malt die Vögel, die Pflanzen und das Wasser darum herum.«

»Oh«, sagte Eula und bedeckte das Gesicht mit einer Serviette. »Bilder von Vögeln! Was hab ich denn gedacht? Nimm dir von dem guten Kürbisauflauf, Roger. Lucy wollte, daß ich zehn Stück mache, aber ich hab fünfzehn gemacht. Für das Gartenfest der Bücherei ist immer noch mehr als genug da. Bilder von Vögeln! Na, so was! Wie der alte Audubon!«

Lucy und Hilma machten Käsesticks für die Gartenparty. »Du hast dir keine Sorgen gemacht, als Roger Ethel geheiratet hat, Hilma«, sagte Lucy. »Roger hat sogar in den ersten Jahren ihrer Ehe mit seiner Wildpfeffer-Forschung angefangen. Und Ethel hat gar nicht daran gedacht, ihn in seinen musikalischen Neigungen zu bestärken.« Lucy schwieg einen Moment und mußte an »Kleine Hände, einst so zärtlich, winken mir zum Abschied zu« denken. »Trotzdem hat er weiter gezupft und geklimpert.« Lucy drückte aus der Teigpresse eine Reihe gewellter Käsesticks heraus. »Und obwohl Ethel meine liebe Freundin ist, kann ich mir für einen Mann keine schlechtere Ehefrau vorstellen als sie«, fügte sie hinzu.

»Aber an Ethel waren wir gewöhnt«, sagte Hilma.

»Und genauso wirst du dich an die Vogelbeobachterin gewöhnen«, erwiderte Lucy und brach sich einen Käsestick ab. »Du wirst sie auf der Gartenparty kennenlernen, und sie wird irgendwas Kluges oder Nettes sagen, und du wirst anfangen, sie zu mögen.«

»Du hast zehn gesagt, ich hab fünfzehn gemacht, aber dann ist Roger gekommen, und einen hab ich Gawain gegeben, du weißt ja, wie er manchmal sein kann, deshalb sind es jetzt noch dreizehn.« Eula trat bescheiden einen Schritt zurück und wischte sich die Hände an der Schürze ab. Die Aufläufe waren in einem Kunterbunt von Töpfen ordentlich nebeneinander auf dem geschrubbten Küchentisch aufgereiht – das Sammelsurium reichte von verkratzten rostfreien Stahlkasserolen über angeschlagenes Steingutgeschirr bis hin zu einem Porzellanpöttchen mit zwei Henkeln. Lucy war sich nicht ganz sicher, wie es zu dem ziemlich eleganten Ambiente, einem Neubau im »Herrenhausstil«, passen würde, das der Bücherei für diese Gelegenheit zur Verfügung gestellt worden war. Doch sie sagte: »Sie riechen wieder so gut, Eula.«

»Das ist die Muskatnuß«, sagte Eula. »Ich tu immer 'n bißchen Muskatnuß an den Kürbisauflauf, das ist der Pfiff bei der Sache. Ja, ich muß sagen, ich bin zufrieden. Roger war auch des Lobes voll, aber mir macht's ja immer großen Spaß, Roger abzufüttern. Er hat mir von dieser kleinen Vogelbeobachterin erzählt, die er unten am Müllcontainer getroffen hat, sie malt BILDER von Vögeln, sagt er, wie Audubon.«

»Er wirft sich weg«, sagte Meade. »Der beste Mensch,

den ich kenne, legt sein Herz in die Hände einer Frau, die noch nie etwas Wertvolleres gehalten hat als einen Feldstecher.«

»Ich denke doch, daß sie den Feldstecher hin und wieder weglegt«, sagte Lucy, und es entstand eine nachdenkliche Pause.

»Sie ist nicht von hier, aber ich bin überzeugt, daß sie eine tadellose Frau ist«, meinte Eula. »Ich weiß, daß Roger sich nicht mit jemand anfreunden würde, der nicht nett ist. Na, schön, da war Ethel, aber damals war Roger jung. Und so schlecht ist Ethel auch wieder nicht, sie ist bloß beinhart und bleibt besser ungebunden.

»Du liebe Güte, ist das ein Wohnhaus oder eine Leichenhalle?« entfuhr es Meade. Das Haus war ein Massivbau aus braunroten und purpurroten Ziegelsteinen mit vielen glänzenden Fenstern. Aber die hochragenden korinthischen Säulen sahen merkwürdig leichtgewichtig aus, als ob sie aus Styropor wären. Eula fuhr mit dem Daumennagel in eine der Hohlkehlen; es gab keinen Kratzer.

Steve, der Bibliothekar, der einen gehetzten Eindruck machte, half ihnen, die Aufläufe ums Haus herum nach hinten zu tragen, wo in einer Art Hof zwischen den Flügeln des Hauses weißgedeckte Kartentische aufgestellt waren. »Warten Sie nur ab, bis Sie das Haus von innen sehen«, sagte er bedeutungsschwanger.

Eula legte die Hände um die Behältnisse mit den Aufläufen und machte sich Sorgen, daß sie kalt würden, obwohl Lucy ihr versichert hatte, daß man sie vor dem Servieren noch einmal aufwärmen würde. »BILDER von Vögeln, BILDER von Vögeln«, rief sie sich immer wieder ins Gedächtnis.

Meade stand hoheitsvoll auf der Treppe, überblickte alles und dachte: Er wirft sich weg, und von mir verlangt man, daß ich ihr in die Augen sehe und irgend etwas Freundliches zu ihr sage.

Und Hilma machte sich daran, Käsesticks auf eine silberne Platte zu schichten und dabei immer wieder Lucys Worte vor sich hin zu murmeln: »Du wirst sie bei der Gartenparty kennenlernen, und du wirst sie mögen.«

Um sechs Uhr begannen die Gäste einzutrudeln, von Kopf bis Fuß in Rohseide, Leinen und eher dem Herbst angemessene dunkle Anzüge verpackt; die Damen von eiserner Fröhlichkeit, die Herren schwitzend und tapfer lächelnd. Alle hatten fünfzig Dollar bezahlt, um ein bißchen Huhn, einen Löffel Kürbisauflauf, ein paar grüne Bohnen und ein Schälchen Ice Cream zu sich zu nehmen und einen Blick in das Innere des Hauses zu werfen, das jetzt über ein Jahr im Bau gewesen war. Der Hof war erfüllt von dem Gezwitscher, Gegacker und Geschnatter einer Menschenmenge, die wild entschlossen war, sich zu amüsieren. Und dann stand auf einmal Roger oben an der Treppe.

»Oh«, sagte Hilma, und die Käsesticks gerieten in Gefahr, von der Silberplatte zu rutschen.

Della stand hinter ihm, in Weiß und Hellbraun gekleidet, und machte einen ziemlich unscheinbaren Eindruck.

»Na ja«, sagte Meade naserümpfend, »die sieht ja nicht so besonders aus.«

Vielleicht weil er jahrelang durch dichtbepflanzte Tabak- und Erdnußfelder gegangen war, bewegte Roger sich auf eine so elegante Art durch die Menge, schlüpfte so sachte zwischen den Menschen hindurch, als wären sie schlaffe, klebrige Blätter, die er nicht verletzen durfte. Della in seinem Kielwasser wirkte mit dem gesenkten Kopf und den steif herabhängenden Armen weniger elegant.

Sie ist nervös, dachte Lucy. Und sie boten tatsächlich einen furchterregenden Anblick: Hilma, wie erstarrt mit ihrer Platte Käsesticks, als sähe sie einen Geist, Meade, aus Leibeskräften bemüht, sich ein würdevolles Ansehen zu geben, und Eula, die einen Kürbisauflauf umklammernd rief: »Da ist Roger! Roger, wie er leibt und lebt!«

Das Miteinander-Bekanntmachen geriet steif und gezwungen. Hilma konnte wegen der Käsesticks keinem die Hand geben, und Meade, bemüht, sofort auf das Thema Vögel zu kommen, sagte zu Della, daß sie in ihrem Weiß und Hellbraun wie ein englischer Spatz aussähe. Aber unglücklicherweise trat im Bewußtsein jedes einzelnen ein anderer Aspekt dieses Vogels in den Vordergrund – ein eingeschleppter Vogel, kein einheimisches Tier, das für eine Landplage gehalten wurde –, und es entstand ein betretenes Schweigen. Nur Roger wußte genau, was zu tun war. Er nahm Eula den Kürbisauflauf aus der Hand und drückte sie an sich, gab Meade ein Küßchen auf die Wange und stand dann da, einen Arm um Hilmas Schultern gelegt, und plauderte ungezwungen über das Haus: Eulas Sohn Tom hatte für die Fußböden und die Paneele sechstausend Kubikfuß Kiefernkernholz schlagen lassen, die Türen waren massiv Mahagoni, die Fenster kamen aus einer Manufaktur in Alabama. Der Besitzer des Hauses, der es mit dem Verkauf von Sterbeversicherungen in Atlanta zu einem Vermögen von mehreren Millionen Dollar gebracht hatte, war ein passionierter Jäger, und Roger hatte gehört, daß die Wände in einem der Zimmer oberhalb von Toms Paneelen mit Jagdszenen ausgemalt waren. Lucy, die das Gefühl hatte, daß Della sich wahrscheinlich vorkam wie in einem Schlangennest, schlug vor, durch die Menschenmenge zurück zum Haus zu gehen. »Wir machen einen Rundgang für uns ganz allein«, sagte sie fröhlich. »Und Della sagt uns, was sie von den Wandgemälden hält.«

»Ich fürchte, das unterscheidet sich sehr von meiner Arbeit«, sagte Della.

»Allerdings«, ließ sich Meade mit lauter Stimme vernehmen. »Bläßhühner, Teichhühner und Wasserrallen sind nicht unbedingt Vögel, die man jagt.«

»Obwohl Tom schon Bläßhühner geschossen hat«, warf Eula ein. »Schmeckt irgendwie fischig, so'n Bläßhuhn – aber nicht so scheußlich wie 'n Anhingha – also, die haben wirklich 'n widerlichen Geschmack. Wir haben die bloß einmal gegessen. Ich weiß nicht, wie man die Anhinghas da nennt, wo Sie herkommen, aber wir sagen hier Schlangenhalsvögel dazu«, erklärte sie Della.

»Ich nenn sie einfach Anhinghas«, stieß Della nur hervor.

Drinnen im Foyer war es kühl und dämmerig. Die Wände waren »jagdgrün« gestrichen, und die hellen Kiefernholzböden und -paneele waren mit einer Walnußöllasur dunkler gefärbt. Es roch nach frischem Holz und Kunststoffen, und die mit Kunstharz gestrichenen Oberflächen glänzten. An den Toiletten gaben sich die Menschen die Klinke in die Hand und riefen »Oh« und »Ah« und »Was für ein Haus!« und »Ist es nicht einfach himmlisch?«.

Roger machte den Pfadfinder und entdeckte das »Mittelzimmer« mit der Wandmalerei, und sie drängten sich in der Türöffnung und starrten hinein.

An der Wand hinter einem riesigen Fernsehapparat brach eine effektvolle Morgenröte an, und überall im Zimmer waren überlebensgroße Enten und Gänse hinter Computern, Faxgeräten und Telefonen im Flug erstarrt. Die Farbe war dick aufgetragen, und die Vögel wirkten schwer, wie versteinert. Labradore mit dicken roten Zungen planschten in trocken wirkendem Wasser, und riesige Männer mit ausladenden Unterkiefern in Miniaturbooten auf grellfarbigen Seen und Sümpfen richteten das Gewehr auf die reglosen Vögel. »SCHIESST MICH« war das unverkennbare Thema des Kunstwerks; und da, wo die Maler mit dem Kunstwerk aufgehört hatten, hatten die Präparatoren die Arbeit aufgenommen und zu Ende geführt: Auf Metallstangen, die aus den Wandgemälden herausragten, waren ausgestopfte Enten und Gänse befestigt, die tatsächlich geschossen worden waren und jetzt in vollem Flug Staub fingen.

Einen Augenblick schwiegen sie alle. Dann flüsterte Roger: »Du liebe Güte«, und Eula sagte: »Nun guckt euch die bloß an, die armen Dinger, die fliegen und fliegen und kommen nirgends an.«

»Sie sehen so – na ja, so tot aus«, meinte Lucy.

Meade untersuchte gerade eine riesige schwarzweiße Gans, die über das Faxgerät flog, wobei ihre schlaffen gelben Füße in das Papierfach hingen und die Glasaugen verzweifelt den Großbildschirm des Fernsehgeräts an der Südwand des Zimmers fixierten. »Dieser Vogel ist NICHT im Peterson vertreten!« erklärte sie mit schriller Stimme.

Aber Della lehnte nur den Kopf zurück an die Wand. Sie faßte sich sachte mit den Fingerspitzen an die Stirn. Dann sah sie Hilma an und streckte eine zitternde Hand aus. Sie sagte: »Ich glaube ... Ich kann das nicht ... Bitte ...«

»Mein liebes Kind«, sagte Hilma, nahm Della entschlossen bei beiden Armen, führte sie kurzerhand aus dem Zimmer, durchs Foyer und dann durch die Eingangstür nach draußen, wo Della sich am Rand der Treppe hinkauerte und sich in die frisch angepflanzten Bodendecker übergab.

Auf der Rückseite des Hauses stellten sich die Mitglieder des Trägervereins der Volksbücherei einer nach dem anderen auf, um ihr Gericht zu servieren, nur Hilma und Della blieben noch einen Augenblick auf der Treppe sitzen. Von Zeit zu Zeit befiel Della ein Schauder, und sie legte den Kopf in die Hände und sagte: »Puuh!«, und Hilma klopfte ihr sachte auf den Rücken und sagte: »Ist ja gut, Kindchen.«

Kammermusik

Die Arbeit an einem Aquarell mit drei Braunsichlern in einem Knopfblumenstrauch wollte nicht vorangehen, und nachdem Della einen Nachmittag damit zugebracht hatte, mit zusammengebissenen Zähnen, die Hände in die Achselhöhlen gepreßt, vor dem Bild hin und her zu laufen und es immer wieder aufmerksam zu betrachten, war sie in ihr vernachlässigtes Gärtchen gegangen und hatte neben der Hintertreppe wie eine Wilde büschelweise Margeriten gepflückt, die sie Hilma geben wollte. Aber der Gesellschaft ihrer Nachbarn entrissen, hatten die Pflänzchen zerzaust und kümmerlich gewirkt, ungeeignet als Geschenk für eine neue Freundin, und daraufhin war Della, noch mit Schmutz unter den Fingernägeln, zur Universität gegangen, um sich ein Konzert früher Kammermusik auf antiken Instrumenten anzuhören. Sie hatte gehofft, daß die leisen Laute, das Zirpen und Summen von Violen und Krummhörnern, eine Musik wie von kultivierten Insekten, sie beruhigen würde, aber als sie den Braunsichlern am nächsten Tag wieder gegenübertrat, hatte sie noch immer das erbarmungslose Wimmern der Drehleier in den Ohren.

Sie arbeitete schon so lange an dem Bild, daß sie das Gefühl hatte, als hätte sich ihr Stil von Detail zu Detail verändert, und jetzt, wo das Bild sich der Vollendung näherte, kamen ihr die Übergänge unorganisch vor. Della fühlte sich unwohl und nervös, als würde sie nie wieder malen können, sondern ab jetzt ein zerstörtes, inhaltsloses Leben führen müssen, geplagt von nervösen Tics, Muskelzuckungen und notorischen Gesten.

»Sie ist 'ne komische Kruke«, sagte Meade zu Hilma. »Wie die geht, als ob ein stürmischer Wind sie vor sich hertreiben würde, der sich jeden Moment drehen und in eine andere Richtung blasen könnte.«

Sie sichteten das Büschel Margeriten, das Hilma auf ihrer Hintertreppe gefunden hatte, die Wurzeln in nasses Zeitungspapier eingeschlagen. »Oh, sieh mal!« hatte Hilma gesagt. »Die mag ich am allerliebsten – die einfachen rosafarbenen.«

»Blanke Wurzeln«, rümpfte Meade die Nase, »und dann noch in voller Blüte. Die kommen doch im Leben nicht wieder.«

»Sie mußten ausgedünnt werden«, sagte Hilma und nahm ihre Schaufel und die Pflänzchen.

»Was für'n komischer Einfall«, sagte Meade, »die Blumen ohne Kommentar hier auf der Treppe liegenzulassen.«

»Wenn sie im nächsten Oktober blühen, werden wir an dieses Geschenk zurückdenken«, sagte Hilma.

»Falls sie's überleben«, sagte Hilma.

Della hatte tatsächlich eine unberechenbare Art des Gehens, stellte Hilma fest, eine Art tolpatschiges, zielloses Schlendern. Es konnte passieren, daß sie plötzlich stehenblieb, sich umdrehte und ein paar Schritte wieder zurückging, den Blick unverwandt in den leeren Himmel gerichtet. Es war ein kühler Herbstnachmittag, sie machten mit Roger einen Spaziergang im Park und unterhielten sich über Vogelbestimmung.

»Wichtig ist«, sagte Roger, »das charakteristische körperliche Gesamtbild, ganz unabhängig von spezifischen Unterscheidungsmerkmalen, im wesentlichen der Zusammenklang von Gestalt, Haltung und Verhalten, der in manchen Fällen zuverlässiger ist als die pedantische Katalogisierung von Einzelheiten.« Er hatte die Braunsichler auf

Dellas Bild bewundert, das ihr soviel Kopfzerbrechen bereitete. »Aber genau das machen Braunsichler doch!« hatte er sie mit lautstarkem Optimismus ermutigt. »Genauso hoppeln sie auf den Ästen der Bäume herum und wirken schwach und unsicher auf den Beinen.«

Aber es war nicht die Haltung und das Verhalten der Vögel, was Della Probleme machte, und gutgemeintes Lob war in ihren Ohren nur wirkungsloses Wortgeklingel, das war ihr peinlich. »Es sind nicht die Vögel«, sagte sie und versuchte, das mit den unorganischen Übergängen und den unschönen Diskrepanzen zu erklären.

»Denken Sie an Ihre Hühner«, sagte Hilma. »Sie müssen das überschlafen«, sagte Hilma.

Aber sogar im Schlaf rang sie angstvoll nach Luft und wachte morgens niedergedrückt und benommen auf. Den ganzen Tag über spürte sie einen Drang, sich fest zusammenzuhalten, klemmte die Daumen in die geballten Fäuste und die Arme an die Seiten.

Am Abend schlich sie sich nach einem frühen Sonnenuntergang zum ersten Mal an diesem Tag an ihren Zeichentisch und knipste das Licht an. Die Farben, die sie gemischt hatte, bevor sie endgültig die Hoffnung aufgab, das Bild noch retten zu können, und die optimistisch bereitgelegten, ordentlich aufgereihten Schwämme, Rasierklingen und Pinsel kamen ihr jetzt so vor, als hätte ein verrückter Fremder sie hier vor langer Zeit zurückgelassen. Ohne noch einen Blick darauf zu werfen nahm Della das Bild vom Tisch, schnitt es mit einer Schere mit orangefarbenem Griff säuberlich in acht kleine Stücke und stopfte sie zuunterst in den Papierkorb.

In der darauffolgenden Nacht schlief sie fest und traumlos, und als sie am Morgen nach draußen ging, hörte sie zum ersten Mal in diesem Jahr das dünne, zittrige Lied der

Phoebe. Sie blieb einen Augenblick stehen, atmete befreit ein und aus und mußte plötzlich an das Konzert mit der mittelalterlichen Musik denken, und ihr fiel wieder ein, wie die jungen Musiker nach jedem Stück verwundert und entzückt zu den Zuhörern hingesehen hatten, als ob sie nicht recht glauben könnten, daß sie mit diesen kleinen, käfergleichen Instrumenten tatsächlich Musik gemacht hatten.

Asche

»Ich halte das für keine besonders gute Idee«, sagte Hilma und klammerte sich am Bootsrand fest. Aber obwohl es die Asche ihrer Mutter war, die sie in der Bucht verstreuen wollten, hörte keiner auf sie.

»Da drüben«, rief Meade, »bei der Baumreihe da. Sie hat doch diese kleinen Ufereichen so gern gehabt, nicht, Hilma?«

»Die Kamelie war ihr Lieblingsbaum«, murmelte Hilma, aber Ethel hatte schon das Steuerruder mit der Leine herumgezogen, die sie in der einen Hand hielt, und das kleine Boot bewegte sich langsam auf einen Strich Flachwasser über den schwarzen, mit Winkerkrabbenlöchern und grauen Erdhäufchen übersäten Schlick zu.

Ethel hatte sich das Segelboot im Laufe des Sommers mit Hilfe eines Bootsbauers aus Portsmouth, New Hampshire, gebaut, mit dem sie angebandelt hatte. Es war ein hübsches kleines Ding, ein New Jersey Melonenkern, mit einer Bootswand aus Pappelholz, die so dünn war, daß Ethel das Boot in der einen und den Mast und das Segel in der anderen Hand zum Wasser tragen konnte. Wie es da an einem Seil von Ethels Wohnzimmerdecke herabhing, hatte es schön und zierlich ausgesehen wie ein Rosenblatt, so daß Hilma sich zu diesem halsbrecherischen Wagnis bereitgefunden hatte. Jetzt aber kam ihr das Boot schrecklich unsicher vor, das eiskalte Wasser furchtbar schwarz, die Leine, an der Ethel zog, schien ihr gefährlich straff gespannt, und das Boot schoß mit solcher Geschwindigkeit über die Wasserfläche, daß es Hilma fast den Atem nahm.

Und obendrein durchströmte sie jetzt die Erinnerung an ihre Mutter, und plötzlich sah Hilma sie vor sich, wie sie vor fünfzig Jahren an genauso einem Herbsttag wie diesem in ihrem Sessel am Vogelfenster ihres Hauses saß und sagte: »Oh, sieh nur, Hilma, der Kamelienbaum blüht.«

Ethel sprach jetzt über Meeresbuchten und Meeresarme, die erstaunliche Fruchtbarkeit dort, und daß achtundneunzig Prozent allen Lebens im Meer hier seinen Ursprung hat, weswegen man sich keinen besseren Platz vorstellen könne, die Asche der Toten zu verstreuen; und Meade hatte die Blechdose zwischen die Knie geklemmt und lehnte sich ein wenig nach draußen, so daß ein dünner Teppich von grünem Wasser über die Bootswand geschwappt kam. Plötzlich ließ Hilma den Bootsrand los, streckte die Arme in die Luft und schrie: »Anhalten!« Ethel ließ sofort alles los, und das kleine Boot hielt tatsächlich an und dümpelte zwischen den Wellen, als wüßte es gar nicht, was Vorwärtsbewegung ist. Sie drehten sich beide um und starrten Hilma an, Meade mit einem konsternierten, Ethel mit einem besorgten Gesichtsausdruck, und Hilma spürte heiße Tränen auf ihrem kalten Gesicht, und sie riß Meade förmlich die Blechdose weg. Das Boot schwankte und drehte sich, und Meade sagte: »Gütiger Gott, Hilma, was ficht dich denn an?«, und Hilma bedeckte das Gesicht vor Scham mit ihrem Rock und dachte, eine achtzigjährige Frau sitzt heulend auf dem offenen Meer.

»Kamelien waren ihre Lieblingsbäume«, sagte sie schließlich, und Meade entgegnete: »Aber Kamelien sind so gewöhnliche, durchschnittliche Bäume!« Doch Ethel sagte freundlich: »Kommt, wir fahren zurück«, und sie hantierte mit einem Tau und rief fröhlich: »Ducken!« Und da schwang das Segel zurück über das Boot, und plötzlich rauschte das Wasser wieder an ihnen vorbei, und das grüne Festland kam immer näher.

»Es war mir so peinlich, Roger«, sagte Hilma. »Wir hatten den ganzen weiten Weg dahin gemacht, und Ethel hatte das kleine Boot so sicher durch die stürmische See gesteuert. Für Meade war es eine Enttäuschung. Für Ethel auch, aber sie hat es nicht gesagt.«

»Es war keine stürmische See«, sagte Roger. »Es war eine leichte ›Kabbelsee‹. Und es hat Ethel und Meade beiden einen Riesenspaß gemacht. Es war ein Abenteuer.«

Sie saßen in Hilmas Wohnzimmer, und im Ofen brannte ein Feuer, das erste in diesem Herbst. Roger hatte Hilma Geschenke mitgebracht, die zu dieser Übergangsjahreszeit paßten – ein Bündel Anmachholz und einen Strauß von seinen letzten Rosen. Das war eher etwas für sie, dachte Hilma. Diese kleinen Annehmlichkeiten – ein Topf Suppe auf dem Ofen, der Duft von Rosen und Anmachholz, ein lieber Freund auf dem Sofa, der Wollsocken trug, nicht das schwarze Wasser, der von Winkerkrabbenhöhlen durchlöcherte Schlick und Meade, die mit den Fingerspitzen an dem Deckel der Blechdose herumfummelte, drauf und dran, die Asche eines geliebten Menschen in die kalte, graue Luft zu werfen.

Roger sprach jetzt über Kamelien. Ihm war die Kamelie im Garten seiner alten Wohnung eingefallen, eine rosafarbene, stark duftende, und die vielen kleinen Sämlinge, die im Frühling darum herum aus dem Boden gekommen waren. Da der Baum am hinteren Ende des Gartens stand, hatte er das Feuer heil überstanden, und dort war nun ein kleiner Kamelienhain. Roger hatte es sich zur Regel gemacht, im November, wenn die Bäume blühten, dorthin zu gehen und sie sich anzusehen, und wenn Hilma wollte, konnten sie die Asche ihrer Mutter irgendwann an einem sonnigen Tag mitnehmen und in dem Kamelienhain verstreuen.

Aber während sie den Suppenlöffel in der Hand hielt und die letzten noch farbensatten Rosen dieses Sommers mitten auf dem Tisch standen, wurde Hilma plötzlich klar, warum ihr das ganze Gerede von verstreuen ein unbehagliches Gefühl bereitete: Es war tröstlich, nach all den Jahren, die Asche ihrer Mutter bei sich zu haben, die im obersten Küchenschrankfach neben dem Natron ihren angestammten Platz hatte.

»Es hat nichts mit den Kamelien zu tun«, sagte sie und versuchte, es Roger zu erklären. Ihre Mutter, schon so lange nicht mehr am Leben, und trotzdem ... Und er schien sie zu verstehen; er hatte irgendwo gelesen, daß Menschen in anderen Teilen der Welt die Knochen ihrer Vorfahren über Generationen mit sich herumtragen.

»Wahrscheinlich sind es sogar eher Knochen als Asche«, sagte Hilma. Sie hatte vor Jahren einmal einen Blick in die Dose geworfen und gesehen, daß da gar keine Asche war, sondern lauter kleine weiße Bröckchen, die man in einem Hühnerhof hätte ausstreuen können, um den Calciumspiegel der Legehennen zu erhöhen.

»Tröstlich! Das ist grauslich!« sagte Meade.

»Nicht so grauslich, wie wenn man die Sache gründlich betreibt«, sagte Ethel. »Grauslich wäre, wenn man sich aus der Asche einen Tee zubereitet und das Ganze dann trinkt, um sich die Kräfte des Dahingeschiedenen einzuverleiben. Man müßte schon was in der Art machen, wenn's richtig grauslich sein soll.«

»Roger sagt, er hat gelesen, daß die Menschen in manchen Teilen der Welt die Knochen ihrer Vorfahren über Generationen hinweg aufbewahren. Sie tragen sie in reich bestickten Stoffbeuteln mit sich herum.« Eigentlich hatte Roger von reich bestickten Beuteln nichts gesagt, aber Hilma dachte, daß die Stickerei der Sache vielleicht in Meades Augen mehr Gewicht verleihen würde, die selber sehr schön stickte.

»Ach, Roger«, sagte Meade, »Roger würde alles tun, damit du dich nicht darüber grämst, daß du das nicht getan hast, was du schon vor Jahren hättest tun sollen.«

Sie saßen in Ethels Wohnzimmer, das eher einer Werkstatt glich, seit der Bootsbauer aus New Hampshire angereist gekommen war. Die Möbel waren alle an die Wand geschoben, um Platz für die Kreissäge und die Bandsäge zu machen, der Boden eines Dorys hing über ihren Köpfen, und ihre Füße versanken in Kiefern- und Pappelspänen.

»Ach«, sagte Hilma, in dem Bemühen das Gespräch von der Asche ihrer Mutter abzubringen, »die Bootsbauerei ist ein so wohlriechendes Handwerk, findest du nicht, Meade?«

Aber Meade war schon am Überlegen. »Diese Beutel«, sagte sie. »Hat Roger irgendwas gesagt, was für Motive da draufgestickt waren?«

»Oh«, sagte Hilma und dachte fieberhaft nach – »Vögel.« Und sie fing an, sich irgendwelche traditionellen Motive auszudenken, wie sie ihr gerade in den Kopf kamen. »Vögel, und sie stehen immer auf einem Bein, das andere haben sie angezogen, das symbolisiert das Hinscheiden aus diesem Leben. Im Hintergrund sind stilisierte Pflanzen, Palmen und diese großblättrigen Dinger, weil das ja Tropenvölker sind.«

Ethel hatte das Sandpapier hingelegt und lächelte Hilma bewundernd zu. »›Tropenvölker‹, toll, Hilma.«

»Flachstiche mit Baumwolle für die Pflanzen, und die Vögel im Vordergrund dann mit dicker Seide oder Wolle, damit sie sich abheben«, sagte Meade. »Der Beutel müßte aus kräftigem Leinen oder Segeltuch sein, damit er generationenlang hält, auch wenn spitze Knochen darin herumgeschüttelt werden.« Ethel reichte Meade ein Stück Segeltuch, und sie packte es an zwei diagonal gegenüberliegenden Ecken. »Und natürlich muß man Kappnähte machen. Die Asche soll ja nicht herausrieseln und im ganzen Haus Spuren hinterlassen.«

»Und die Vögel«, sagte Ethel, »manche Vögel eignen sich nicht – Geier zum Beispiel.«

»Sie hat die ersten Vögel, die im Herbst kamen, geliebt«, sagte Hilma. »Die erste Schar Wanderdrosseln an einem nebligen Morgen, die gierig die Hartriegelbeeren verschlangen. Was meinst du, Meade, die Hartriegelbeeren wären doch lustig in kleinen roten Knötchenstichen, und in einem anderen Rot dann in Flachstichen der Brustfleck von den Vögeln.«

»Ich kann keinen nebligen Morgen sticken«, sagte Meade.

»Oh, Nebel ist sehr schwierig«, sagte Della ernst, »auch in der Malerei, aber Robert Bateman ist berühmt dafür.«

»Ich brauch mir keine ›Vogelmalerei‹ anzusehen«, hatte Meade scharf erklärt, aber Hilma hatte sie zu dem Besuch bei Della überredet, und da waren sie nun, inmitten von Kisten und Kästen, Zeichnungen und halbfertigen Aquarellen, von überall im Zimmer verstreuten Büchern und Ausstellungskatalogen und unterhielten sich über Vogel- und Nebeldarstellungen in der Kunst. Della hatte ihnen aufgeweichten Salzcracker aus der Schachtel angeboten. Es gab keine Möbel, und an Geschirr konnte Hilma nur eine Reihe Becher auf der Fensterbank entdecken, die Roger von verschiedenen Phytopathologen-Tagungen mitgebracht hatte. Aber Meade hatte keinerlei Kommentar zu dem Fehlen jeglicher zivilisierter Häuslichkeit abgegeben. Und auf dem Heimweg sprach sie nur über Menoboni und Robert Batemans Nebel und verlor kein Wort über Dellas kleine Eigenart, mit unter die Arme geklemmten Händen wieder und wieder die beiden Holzkisten mitten im Zimmer zu umkreisen. Meade hatte jetzt wieder den abwesenden

Augenausdruck, an den Hilma sich noch von damals, vor zwanzig Jahren, erinnern konnte, als Meade den Auftrag übernommen hatte, auf achtundzwanzig Kniekissen für die Kommunionbank der Episkopalkirche in Kreuzstich das Christussymbol des Fischs zu sticken, und nach zehn Monaten sahen sie, daß Meade statt des einfachen Christussymbols aus Oval und Dreieck achtundzwanzig verschiedene einheimische Fische gestickt hatte, alle an kleinen Besonderheiten der Form und der Farbe zu identifizieren: Großmaul, Crappie, Sonnenfisch, Großmaulbarsch.

»Sie stickt«, sagte Hilma fast flüsternd zu Roger. »irgendwelche Vögel auf einen Leinenbeutel für die Asche. Dann und wann hastet sie hinüber zum Lebensmittelladen, kauft sich einen Laib Brot und läuft dann wieder zurück und schließt die Tür hinter sich. Ich mach mir Sorgen um ihre Augen. In dem Alter ist das nicht mehr so wie vor zwanzig Jahren, als sie die Fische für die Kirche gestickt hat.«

»Die Kunst ist erbarmungslos«, sagte Roger. »Ich weiß noch, daß Della eine ganze Woche nichts gegessen hat, als sie das Hühnerbild fertigstellte.«

»Was hab ich da bloß angerichtet«, sagte Hilma. »Vielleicht hätten wir sie doch besser gleich ins Wasser geschmissen. Dann würden die Winkerkrabben sie jetzt verputzen und sich für den Winter kräftigere Schalen zulegen.«

»Fertig«, sagte Meade, holte mit bemühter Beiläufigkeit den Leinenbeutel aus einer Papiertragetasche und breitete ihn auf der Sofalehne aus. Man hörte, wie die Anwesenden den Atem anhielten, dann war Stille, und wieder spürte Hilma heiße Tränen auf ihrem Gesicht.

Da war der Kamelienbaum ihrer Mutter in voller Blüte, die krausen rosa Blüten in Flachstich, die gelben Staubgefäße in Stielstich. Die gebogenen Äste des Baums waren voller Herbstvögel: Wanderdrosseln, tschilpende Spatzen, Goldfinken, ein Palmsänger, eine Phoebe und mehrere rotgefiederte Vögel. Es war Ende November, und der Boden unter dem Baum war übersät mit rosafarbenen, in Kreuzstich gestickten Blumenblättern. Die Szene war durch ein Fenster gesehen, und Hilma erkannte die Sechs-mal-neun-Zoll-Scheiben der schiefen Drehfenster am Haus ihrer Mutter, das nun schon lange dem Parkplatz des Gateway Shopping Center gewichen war.

Hilma schlich sich in die Küche, und bald darauf kam Ethel herein und stellte sich zu ihr, und im Wohnzimmer hörte Roger zu, wie Della und Meade sich über die Stickerei austauschten.

»Am schwersten war der Glanz auf dem Glas«, sagte Meade. »Ich hab zu Anfang mehrere Sachen ausprobiert und mußte alles wieder auftrennen. In Federstich sah er aus wie Schlieren, in Knopflochstich wie Sprünge im Glas. Und ich wollte unbedingt, daß die Blätter der Kamelie als Kamelienblätter zu erkennen sind, habe mich dabei aber zu sehr im Detail verloren, so daß sie das Gleichgewicht des Ganzen beeinträchtigt haben, deshalb bin ich bei diesen kleinen Zacken geblieben, die sehr gut herausgekommen sind.«

Della saß, die Ellbogen auf den Knien, auf einer Stuhlkante vor dem Sofa und sah die Vögel prüfend an. »Die Füße sind nach den Maßstäben der Tiermalerei am besten gelungen«, sagte sie.

»Oh, die Füße waren die reinste Hölle«, sagte Meade. »Ich habe Stunden damit zugebracht, sie im Peterson zu studieren.«

»Würden Sie es für möglich halten, daß viele Maler, die damit Probleme haben, es vermeiden, Vogelfüße überhaupt zu malen?« fragte Della. »Sie lassen die Vögel im Wasser waten, oder auf weniger realistischen Bildern ›deuten‹ sie die Füße nur ›an‹.«

Meade setzte sich und sagte impulsiv: »Das ist nicht Ihr Ernst!«

In der Küche räusperte und schneuzte sich Hilma, und Ethel holte Tassen und Untertassen aus dem Küchenschrank, während Roger den Wasserkessel aufstellte.

»Die sind beide verrückt«, sagte Ethel, und Roger lächelte ihr zu und sagte: »Ja, das sind sie.«

»Wir müssen für die Lebenden da sein, aber die Toten sind für uns da«, verkündete Hilma glückselig und schenkte Tee ein.

Am Abend verstaute sie die Blechdose in dem Leinenbeutel, zog das Zugband zusammen und stellte das Ganze neben das Natron in das oberste Küchenschrankfach, die Vögel nach vorn, damit sie sie jedesmal sah, wenn sie Kekse buk.

Der passionierte Typograph

Sie trug zwei große Stücke blaßrosa Wassermelone mit ausgestreckten Armen vor sich her. Er folgte ihr mit einem zugedeckten Eimer in beiden Händen. Es war ein ungewöhnlich warmer Wintertag, und sie hatte ein ärmelloses T-Shirt und schwarze Leggins an. Er trug eine Art grünen Morgenrock mit gerippten Aufschlägen und in den Schuhen keine Strümpfe. Die khakifarbene Kappe, die er sich auf den Kopf gezogen hatte, und die große randlose Brille gaben seinem Gesicht einen konzentrierten, fast gelehrtenhaften Ausdruck. Sie marschierten durch den Garten in Richtung Hühnerhof.

»Guckt euch bloß mal dem seine Beine an«, sagte Louise. »Und was hat er sich da angezogen?«

»Wie kann man bloß so 'ne schlechte Wassermelone kaufen?« fragte Eula.

»Das haben die erst gemerkt, als sie sie angeschnitten haben«, antwortete Ethel.

»Was haben sie denn erwartet, 'ne Wassermelone mitten im Winter!« sagte Eula. »Die füttern deine Hühner mit Abfällen, Louise.« Eulas Abwaschbecken war voller Spülwasser und Geschirr, aber sie wusch nicht ab. Sie verrenkte den Hals, um oberhalb der Spüle aus dem Fenster zu sehen.

»Laßt doch die armen Leute in Frieden«, sagte Ethel. »Die sind hierher aufs Land gekommen, um ihre Ruhe zu haben, und wir sitzen da und nehmen sie aufs Korn, als ob wir Geflügelkontrolleure wären.«

»Sieht aus wie Broccoli, 'n paar Zwiebelschalen, Zitronen«, sagte Eula.

»Meine Hühner fressen keine Zitronen«, sagte Louise, »und Orangen und Grapefruits auch nicht.«

»Oje, er hat das Tor nicht zugemacht – eine gelbe Henne ist rausgewitscht! Macht sich auf den Weg zu deinem Rübenbeet, Louise. Paßt auf, jetzt kommen sie alle hinterher!« Dankbar und begeistert strömte die kleine Hühnerschar durchs Tor, dann teilten sie sich, liefen scharrend und pickend die Beete auf und ab und stießen dabei die kleinen, frohlockenden Laute hocherfreuter Hühner aus.

»Ach, Gott, Louise, sie scharren den ganzen Mulch von deinen Beeten«, rief Eula und schwenkte die Hände hilflos in der Luft. Der Mann und die Frau gingen daran, die Hühner zu jagen und klatschten dabei in die Hände und schrien und lachten. Er bewegte sich mit kleinen Trippelschritten, und jeweils nur ein Huhn aufs Korn nehmend, stieß er vor, um sich alsbald zu einem Zickzackkurs genötigt zu sehen. Die Enden seines Morgenrocks flatterten in der Luft. Die Frau war anmutiger und machte aus ihrer Hühnerjagd fast ein Ballett, indem sie mit den Armen weite Kreise beschrieb und auf und ab sprang.

»Die treten dir deine geharkten Beete zusammen, Louise«, sagte Eula.

»Wieviel Miete haben sie denn für den Monat bezahlt, den sie hierbleiben wollen?« fragte Ethel. »Vielleicht machst du ja selbst dann noch 'n gutes Geschäft, wenn du die mit 'm Bulldozer im Garten herumfahren läßt.«

Man war mit einem Makler übereingekommen, Louises Haus während der Winter- und Frühlingsmonate zu vermieten. »Genießen Sie die Heiterkeit des Landlebens«, hatte es in der Anzeige des Maklers geheißen. »Erwachen Sie beim fröhlichen Krähen eines Hahns hinter der Scheune, holen Sie sich selber Ihr Bio-Gemüse aus dem Garten, genießen Sie romantische Abende am Kamin in diesem alten Landhaus. Bequeme Einkaufsmöglichkeiten haben Sie im nahegelegenen Tallahassee.« Selbst nach Abzug der Maklerprovision blieben Louise fast dreihundert Dollar pro Woche übrig.

»Wenn die Wassermelone reif gewesen wäre«, sagte Eula, »wären die Hühner niemals aus dem Hühnerhof rausgelaufen.«

Schließlich komplimentierten der Mann und die Frau die letzte Henne in den Hühnerhof und verriegelten das Tor. Die Hühner nahmen ihr methodisches, ruhiges Picken und Scharren wieder auf, und die beiden lehnten sich nebeneinander an den Zaun und sahen ihnen dabei zu.

»Also, das kann ich gut verstehen«, sagte Eula. »Es hat was Heimeliges zuzusehen, wie sich eine Hühnerschar durch einen Haufen Abfall durchpickt.« Die Frau schlang einen Arm um die Taille des Mannes und kuschelte sich an ihn. Dadurch rutschte sein Morgenrock hinten hoch, und zwei weiße Kniekehlen kamen zum Vorschein.

»Sieh dir das an«, sagte Louise. »Der ist ja niedlich.«

Dann versetzte die Frau dem Mann einen aufreizenden kleinen Stoß mit der Hüfte, ließ ein heiseres Lachen hören, und die beiden schlenderten Arm in Arm den Gartenweg zurück zum Haus und vergaßen den Abfalleimer. Im Hühnerhof packte ein Hahn eine Henne im Genick und bestieg sie. Es gab ein Gegacker und Geflatter, aber es dauerte nicht lang. Der Hahn sprang herunter und nahm sofort wieder seine arrogante Haltung ein, und das Huhn stand auf, torkelte, knurrte, schüttelte sich mit gesträubten Federn und machte sich wieder daran, zierlich an der Schale der Wassermelone zu picken.

»Ich bin bloß froh, daß er das nicht gesehn hat«, sagte Eula. »Gockel sind eben 'n furchtbar unmanierliches Volk.«

»Tante Eula kann sie einfach nicht in Ruhe lassen«, sagte Ethel zu Lucy. »Zuerst hat sie sie nur vom Küchenfenster aus beobachtet, jetzt hat sie angefangen, sie zu füttern. Gestern war's Ingwerkuchen und Fleischpastete. Heute backt sie Brot.«

»Habt ihr einen Eindruck, wie's denen gefällt?« fragte Lucy. »Ich meine, das zugige alte Haus für Leute aus der Stadt, ich weiß nicht.«

»Paß auf«, sagte Ethel, »der Anblick von einem Huhn, das an einer grünen Wassermelone pickt, macht die Frau ganz scharf. Die zieht sich überhaupt nicht mehr an.«

»Was hat er'n da?« fragte Eula. »Sieht aus, wie'n Stück von 'ner großen roten 9.«

»Das ist'n ›g‹«, sagte Louise. »Das ist von dem Sunoco-Schild runtergefallen, ›Regulär – 1.09 Dollar‹. Das is das ›g‹ von Regulär.«

»Guck mal da«, sagte Eula. »Jetzt hat er 'ne 8 am Wickel.«

»Das ist'n Stück von 'nem B«, sagte Louise. »Die dicke Hälfte von 'nem B.«

Der Mann stand draußen im Hof. Er hatte einen Schraubenzieher in der einen und ein Brecheisen in der anderen Hand. Auf dem Boden lag ein Haufen Blechstücke, Reste zerbrochener Möbel, ein Knäuel verbogenen Maschendrahts, Regalbretter, von denen die Farbe abblätterte, und eine Menge Wörter und Buchstaben – Stücke von Holz- und Metallschildern, Buchstaben und Zahlen von Streckenschildern und orangegelbe Plastikstreifen mit verschiedenen Warnungen: BETRETEN VERBOTEN DURCHGANG VERBOTEN NICHT WEITERGRABEN GLASFASERTRASSE RUHE BEWAHREN VORSICHT FARBE ZUTRITT FÜR UNBEFUGTE VERBOTEN. Er hob von jedem Haufen immer wieder verschiedene Dinge auf und drehte sie in den Händen hin und her. Von Zeit zu Zeit legte er einen Holzpflock oder ein

Stück Sprungfeder behutsam auf den Boden und ging darum herum. Manchmal hob er ein Stück auf und legte ein anderes darunter. Dann wieder stand er mit in die Hüften gestemmten Armen da und starrte auf die Gerümpelhaufen.

»Irgendwas gefällt ihm nicht«, sagte Louise. »Da fehlt noch was.«

»Was will er denn mit all dem Kram?« fragte Eula. »'n Stück von 'ner Fliegentür, 'n Haufen verbogener Maschendraht, 'n Berg verbeultes Blech. Die kommen den ganzen weiten Weg von Kansas City, Missouri, hierher, um den Müll von der Straße zu lesen.«

»Er baut da was draus zusammen«, sagte Louise.

Es war früher Abend, und die Frau wusch in der Küche grünen Salat, als Louise an die Tür klopfte.

»Das ist für ihn«, sagte Louise. Sie preßte die Lippen zusammen und hielt den Kopf seitwärts gesenkt. In der Hand hatte sie ein altes, rostiges Blechschild, eine Reklame für eine Hundefuttermarke, die es nicht mehr gab. Die Farbe darauf war verblaßt, und einige Buchstaben waren vom Rost angefressen, aber man konnte immer noch einen kleinen Welpen mit großen runden Augen und einer gerundeten Zunge erkennen sowie das Wort KRAFTSTROTZEND, das sich über seinem Kopf wölbte. »Ich hab gedacht, er könnt's vielleicht für seine Buchstaben brauchen«, sagte Louise.

Ein kurzer Moment der Ratlosigkeit, zögerndes Begrüßen und verdutztes Sich-Bedanken gingen durcheinander. »Hallo, also, tja, recht herzlichen Dank, er wird sich bestimmt sehr ... Stellen Sie's doch da drüben hin, er ist im Augenblick nicht ...« In dem Moment kam der Mann in die Küche. Er nahm Louise das Schild aus der Hand, hob es hoch ins Licht und pfiff durch die Zähne. Er setzte sich und hielt das Schild im Schoß. Er nahm sich ein Tuch von der Spüle und wischte den Staub von dem Buchstabenbogen.

Dann sah er Louise durchdringend an. »Ich bin sprachlos«, sagte er. »Haben Sie vielen, vielen Dank.«

»Ach, das ist doch nicht der Rede wert«, sagte Louise. »Ich hab bloß gemerkt, wie Ihnen das ›g‹ von ›Regulär‹ gefallen hat, und dachte, Sie könnten die vielleicht brauchen. Das ist noch aus'm ehemaligen Laden von meinem Schwager, das war Melvin, Eulas Mann, den hat sein eigener Allis-Chalmers-Traktor unter sich begraben.«

»Oh, das tut mir aber –« sagte die Frau.

»Die sind wunderschön«, sagte der Mann. »Vielen Dank.«

»Tja, ich geh dann mal wieder«, sagte Louise und verschwand ohne ein weiteres Wort.

»Wo ist die denn auf einmal hergekommen?« fragte der Mann. Er lief jetzt in der Küche auf und ab und hielt dabei das Schild in die Höhe, als wäre es ein Banner bei einer Parade. »Mann!« sagte er. »Mannomann!«

»Die spinnt«, sagte die Frau.

»KRAFTSTROTZEND«, sagte der Mann. »KRAFTSTROTZEND.« Er schob seinen Salat beiseite. »Sieh dir dieses köstliche F an, dieses strotzende O, dieses dickbauchige D! Wow! Durchgang verboten!«

Die Frau kreuzte die Arme auf der Tischkante und sah ihn an. »Bruce«, sagte sie.

»Weißt du«, sagte er, drehte das Schild in den Händen hin und her und verdeckte Teile davon mit der Serviette. »Wenn ich nur …«

»Bruce«, sagte sie, aber er kramte in seinem Werkzeugkasten.

»Verdammt noch mal, ist das dunkel hier«, sagte er und rammte den Griff des Schraubenziehers in seinen Handteller. »Wenn du mir mal die Taschenlampe halten würdest –«, aber sie schlug mit beiden Händen auf die Tischplatte.

»Du hast es mir versprochen, Bruce.«

»Er ist Typograph«, sagte die Frau zu Eula. »Als ich ihn kennenlernte, hat er für eine Reihe von kleinen Zeitschriften gearbeitet« – sie fixierte Eula mit einem vielsagenden Blick – »und wenn ich klein sage, meine ich klein.« Auf dem Küchentisch zwischen ihnen war eine Hühnerpastete dabei, gefährlich warm zu werden. »Für den ›Newsletter des amerikanischen Kürbiszüchterverbands‹, das ›Milchziegenjournal‹, die ›Wochenschrift für den Gartenfreund‹, was bedeutet, daß er kaum etwas verdient hat. Aber er war mit solcher Leidenschaft und mit solchem Engagement bei seiner Arbeit, daß mich das gleich für ihn eingenommen hat.« Sie warf anmutig den Kopf zurück und fuhr sich mit den Fingern durchs Haar. »Deshalb hab ich ihm einen Bombenauftrag mit Glückwunschkarten verschafft. Klar, ich hab meine Beziehungen spielen lassen –, ich kenne ein paar einflußreiche Leute in Kansas City –, aber er hat es wahrhaftig verdient. Man hat ihm den Auftrag für eine neue Kartenserie mit dem Namen ›Gefühle‹ gegeben – etwas wirklich Hübsches, Ansprechendes, Blumen, Pastellfarben. Ich weiß nicht, was es war – die großen Erwartungen, der Druck, die Verantwortung, es hat ihn sehr belastet, und als er fertig war, hatte ich das Gefühl, daß wir genau diese Zeit, weg von zu Hause, ganz für uns allein, brauchten, eine Art Erholungskur.« Eula saß da, die Hände im Schoß, dachte an Salmonellen und überlegte, ob es unhöflich wäre, die Frau für den Augenblick zu unterbrechen, den es dauern würde, die Hühnerpastete in den Kühlschrank zu stellen.

»... Sonnenuntergänge, lange Gespräche abends am Kamin, Kerzenlicht ... Aber seit wir hier sind, hab ich ihn kaum zu Gesicht bekommen. Er verbringt seine ganze Zeit damit, aus Schrott riesige Collagen zu machen – aus Schildern, Piktogrammen und Wortfetzen, die nichts bedeuten.« Aus dem Hinterhof hörten sie jetzt das Geräusch der Säge, mit der der Typograph aus einem Teil eines Joghurtwerbeplakats das große gelbe J heraus sägte. »Manchmal denke ich, er macht sich mehr aus Buchstaben und Zahlen als aus mir«, sagte die Frau mit leiser, melancholischer Stimme.

»Ach, Schätzchen«, sagte Eula, »lassen Sie ihm doch ein bißchen Zeit. Das wird schon wieder. Und hier die Hühnerpastete –«

»Ich will aber eine Liebe, die nicht davon abhängt, daß man ihr ewig Zeit läßt«, sagte sie. Im Hof lehnte der Grafikdesigner das J an ein gestreiftes Brett und trat einen Schritt zurück.

»Seien Sie gottfroh, daß es Zahlen und Buchstaben sind und nicht Hahnenkämpfe, wo sich andauernd mein Melvin, Gott hab ihn selig ...« sagte Eula.

»Soll ich Ihnen was sagen«, sagte die Frau, »er träumt nachts von Schriften. Die 14-Punkt-Eurostile bereitet ihm Alpträume.«

»Was für eine Nervensäge«, sagte Ethel.

»Sie braucht irgendeine Aufgabe«, meinte Lucy. »Warum schlägst du ihr nicht vor, ein bißchen Gartenarbeit zu machen, Eula? Du könntest ihr ein paar Tütchen Samen schenken, damit sie den Einstieg findet.«

»Alles, was sie braucht, ist'n bißchen Aufmerksamkeit von ihm«, sagte Eula. »Er ist glücklich und zufrieden mit seinem Schrotthaufen, kein Wunder, daß sie sich überflüssig vorkommt.«

»Aber das ist Kunst«, sagte Lucy. »Als Künstler sollte man ihm den Anspruch auf einen gewissen Freiraum lassen.«

»Das soll Kunst sein? Na, ich danke!« sagte Eula. »'n Haufen zusammengeschraubter Schrott.«

»Er soll sich bloß in acht nehmen, sonst hetzt Mama ihm die Außerirdischen auf den Hals«, sagte Ethel.

»Ich hab Louise gesagt, daß sie die Außerirdischen ja nicht erwähnen soll. Wenn sie damit anfängt, schnappen die sich ihre fünftausend Dollar wieder und machen, daß sie davonkommen.«

»Heute hab ich'n S für Sie«, sagte Louise und hielt ihm ein großes, schwarzes, serifenloses S hin. »Und 'n paar Os. Sehen Sie, so gefällt's Ihnen.« Sie legte eine Reihe schwarze Lettraset-Os auf den Boden, richtete sie in einer Linie aus, machte da und dort kleine Korrekturen und sah prüfend nach dem Sonnenstand.

»Wem?« fragte er und brachte das große S in einer Ecke seiner Assemblage unter.

»Darüber darf ich nicht sprechen«, sagte Louise. »Aber das verlockt sie dazu runterzukommen, Os und As und noch'n paar andere Buchstaben, in einer Reihe von Ost nach West.«

»Hey«, sagte er, »ist ja auch egal. Das gefällt mir.« Und er reihte die Os vorsichtig über einem Schwarzweißfoto von Marilyn Monroe mit Kußmund auf. Dann legte er Louise einen Arm um die Schultern, und sie standen zusammen da und sahen sich das Ganze an. »Wow!« sagte er mit einem so breiten Grinsen, daß seine Wangen die Brille auf der Nase ein Stück nach oben schoben. »Wunderschön!«

»Mistral!« stieß der Typograph hervor und strampelte die Decken weg. »Brush Script! Nein! Nein!« Er stöhnte und warf den Kopf hin und her. Draußen im Hühnerstall wurde einer von Louises Hähnen, die an Schlafstörungen litten, vom Mondlicht und den seltsamen Lauten aus dem Haus geweckt, er stand auf, schlug einmal mit den Flügeln und krähte.

Leise zog die Frau eine der Decken aus dem Wust heraus, schlich ins Wohnzimmer, setzte sich im Dunkeln hin und umschlang mit den Armen ihre Knie.

Der Typograph war draußen im Hof, lief kopflos vor dem Hühnerstall auf und ab und rupfte an den vertrockneten braunen Zweigen der Kletterpflanze, die am Zaun hochrankte. Vom Boden blickte Marilyn Monroe durch Louises O's in die Luft, und aus dem Haus waren ostentative Signale von Aufbruch zu hören – Geräusche von Koffern, die durchs Zimmer geschleudert oder gezerrt wurden, ungestüme Schritte, Türenknallen.

»Hallo«, sagte Louise. »Heute ist der große Tag. Ich hab ein paar As für Sie.«

Er sah die As an, nahm sie aber nicht, um auszuprobieren, wo sie am besten hinpaßten, indem er sie, leise murmelnd, hierhin und dorthin schob.

»Sie verläßt mich«, sagte er

Louise sah sich verstohlen um. Sie hörten, wie vor dem Haus eine Autotür zugeschlagen wurde. »Ich will Ihnen mal was verraten«, sagte Louise.

Die Frau erschien in der Tür, die Handtasche am Arm. »Bring mich zum Flughafen«, sagte sie mit flacher, angespannter Stimme.

»Eins muß man ihr lassen –, wie sie abgerauscht ist, das war gekonnt«, sagte Ethel. »Ein paar Stunden hat's gekracht, geklirrt und gescheppert, und dann, rumms!, weg war sie.« Ethels Trennung von Roger hatte sich länger als ein Jahr hingezogen, wenn man die Monate berechnete, die die Ableger des nachtblühenden Säulenkaktus' seiner Großmutter gebraucht hatten, um Wurzeln zu schlagen.

»Ich könnte mir denken, daß sie das Ganze in ihren eigenen vier Wänden nochmal machen müssen«, sagte Lucy. »Dieser Abgang war doch nur Theater.«

»Und das alles, weil er ein paar Zahlen, Buchstaben und Schrottstücke zusammenschustert«, sagte Eula und mußte an Melvin und seinen Pritschenwagen denken, der sich im Schutz der Dunkelheit mit Dutzenden von Drahtkäfigen auf der Ladefläche leise vom Haus entfernte, und am nächsten Morgen dann die schreckliche Stille und die blutbefleckten Kleider.

»Ich glaube, es ist nicht nur das«, sagte Lucy. »Ich glaube, es hat ihn geistig nichts mit ihr verbunden. Es war keine echte Seelengemeinschaft.«

»Die Frau hat einen Dickkopf«, sagte Eula, »und schnappt leicht ein.«

Der Typograph lehnte in der Küche an der Arbeitsplatte und trank Whiskey, während Louise Bindfadenenden, Stanniolpapierknäuel und Buchstaben aus einem Scrabblespiel in einer bestimmten Anordnung auf dem Küchentisch verteilte.

»›Mistral‹ nennen sie das«, sagte er. »Süßlich, flach, locker vom Hocker, ein George Hamilton unter den Schriften, geschniegelt, gewinnendes Lächeln, braungebrannt und ach, so nett.«

»Das ist mein Bindfaden«, sagte Louise. »Die Zahlen und Buchstaben erregen ihre Aufmerksamkeit, und der Bindfaden holt sie runter.«

»Sie nehmen die Bodoni«, sagte der Typograph, »eine der großartigsten Schriften aller Zeiten«, er schwenkte die Flasche zu Louise hin, die ihn mit zusammengekniffenen Augen aufmerksam ansah –, »und was machen sie? Sie machen eine Bodoni Outline daraus. Das ist, als ob man Gespenster sähe. Sie nehmen die Gill Sans, eine kräftige Brotschrift, und was machen sie? Sie stauchen die Großbuchstaben, sie vergrößern die Bunzen, sie runden Ecken und Winkel, sie nehmen der Schrift jeden Charakter. Sie kastrieren sie.«

»Sie kommen ganz, ganz leise herunter«, sagte Louise. »Sie gleiten ganz sachte herein. Man merkt's nicht einmal.«

»Das ist eine Niedertracht«, sagte der Typograph. »Die großen Schriften aus drei Jahrhunderten gehn uns verloren, und kein Hahn kräht danach!«

»Man muß die Buchstaben nur richtig hinlegen«, sagte Louise, »dann kommen sie wie Regen, dann kommen sie wie der Wind. Sie kommen aus dem Licht herunter. Die kommen durch jede Ritze, die Männchen, und wenn sie noch so schmal ist. Wenn die Luft so dämpfig ist wie jetzt. Und sich so elektrisch geladen anfühlt. Spüren Sie es? Kommen Sie mit nach draußen.« Louise packte den Typographen am Arm. »Kommen Sie. Sie werden es sehen.«

Eine für die Jahreszeit ungewöhnliche Wärmeperiode ging zu Ende. Ein leichter Wind kam auf, und es würde noch in der Nacht anfangen zu regnen. Die zwischen der vorigen und der kommenden Kaltfront eingeklemmte feuchtwarme Luft erzeugte eine beklemmende, fast klaustrophobe Atmosphäre.

»Sehen Sie das Licht da?« fragte Louise. »Sehen Sie das?«

Im Süden über dem Baumwollfeld jenseits der Straße, wo die Lichter von Tallahassee die tief hängenden Wolken von unten beleuchteten, schimmerte der Nachthimmel rosa und golden.

Blüten so groß wie Untertassen

»Eines ist so sicher wie das Amen in der Kirche«, sagte Meade, »der Mann hat nicht eine einzige lebensfähige Samenzelle in seinem ganzen Körper.« Der Mann war der Alleinunterhalter bei der Jahrestagung des Amerikanischen Artenschutzbundes. Er hatte sich einen Cowboyhut auf den Kopf gezwängt, trug hochhackige Schlangenleder-Cowboystiefel und hautenge, an den Schenkeln abgewetzte Jeans. Er sang »The Tennessee Stud«.

Lebensfähige Samenzellen waren tagsüber ein wiederkehrendes Thema in den Arbeitskreisen für Artenschutz gewesen, in denen über die Erhaltung und Stärkung bedrohter Tierarten diskutiert worden war. Der Repräsentant einer der Genbanken der Gesellschaft hatte ein Programm zur Fruchtbarkeitsevaluation vorgestellt, und der namhafte Zoologe Professor Doktor Albert Turner hatte einen mitreißenden Vortrag über die Entwicklung von Hühnerrassen gehalten und darauf hingewiesen, daß der Fortbestand der spektakulären Ausstellungsvögel und der Massen produzierenden Eier- und Fleischlieferanten gesichert sei, während viele schöne, alte Nutzrassen aus dem »Goldenen Zeitalter der Tierzucht« fast ausgerottet seien.

Roger, Della, Hilma und Meade waren quer durch ganz Georgia gefahren, um an der Tagung teilzunehmen, weil Dellas Bild mit den Dominique-Hühnern als Wandschmuck für die Geschäftsstelle der Gesellschaft in Pittsboro, North Carolina, gekauft worden war. Meade hatte zuerst gemurrt – ihr Interesse galt Mutterpflanzen und nicht Tierzüchtungen, aber seit ihrer Ankunft hatte sie sich ganz dem Geist der American Breeds Conservancy überlassen und verglich jetzt alles mit dem »richtigen Leben«.

»Ist das nicht genauso wie im richtigen Leben?« fragte Meade. »Die prachtvollen ›Ausstellungshühner‹ blühen und gedeihen, und die achtenswerten alten Nutzrassen werden vernachlässigt und vergessen.«

Der Country-Sänger in den hochhackigen Cowboystiefeln und den engen Jeans war von der Bühne gestakst, Meade, Della, Roger und Hilma aßen in der Lounge des Kongreßzentrums ein Schinkensandwich und unterhielten sich über den interessanten Vortrag von Professor Turner. Die Tische waren schulterhoch, und um auf die hohen Hocker zu gelangen, hatten sie eine regelrechte Kletterpartie unternehmen müssen, ganz ähnlich wie Hühner, die um einen Platz auf der Stange kämpften, dachte Hilma, die nicht recht wußte, wo sie ihre Füße lassen sollte. Am Nachbartisch thronten der Präsident des amerikanischen Wyandotte-Klubs und der Züchter eines kleinen Volks von New Hampshire Reds, wie Hilma bemerkte, recht lässig oben auf ihren Hockern, rauchten, tranken Whisky und lasen sich gegenseitig aus einer Ausgabe des ›Geflügelzüchterjournals‹ von 1922 etwas vor.

»Aber ich mag die Ausstellungshühner«, gab Della schuldbewußt zu. »Die prächtige Zeichnung, die schwungvollen Schwanzfedern, die leuchtenden Farben.«

»Sie sind jung, meine Liebe«, sagte Meade. »Sie werden eines Tages auch noch die althergebrachten, elementaren Dinge des Lebens schätzen lernen.«

»Wie Meades alte Clematis«, sagte Hilma, »ein liebes kleines Ding, obwohl ich Ihnen zustimme, Della. Die modernen, die man in den Pflanzenkatalogen zu sehen bekommt, sind so spektakulär, gestreift und gefüllt und in samtigen Farben.«

»›Neu und noch besser‹, heißt es da immer«, sagte Roger. »Premiumhybriden mit Blüten so groß wie Untertassen.«

»Meade nennt sie ›vulgär‹«, sagte Hilma fast abschätzig, und plötzlich kam sich Meade ganz ausgeschlossen vor, als ließe man sie auf dem hehren Standpunkt, den Professor Turner umrissen hatte, allein und im Stich. Sogar die seriösen Geflügelzüchter am Nebentisch hatten ihre edle Rolle als Bewahrer des genetischen Erbes aufgegeben, wie sie jetzt bemerkte, und fingen an sich zu küssen, ohne Rücksicht darauf, daß sie mit den Ellbogen den Umschlag des ›Geflügelzüchterjournals‹ zerknautschten. Meade fühlte in der Tasche nach dem Tütchen mit dem Samen der kleinen Appomattox-Clematis, den sie Professor Turner schenken wollte. Die Clematis wuchs seit 1865 im Garten ihrer Familie, als ihr Großvater den Samen auf seinem langen Fußmarsch nach Hause am Straßenrand aufgelesen hatte. Es war eine Kletterpflanze mit kleinen, nickenden Blütenköpfen in einem zarten Blaßblauton, die ein wenig nach Puder dufteten.

Hilma öffnete die Schlafzimmertür nur einen Spalt und spähte ängstlich den Flur hinauf und hinunter. Viele Teilnehmer der Tagung waren in dem überfüllten Hotel garni in der Nähe des Kongreßzentrums untergebracht. Ein paar von den größeren Schlafzimmern in dem alten Haus waren mit Trennwänden geteilt worden, man hatte weitere kleine Räume geschaffen, indem man die hinteren Enden von Fluren und Veranden abgetrennt hatte. An jedem freien Platz standen Porzellanfigurinen von aufgeputzten Schäferinnen mit Hunden oder anderer Nippes auf Spitzendeckchen, so daß die Koffer, Taschen und Mäntel der Gäste auf dem Fußboden gestapelt oder auf Sesseln untergebracht werden mußten, was die Zimmer chaotisch und beengt wirken ließ.

Hilma schlich den Flur entlang und hielt sich in der

Angst, beim Badezimmer auf irgend jemanden zu treffen, krampfhaft am Hals den Frotteebademantel zu. Sie war überzeugt, daß ihr jederzeit in der Nacht einer von diesen Federviehenthusiasten über den Weg laufen konnte, der sich fürs Zubettgehen fertigmachen wollte. Und tatsächlich, genau in dem Moment, als sie am Badezimmer ankam, ging die Tür auf. Aber es war nur Della, die eine Shampoo-Flasche in der einen und ein Lämpchen in Gestalt eines springenden Fischs in der anderen Hand hielt. »Die hat auf dem Spülkasten der Toilette gestanden«, sagte Della, »das kam mir aber ein bißchen riskant vor – so ein feuchter Platz für ein elektrisches Gerät.«

Hilma badete unter ungemütlichen Umständen, denn sie wollte den Boden der Wanne nicht berühren und hielt ständig die Ohren gespitzt, ob nicht Schritte, Stimmen oder ein Rütteln an der Tür zu hören waren. Als sie zurück ins Zimmer kam, saß Meade, elegant in ein Chintzbettjäckchen gekleidet, noch wach im Bett und las im ›Handbuch der arterhaltenden Tierzucht‹.

»Der Untergang dieser Rassen würde einen herben Verlust für die Landwirtschaft und eine Herabwürdigung des menschlichen Geistes bedeuten«, las Meade vor. »Ja, das ist wahr«, sagte sie, »ich fühle mich oft genug geistig herabgewürdigt, du nicht auch, Hilma?«

Aber Hilma fühlte sich nur unangenehm schwitzig und erschöpft und von all dem Nippes erschlagen. »Gott sei Dank, daß Della wenigstens diesen Fisch weggeschafft hat«, sagte sie.

Die gelbleuchtenden Ziffern auf dem kleinen Digitalwecker am Bett zeigten 4:15 an, aber Hilma konnte nicht schlafen. Sie mußte immerfort an Meade und ihren Clematissamen, seltene Schweinerassen und das Badezimmer am Ende des Flurs denken. Sie hatte die rührende Überreichung der Appomattox-Clematis mitbekommen und wie Meade ernst von dem langen Heimweg erzählte und von den clematisbewachsenen Lauben, die es seit über einhundertdreißig Jahren in den Gärten ihrer Familie in Virginia, North Carolina, und jetzt in Georgia gab. Hilma hatte gerade rechtzeitig in die Eingangshalle gelugt, um zu sehen, wie Professor Turner lächelte, nickte, das Tütchen in seine Manteltasche schob und sich mit verstohlenen Schritten in die Richtung zurückzog, wo sich der sichere Hafen seines Zimmers befand.

4:29. »... erfolgreich aus England eingeführt und jetzt sicher in New York in Quarantäne!« hatte es in der stolzen Bildunterschrift geheißen. Aber die Schweine hatten so bedauernswert ausgesehen, dachte Hilma, wie sie sich da auf ihrem Strohlager aneinanderschmiegten. Sie waren sicher in einem Raum mit Betonwänden und einem Betonboden, vermutete sie, der jeden Tag mit Desinfektionsmitteln geschrubbt wurde. Sie stellte sich vor, wie sie, den Rüssel gegen die borstige Flanke des Nachbarn gedrückt, dalagen und im Schlaf schnaubten. Träumten sie von dem Zuhause, das sie in England zurückgelassen hatten, fragte sie sich, von den grünen Wiesen, den Hecken, den Grenzgräben? Ahnten sie in irgendeiner Form, daß sie seltene, kostbare Schweine waren und bald einen anderen blauen Himmel sehen und in der feuchten Erde eines anderen Kontinents Wurzeln schlagen würden?

4:36 – jetzt wäre es günstig, dachte sie, schlüpfte aus dem Bett und suchte sich, vorbei an den Schuh- und Mantelhaufen, den Weg zur Tür. Um diese Zeit würde bestimmt niemand sonst –

»Oh!« japste Della mit so etwas wie Erleichterung. »Gott sei Dank, daß Sie wach sind.« Sie lehnte in ihrem Flanellnachthemd neben dem Badezimmer an der Wand, drehte hektisch am Türknauf und machte einen derart beunruhigten Eindruck, daß Hilma ihr Vorhaben, auf die Toilette zu gehen, ganz vergaß und sich mit ihr mitten in den Haufen zerknautschter Kissen auf dem weißen Satinsofa setzte, das im Flur stand. Wieder fiel es Hilma schwer, eine halbwegs bequeme Sitzhaltung zu finden. Sie drückte den Rücken durch, preßte die Zehen fest auf den Boden, um nicht von ihrem glatten, aufgewölbten Sitz zu rutschen, und versuchte, sich zu konzentrieren. Aber Della stellte auch ein ziemliches Rätsel für sie dar. Es war dunkel, und sie sprach so leise, daß Hilma nur Bruchstücke von dem, was sie sagte, verstand: »... warme Leiber, in Decken vergraben«, flüsterte sie, »... ungreifbare Gedanken schwirren wie Fledermäuse durch die Nacht«, und nach einer Weile kam Hilma allmählich dahinter, daß sie ihr eine unnatürliche Angst beschrieb, die sie vor schlafenden Menschen hatte, vergleichbar mit der Furcht vor Schlangen oder Spinnen. »Schläfer«, sagte Della schaudernd. »Deshalb war ich so froh, als ich Sie sah.«

Aber es hatte nicht den Anschein, als ob Hilma Della viel Trost hätte spenden können. Menschen mußten schließlich schlafen. »Sie werden bald aufwachen, meine Liebe, und wieder sie selbst sein«, sagte Hilma matt, »genau wie die Gloucestershire Old Spots Schweine, wenn die Quarantäne endlich aufgehoben wird.« Dann saßen sie einfach nur zusammen auf dem weißen Sofa, bis das erste Licht durch die Spitzenvorhänge drang, den Flur hinauf und hinunter die Türen aufgingen und das stetige Fußgetrappel in Richtung Badezimmer einsetzte.

Meade lag in ihrem Bett, sah zu, wie die Zimmerdecke mit dem zunehmenden Tageslicht heller wurde, und dachte an die schallenden Worte, mit denen Professor Turner am Vorabend seinen Vortrag beendet hatte: »Das Motto des Tages lautet: Erhaltet uns das Federvieh in seiner Vielfalt und rettet so das genetische Erbe in die Zukunft.« Und noch nicht mal eine Stunde später küßten sich die Züchter der beiden am meisten bedrohten Hühnerpopulationen beim Abendessen, und das Motto des Tages war das letzte, was sie kümmerte. Wie im richtigen Leben, dachte sie, und kuschelte sich tiefer unter ihre Decken, so ergeben sich die Menschen nun mal dem schnellen Genuß, der Oberflächlichkeit. *So*, dachte sie, ist ein solch vielseitiges Wort, kurz und einfach und doch machtvoll, wenn man es wie Professor Turner gebrauchte: »Und rettet so ...« Professor Turner hatte eine tiefe Stimme, die sich dazu eignete, über den Erhalt achtenswerter Lebensformen zu sprechen, einen so schönen weißen Haarschopf und eine markante, ausdrucksvolle Nase, fast wie die Bilder vom Gottvater oder Moses. »Und rettet so ...« murmelte sie und dachte an die Appomattox-Clematis, die nächstes Jahr in seinem Garten blühen würde.

Die Unterhaltung am Frühstückstisch gestaltete sich schwierig. Die Gastwirtin hatte den Eindruck, daß es sich bei den fraglichen seltenen Rassen um exotische Tiere handelte, und hörte gar nicht mehr auf, von einem rosa Delphin zu erzählen, den es, wie sie gehört hatte, im Jangtsefluß gab. Der Züchter der Schar New Hampshire Reds war nicht zum Frühstück erschienen, und den Präsidenten des Wyandotte-Klubs verlangte es so heftig nach einer Zigarette, daß seine Oberlippe an den Zähnen klebte, aber die Worte »Danke, daß Sie nicht rauchen« standen in Druckbuchstaben auf blauen Sperrholzgänsen, die über jeder Tür an der Wand befestigt waren. Della hätte gern ein Glas Wasser gehabt, aber es gab nur dünnen Kaffee, und der gemäß konventioneller Sitzordnung am Kopfende plazierte Professor Turner stieß mit den Knien andauernd gegen die unter dem Damasttischtuch verborgenen Verstrebungen der Klapptischbeine.

»Die sind ganz, ganz selten«, sagte die Gastwirtin begeistert und schenkte aus einer silbernen Kanne lauwarmen

Kaffee aus. »Es gibt nur noch etwa fünfzig Stück auf der Welt, Delphine sind sowieso so goldig, und dann noch ein rosafarbener, also, wenn ich mir das vorstelle –, Sie alle leisten eine so wichtige Arbeit und bewahren diese armen Tiere vor dem Aussterben.«

Aber die Nerven des Präsidenten des Wyandotte-Klubs waren zu angespannt, als daß er sich das Gerede über Delphine noch länger hätte anhören können, und plötzlich stieß er mit wütender Stimme hervor: »Ich züchte Federvieh!«

»Oh!« japste die Gastwirtin, stellte hastig eine Platte wackelnder pochierter Eier ab und verschwand in die Küche.

Einen Moment lang starrte alles betreten auf die Eier und suchte krampfhaft nach diplomatischen Worten, mit denen man die jäh eingetretene peinliche Stille durchbrechen könnte. Hilma war es dann, die tapfer die Platte nahm und sie mit den Worten: »Das sind hoffentlich keine Eier von einem seltenen und bedrohten Hühnervolk« freundlich an Professor Turner weiterreichte.

»Nein«, antwortete Professor Turner just in dem Moment, als in der ganzen Runde eine entspanntere Stimmung einkehren wollte. »Ich würde meinen, dieses Ei stammt von einer Weißen Leghornhenne, die auf einer Fläche nicht größer als Ihre beiden Hände leben muß. Vielleicht hat man ihr, als sie einen Tag alt war, den Schnabel abgeschnitten, um sie daran zu hindern, nach ihren Artgenossinnen im Käfig zu hacken, oder vielleicht hat man ihr im Alter von achtzehn Wochen rote Kontaktlinsen verpaßt.« Und dann, als alle mit den Händen im Schoß dasaßen, erklärte Professor Turner, daß so viele Hennen auf einem Raum nicht in der Lage seien, ihre Hackordnung aufrechtzuerhalten und in ihrer Frustration dazu neigten, sich gegenseitig totzuhacken. Indem sie die Wahrnehmung von

Blut unterbinden, verringern die roten Kontaktlinsen diesen Sozialstreß, eliminieren den Kannibalismus, steigern die Eierproduktion und führen so letztendlich zu einer wesentlichen Verbesserung des Futterverwertungsfaktors.

»Und auf diesen erbärmlichen Stand ist das edle Geschäft der wissenschaftsgestützten Federviehhaltung herabgesunken«, schloß Professor Turner mit Knalleffekt.

Danach wurde noch ein wenig an trockenen Toaststücken geknabbert, aber keiner hatte mehr Lust zu reden. Schließlich gab Roger das Zeichen zum Aufbruch, indem er seinen Stuhl zurückstieß und »Tja, dann« sagte, woraufhin alles erleichtert aufstand und zum Packen zurück ins Zimmer eilte.

Hilma stopfte ihre Sachen in den Handkoffer, setzte sich dann in einen Sessel am Fenster und sah in den grauen Tag hinaus, während Meade ihre Kleider auf dem Bett ausbreitete und sie mit einem Seidenpapier dazwischen sorgfältig zusammenlegte. Es war etwas Unbehagliches, Unerquickliches an der Tagung des Artenschutzbundes gewesen, fand Hilma – die gefleckten Schweine, die ihr nicht aus dem Kopf gingen, Meades komische Bemerkung, daß sie sich geistig herabgewürdigt fühlte, und Dellas seltsame nächtliche Ängste. »Schläfer«, hatte sie mit so entsetzter Stimme geflüstert.

Draußen auf dem Parkplatz fröstelten die Gäste in dem leichten kalten Nieselregen, hielten sich Zeitungen über den Kopf und luden ihr Gepäck in den Kofferraum.

»Oh, sieh mal«, sagte Hilma, »da ist Professor Turner«, und Meade hörte auf zu packen. Er sah zweifellos für sein Alter noch sehr gut aus, dachte Hilma, und er hatte eine so vornehme Haltung. Sie sah zu, wie er in seinen Manteltaschen suchte. Aber statt eines Schlüsselbunds förderte er Meades kleines weißes Päckchen mit Clematissamen zutage. Er stand da und sah es an, als ob er sich zu erinnern versuchte, woher er es bekommen hatte. Meade suchte sich gerade zwischen Gepäckstücken und Schuhen den Weg zum Fenster, aber Hilma war so geistesgegenwärtig, rasch zu sagen: »Ach, laß nur, es war doch jemand anderes –«, und Meade machte sich just in dem Moment wieder ans Packen, als Professor Turner den Umschlag aufriß und die Samenkörnchen im Regen auskippte.

Mitten im tiefsten Winter

»Ein sagenhafter Ventilator«, sagte Jim Wade, »sechzehn Zoll, Seitenmotor.« Er drehte den Schalter auf 3, und der Ventilator kam rumpelnd und schwerfällig in Gang. Es dauerte eine Weile, bis er voll auf Touren kam, aber als es dann soweit war, flogen die Weihnachtskarten nur so durch den Raum, und Ethel spürte, wie ihr förmlich das Wasser aus den Augen geblasen wurde. »Na, was sagst du dazu«, meinte Jim Wade, »ist das nun der Weltmeister unter den Ventilatoren oder nicht, he?«

Es war ein General-Electric-Ventilator von 1919 mit drei Geschwindigkeitsstufen, dessen Kupferflügel im Herzen des Luftwirbels wie ein goldenes Leuchten wirkten. Einer der Flügel hatte eine Macke am Rand, die den Ventilator zum Schlingern brachte, wodurch es zu einer Schwingung kam, die den ganzen Laden scheppern und vibrieren ließ. Ein Salz- und Pfefferstreuerpaar, »Mr. und Mrs. Santa«, marschierte mit wackligen Schritten auf den Rand des Regals zu, auf dem es stand. Ethel erwischte Mrs. Santa (Salz) genau in dem Moment, als sie die Kante erreichte.

»Laß sie doch runterfallen«, sagte Jim Wade. »Gottesjämmerlicher Kommissionsschund. Laß sie ruhig auf dem Beton zerschellen. Die Leute bringen das Zeug hierher zu mir und erwarten, daß ich es verkaufe. Und weißt du, was das Traurigste daran ist, Ethel? Ich verkaufe es sogar.« Er drehte den Schalter des Ventilators auf 2, dann auf 1 und stand mit geschlossenen Augen daneben.

»Ich seh diesen Ventilator in deinem Haus, Ethel, auf Stufe 1, an einem Sommerabend. Ich seh ein Tomatensandwich und ein Glas Kapern. Die Türen stehen offen, damit die frische Abendluft hereinkommen kann, und es ist nur das Zirpen der Grillen zu hören.«

Aber es war Dezember, Ethel war auf der Suche nach einem Holzofen, und im Hintergrund sangen A-Hörnchen und B-Hörnchen ›Stille Nacht, Heilige Nacht‹.

»Jim Wade«, sagte Ethel und stellte den Schalter des Ventilators zurück auf AUS. »Wir haben heute nacht fünfzehn Grad gehabt. Kein Mensch will etwas von frischer Abendluft hören.«

»Das ist eine Angewohnheit von mir«, sagte Jim Wade melancholisch. »Ich versetze mich in meinen Tagträumen gern in andere Jahreszeiten. Tust du das auch, Ethel?« Aber Ethel hatte in einer hinteren Ecke des Ladens einen wunderschönen Holzofen entdeckt, mit vernickeltem Schirm und einem glänzenden Untersatz in Form einer Kreuzblume.

»O nein!« sagte Jim Wade, ihr nachstürzend, »o nein!« Er stand vor dem Ofen und hielt Ethel mit einer Hand zurück. »Ein toller alter Ofen aus den neunziger Jahren des vorigen Jahrhunderts, denkst du? Vielleicht aus dem Eisenwerk Birmingham, denkst du? *Denkst* du«, – er machte eine theatralische Pause –, »der ist Made in Taiwan, in den frühen achtziger Jahren – den achtziger Jahren DIESES JAHRHUNDERTS. Siehst du das hier? Kreuzschlitzschrauben. Schund! Eine Imitation von etwas, was nie existiert hat, von Schlawinern entworfen, um Erinnerungen zu wecken an Dinge, die kein Mensch je erlebt hat. Dreihundertfünfzig Dollar, ein Wahnsinnspreis für einen Ofen, der nichts als Schwindel ist. Und soll ich dir was sagen, Ethel? Irgendeine Frau in einem grünen Trachtenrock und einer weißen Bluse mit rot paspeliertem Kragen wird hier hereinspazieren und das Ding kaufen! Sie wird einen künstlichen Blumenstrauß oben auf den Deckel stellen. Blumen auf einem

Holzofen, Ethel, stell dir das bloß mal vor! Landhaus-Träume!«

»Ach, Jim Wade«, sagte Ethel, »das ist doch jetzt die Jahreszeit, in der wir fröhlich sein sollten.«

»Es gibt nur eine einzige Sache auf der Welt, die mich fröhlich stimmen könnte, Ethel«, antwortete Jim Wade.

»Fang nicht damit an, Jim Wade«, sagte Ethel. »Hilf mir lieber, einen Ofen zu finden. Ich will mein Haus mit dem Holz heizen, das noch von dem Boot übrig ist.«

»Den Ofen, den du suchst, findest du hier nicht«, sagte Jim Wade, drehte das Schild an der Ladentür auf GESCHLOSSEN und sperrte von außen ab. »Was du suchst, ist ein Mehrzweckofen von Columbus – ein Little Bungalow –, den kriegst du draußen bei Paramores Restbeständen.«

Jim Wade warf seinen Transporter an, und sie bretterten durch die Stadt, vorbei am Weihnachtsbaum auf dem Rasen vor dem Gerichtsgebäude, an der Heilsarmee-Frau, die in ihrem kurzen roten Röckchen in der Kälte an der Ecke Jackson und Broad auf und ab ging, vorbei an der Zehntausend-Dollar-Lichter-Dekoration des Gartencenters und rauf auf die Autobahn 84.

»Heirate mich, Ethel!« schrie Jim Wade, ließ das Lenkrad los und schlug mit beiden Händen auf das Armaturenbrett. »Heirate mich im Frühling in St. Louis, der Hauptstadt der amerikanischen Ventilatorenproduktion!«

»Jetzt bist du vorbeigefahren«, sagte Ethel, »du hättest bei der Ausfahrt 111 raus gemußt.«

»Ich hab 'n hübschen Ventilator draußen im Hof«, sagte Mrs. Paramore und funkelte Jim Wade von unten her an. »Einen Old Emerson.« Ihre mageren, blaugeäderten Füße, die in silbernen Slippern steckten, waren gegen einen kleinen Gasraumheizer gestemmt, und an ihren schlappen Ohrläppchen schaukelten zwei Nikolausohrringe. Ethel entdeckte den Ofen unter einem Berg von Blechwannen, halb voll mit rostigem Eiswasser und gefrorenen Moskitolarven, und schlug sich die Knöchel blutig, als sie ihn aus einem Haufen kupferner und eiserner Wetterfahnen freilegte – Hähne, trabende Pferde, eine Kuh und ein Schwein zeigten die Himmelsrichtungen Norden, Süden, Osten und Westen an.

»Fünfundzwanzig Dollar für den Ofen, fünfzig für den Ventilator, das sind Festpreise«, sagte Mrs. Paramore, sog mit ihren dünnen Lippen am Zigarettenende und verschränkte die Arme über dem mageren, aufgebügelten Nikolaus auf ihrem Sweatshirt. »Das is'n Emerson.«

»Aber gucken Sie sich die Schmierbüchse an!« jammerte Jim Wade. »Gucken Sie sich den billigen Motor an! Das ist nicht der erstklassige Hohlkern-Emerson-Motor der zwanziger und dreißiger Jahre. Das ist ein Emerson mitten aus dem Krieg!«

Ethel ließ das Geld auf dem Ladentisch liegen, baute draußen auf dem Parkplatz aus zwei einen halben mal zwei Meter großen Brettern eine Rampe und schob und hievte den Ofen auf die Ladefläche von Jim Wades Transporter.

»Gucken Sie sich hier die Macken im Lack an!« schallte Jim Wades Stimme über die unwirtlichen Flächen von Metallresten, Autozubehör und Teilen von Fertighäusern. »Gucken Sie sich diesen Netzgitterkorb an!«

»Das ist'n Emerson. Ich geh mit dem Preis nicht runter«, sagte sie barsch. Die Nikolausohrringe ruckten und tanzten und zogen die Löcher in ihren Ohrläppchen zu häßlichen Schlitzen auseinander. »Ich handele nicht.«

»Das kann ich dir schriftlich geben«, sagte Jim Wade, während er über die Autobahn 84 zurückbretterte, »ich müßte mal zum Psychoanalytiker, oder wenigstens sechs Stunden täglich unter einer Zweihundertwattbirne die Erzählungen von Somerset Maugham lesen.«

»Jahreszeitlich bedingte Affektstörung nennt man das wohl«, sagte Ethel und fuhr sich vorsichtig über ihre kaputten Fingerknöchel.

»Statt dessen friste ich in dem Laden da ein kümmerliches Dasein«, sagte Jim Wade, »und verkaufe Lichterketten nur mit Steckern, ohne Buchsen, an übergewichtige Frauen in Kleidern, die einem in den Augen schmerzen. Ich bin eine Gefahr für mich und andere, Ethel. Also, sei vorsichtig.«

Bei Ethel angekommen, kämpften sie sich, begleitet von den Klängen von ›Joy of the World‹, die aus den Lautsprechern in der Innenstadt durch den Park zu ihnen herüberdrangen, mit dem Ofen die Treppe hinauf. Ethel fing an, die Teile des Ofenrohrs ineinander zu stecken, während Jim Wade die Schmierbüchse von ihrem kleinen Emerson-Seabreeze-Ventilator aufschraubte.

»Wer außer dir, Ethel, hat soviel Verstand, Royal-Purple-Öl zu benutzen?« seufzte er. »Hier, sieh dich um« –, er drehte sich mit ausgebreiteten Armen langsam um sich selbst. Das elegante kleine Segelboot hing in einem Gurt von der Decke herab, und in einer Zimmerecke waren die Holzabfälle bis obenhin ordentlich aufgestapelt, aber sein Werkzeug hatte der Schiffsbauer aus Portsmouth im Frühherbst wieder mit nach New Hampshire genommen, und Ethel hatte Hobelspäne und Sägmehl aufgefegt und die Möbel an ihren Platz zurückgerückt. »Keine immergrünen Girlanden, keine liebevoll am Kamin aufgehängten Socken, keine wilde, verwegene Jagd von ausgestanzten Rentieren an der Wand«, sagte Jim Wade, »nur das einfache, zweckmäßige Zuhause einer tüchtigen Frau, die weiß, wie man mit einem Emerson Tischventilator umgehen muß.«

»Faß drüben bei dir mal mit an«, sagte Ethel, schob das letzte Teilstück in das Ofenrohr, und gemeinsam hoben sie den Ofen hoch und hievten ihn an seinen Platz. Ethel steckte Kniestück und Keramikstutzen zusammen und trat einen Schritt zurück.

»Puuh«, sagte sie, knüllte Zeitungspapier zusammen und stopfte Pappel- und Kiefernholzabfälle in das kleine Ofenloch. »Gib mir ein Streichholz, Jim Wade, und stell den Ventilator ab.«

Hinter der kleinen Marienglasscheibe des Ofens zuckten und tanzten die Flammen. Es war kalt draußen, wieder ein frostiger Abend. Ethel hatte ihre Pflanzen ins Haus geholt, und mit der Ofenwärme breitete sich im ganzen Zimmer ein kräftiger Erdgeruch aus. Jim Wade war dabei, Teewasser zum Kochen zu bringen, und Ethel prüfte mit behandschuhten Händen, ob die Teile des Ofenrohrs fest ineinander saßen.

»Ich werde den vermeintlichen Zauber von Booten nie verstehen«, sagte Jim Wade. »Der ganze Sums von dem Alleinsein auf dem Meer, dem Himmel und dem Leitstern. Mir kommt das Meer bloß feucht und kalt vor und birgt zudem ganz beträchtliche Gefahren. Ist es das, Ethel, dieses berauschende Gefühl, das uns angeblich überkommt, wenn wir kurz davor sind, eines gewaltsamen Todes zu sterben? Denn ich hab dich da nie verstehen können, mir kam er bloß wie ein o-beiniges Männchen mit einer ulkigen Säge vor, er machte den Mund nicht auf, und er roch nach Leim, jedesmal wenn ich ihm begegnet bin. Ich möchte nur von dir wissen, Ethel, warum mußten es ausgerechnet Boote sein, warum konnten es nicht, sagen wir mal, elektrische Tischventilatoren sein?«

»Es hat weder etwas mit Booten noch mit Ventilatoren zu tun, Jim Wade«, sagte Ethel. »Hör auf, es verstehen zu wollen.«

Die Holzabfälle waren sehr trocken, und das Feuer war so heiß geworden, daß der Ofen angefangen hatte, ein rhythmisches Bullern von sich zu geben: Wumm, wumm, wumm.

»Da wären wir nun, zwei einsame Leutchen, zusammengekauert vor einem kümmerlichen Flämmchen«, sagte Jim Wade. »›Die Erde hart wie Eisen, das Wasser hart wie Stein.‹«

»Ich bin nicht einsam, Jim Wade«, sagte Ethel, schloß heftig das Abzugsloch und knallte den Schieber zu. »Und das hier ist kein kümmerliches Flämmchen. Es ist durchaus möglich, daß wir jetzt gleich eine Stichflamme zu sehen kriegen.«

»›Mitten im kalten Winter‹«, sagte Jim Wade.

»Der kalte Winter hat auch seine Vorteile«, meinte Ethel. »Denk nur an die Flöhe, die im kommenden Juli Hunde und Katzen gepeinigt hätten, und die nun durch diesen Kälteeinbruch zugrundegegangen sind.«

Das Wummern im Ofen schwächte sich zu einem leisen Murmeln und Rascheln ab. Ethel und Jim Wade saßen bei ihrem Tee und lauschten dem Knistern, Knacken und Ticken, das der Ofen von sich gab, während er sich der Hitze anpaßte und das Holz zu Asche zusammenfiel.

Vielleicht unter dem Eindruck des gut geölten Emerson-Seabreeze-Ventilators oder des sommerlichen Dufts der Grünpflanzen oder des flackernden Scheins, der aus dem Fensterchen in der Ofentür drang, beugte Jim Wade sich vor, während die letzten Hinterlassenschaften des Schiffsbauers aus Portsmouth in Rauch aufgingen, und gab Ethel einen Kuß. Aber es war ein schlecht plazierter Kuß, der auf ihrem Kieferknochen landete und Jim Wade nur das Gefühl gab, daß seine Lippen gegen eine harte, scharfe Kante gestoßen waren.

Sein Lieferwagen hatte auf der kurzen Fahrt zu ihm nach Hause keine Zeit, warm zu werden, und an der Ampel spürte er die Kälte wie einen Eiswickel an den Beinen, und er versuchte sich vorzustellen, wie er auf der 84 westwärts fuhr, weg von dem ganzen Weihnachtsgeglitzer und -gefunkel durch die kurzen Wintertage hindurch, um jenseits davon in der endlosen Sommerlandschaft eines Flächenstaates im Mittelwesten zu landen, wo sich die Flügel der elektrischen Ventilatoren drehten und die Luft vom Summen der Hohlwellen-Motoren erfüllt war – Zephir, Northwind, Seabreeze, Vortalex, Star Rite. Aber es war frostig und dunkel – mitten im kalten Winter –, und als er an den weißen Lichtchen vorbeifuhr, die so fröhlich an den Azaleenbüschen im Park funkelten, merkte er, daß er an nichts anderes als sterbende Flöhe denken konnte.

Die Betty-Sheffield-Kamelie

»Wer ist Betty Sheffield?« fragte Della.

»›Betty Sheffield‹ ist eine Kamelie, mit halbgefüllten Blüten und weißen, rot und rosa gesprenkelten Blütenblättern. Es ist eine wunderhübsche Kamelie, aber vor allem ist sie berühmt dafür, daß sie viele schöne Mutationen hervorbringt, die ›Knospenvarianten‹ genannt werden«, sagte Roger.

»Ah«, sagte Della und hielt durch das Autofenster nach einem Jabiru Ausschau. Manchmal, wenn sie daran dachte, daß sie einen bestimmten Vogel sehen wollte, stieg in ihr eine solche Sehnsucht danach auf, daß ihr die Augen weh taten und der Speichel hinten auf ihrer Zunge einen anderen Geschmack bekam. Den ganzen Tag hatte sie sich gewünscht, einen Jabiru vor dem Hintergrund dieses grauen Himmels zu sehen, aber da war sie nun seit dem Vormittag auf einer Kamelienausstellung festgenagelt gewesen, eingesperrt in diesen langen Raum mit den unzähligen, in Glasbehältern aufgereihten Blumen, zusammen mit Hunderten von Männern und Frauen, die sich über jedes einzelne Exponat beugten, dabei den um die Schultern geschlungenen Pullover krampfhaft festhielten und seltsame Worte murmelten: ›Alba Plena‹, ›Mathotiana Rubra‹, ›Betty Sheffield‹ und ›Betty Sheffield Supreme‹. Dunkelrosarot, Rubinrot, schimmerndes Karminrot, rosa gestreift, rot gefleckt, Pink, das in Weiß, Weiß, das in Pink übergeht, am Rand gekrauste, gezackte, effektvoll ausgefranste Blütenblätter. Welch eine Vielfalt, dachte Della, während alles, was ich brauche, so völlig einfach ist, nur schwarzweiß und grau, die klar konturierte Gestalt vor dem Himmel. Manchmal überkam sie beim Malen dasselbe Gefühl, der sehnliche Wunsch nach einem einfachen Ergebnis –, die Schwung- und Nebenfedern klar, aber nicht übertrieben konturiert, der Wassertropfen auf dem Blatt der Seerose dick, rund und schimmernd, aber nicht von dem gleichfalls runden, schimmernden Auge des Teichhuhns in der Nähe ablenkend, und wenn dann der Pinsel das Papier berührte, mußte sie immer einen Moment innehalten, die Augen zusammenkneifen und schlucken. Es war ein verzweifeltes Gefühl der Hilflosigkeit, als ob sie trotz ihres Könnens diese Federn nicht sicherer beherrschte als die Jabirus an einem Wintertag im Norden Floridas.

Sie lehnte den Kopf gegen das Autofenster und sah zu, wie die Telefondrähte Berg- und Talbahn fuhren. Wenn ich einen Jabiru zu sehen kriege, bevor wir zu dem Laden kommen, schaff ich's, den rechten oberen Abschnitt fertigzumachen, dachte sie. Es war ein komplizierter, vielfach verzweigter Wasserhyazinthenstrauch, durch dessen Blätter das Sonnenlicht fiel. Aber der Laden kam und blieb mit dem kurz aufblitzenden Schild »Heute Weihnachtsaufschnitt im Angebot« hinter ihnen zurück, und es saßen nur ein paar Tauben und Eisvögel auf den Telefondrähten. Es war fast dunkel, und Della lehnte sich in ihrem Sitz zurück und schloß die Augen während der Fahrt durch Panacea mit seinen Fischrestaurants und den Laboratorien der ozeanologischen Forschungsstation, und dann, genau am anderen Ende der Stadt, wo das Sumpfland wieder anfängt, hielt Roger plötzlich an und sagte: »Sieh mal!« Della schluckte, griff hastig nach dem Feldstecher und spähte durch die Windschutzscheibe in das verlöschende Tageslicht. Dort saß auf einem Baumstumpf im Graben ein Weißköpfiger Seeadler, so dick und selbstzufrieden, daß er fast den Eindruck machte, als ob er ausgestopft wäre. »Oh«, sagte Della und sank in ihren Sitz zurück, rettungslos gefangen in ihrer Sehnsucht nach Vögeln.

»Warum in aller Welt hast du Della ausgerechnet an so einem scheußlichen Tag in eine Kamelienausstellung geschleppt?« fragte Meade. »Was könnte schlimmer sein, wenn man ohnehin deprimiert ist, als ein Raum voller alter Weiblein, die sich über die rote ›Betty Sheffield‹ und die große ›Betty Sheffield Supreme‹ gar nicht wieder einkriegen können?«

»Wegen der Blumen«, erklärte Roger. »Das hat bei Mrs. Maxwell immer hingehauen. Du hättest sehen sollen, wie sie jedesmal angefangen hat zu strahlen, wenn ich ihr im ›Haus Abendruhe‹ die Rosen auf das Servierbrett an ihrem Bett gelegt habe.«

»Mrs. Maxwell war achtundneunzig Jahre alt, Roger«, sagte Meade. »Sie lag im Sterben. Ihre Bedürfnisse waren einfacher Art.«

»Mrs. Maxwell fehlt mir«, sagte Roger.

»Natürlich hat es Della auf der Blumenausstellung nicht gefallen«, ließ sich Hilma hören. »So eingeengt zwischen all den Menschen, und dann noch der dicke graue Nebel draußen.« Sie saß einen Augenblick da, ohne sich zu rühren, und dachte nach. »Ich hab eine Idee. Meade und ich werden mit Della an einem hellen, klaren, windigen Tag nach Maclay Gardens gehen und ihr dort die alten Kamelien zeigen.«

Und so hatten sie sich durch den nachweihnachtlichen Verkehr gekämpft und führten Della nun auf den geklinkerten breiten Wegen durch den alten Kameliengarten. Einige von den Sträuchern waren über hundert Jahre alt und bildeten über ihren Köpfen eine gewölbte Kuppel, in deren dunklem, kaltem Schatten sie standen. Der Klinkerboden war rutschig von kondensierter Feuchtigkeit.

»›Mathotiana Rubra‹«, sagte Hilma, »eine alte Sorte, die aber nicht zu meinen Lieblingen gehört. Die Blütenblätter werden purpurrot am Rand, wenn sie sterben.«

»Die toten sehen noch genausogut aus wie die lebendigen«, meinte Della. Der Boden unter den Sträuchern war übersät mit Rosarot, Purpurrot und schließlich Braun, Blüten, die selbst im Untergang ihren vollkommenen »gefüllten Schuppenkelch« behalten.

»Seelenlose Blumen«, sagte Meade, »von exzentrischen Menschen zu ihrem Vergnügen erklügelt. Sie duften nicht.«

»Oh«, sagte Hilma, »da ist sie ja.« In der Mitte einer kleinen Raigraswiese stand ein Kamelienstrauch voll halbgefüllter weißer Blüten, jedes Blütenblatt klar konturiert mit einem sattrosa Randstreifen. »Die preisgekrönte große ›Betty Sheffield‹«, sagte Hilma, und sie hob eine abgefallene Blüte vom Boden auf und gab sie Della.

»Die Gewinnerin des Sewell-Preises für Mutanten«, sagte Meade.

»Eine ganz ungewöhnliche Kamelie und sehr selten«, sagte Hilma. »Roger ist seit Jahren auf der Warteliste von Hjort, aber irgendwelche gerissenen Sammler schaffen es immer wieder, sich vorzudrängen.«

Della betastete vorsichtig mit einem Finger die zitternden gelben Staubgefäße und schnupperte daran, aber sie nahm nur eine Kühle wahr, die aus den Blütenblättern aufstieg.

»Sehen Sie?« sagte Meade. Und plötzlich tauchte zwischen all dem Rosa und Weiß ein strahlend lächelndes Gesicht auf, und eine Stimme rief:

»Oh! Da ist ja meine wunderbare Malerin!« Dann tauchten zwei Gesichter auf. »Das ist Della, Maryann, sie malt uns ein wunderschönes Bild für unser Wohnzimmer, eine Szene aus dem Tierleben, es soll eigentlich eine Überraschung werden, Herbert hat es als Geburtstagsgeschenk für mich in Auftrag gegeben, aber ich seh es schon deutlich vor mir, sie geht phantastisch mit dem Licht um. Ihre Bilder sind auf derselben Ausstellung gewesen, wo jedes Jahr auch das Bild von der Enten-Briefmarke gezeigt wird, und das wird auf eine Million Dollar geschätzt. Zu unserem Glück steht Della noch nicht ganz so hoch im Kurs, nicht, Della? Ach, was für ein reizender Zufall, daß ich Sie ausgerechnet hier, inmitten von soviel Schönheit treffe, das muß in Ihnen doch den Wunsch wecken, stante pede nach Hause zu gehen und zu malen, zu malen, zu malen.«

Und dann hörte das Geschnatter genauso plötzlich wieder auf, wie es begonnen hatte, und die beiden Frauen blickten erwartungsvoll von Della zu Hilma und Meade. Aber Della stand hilflos da, hielt die leuchtende tote Blüte in der Hand und sah im Geist das Bild vor sich, von dem ein ganzes Drittel noch gar nicht vorhanden war, eine erschrekkende weiße Leerstelle, überzogen mit schwachen, zaghaft wirkenden Bleistiftstrichen, und schließlich mußte Hilma eingreifen. Es wurde ein Scherz gemacht, um das verlegene Schweigen zu überbrücken, und die unvermeidliche Bemerkung über die Schönheit des Gartens, und dann ging man daran sich vorzustellen.

»Ich bin Hilma Martin, eine Freundin von Della, und das hier –« Aber noch ehe sie weitersprechen konnte, trat Meade einen Schritt vor, griff sich die Blüte an Stempel und Staubgefäßen aus Dellas Hand, warf sie mit Schwung hinter sich und sagte mit lauter Stimme: »Ich heiße Betty Sheffield.«

»Meade …« sagte Hilma mit schwacher, ersterbender Stimme, und Della sah auf ihren leeren Handteller herab. Ein paar hastige Abschiedsworte waren zu hören, und dann sahen sie die beiden Frauen auf dem geklinkerten Gehweg gemächlich in Richtung Maclay House davonschlendern.

»Betty Sheffield!« sagte Hilma, die sich langsam erholte. »Meine Güte, Meade!«

»Ich konnte nicht anders«, sagte Meade. »Wir standen knöcheltief in den toten Betty-Sheffield-Supreme-Blüten. Da ist es mir einfach rausgerutscht!«

»Aber was würde Betty Sheffield dazu sagen, daß man mit ihrem Namen irgendeinen Quatsch macht«, fuhr Hilma unbeirrt fort. »Das ist respektlos.«

»Betty Sheffield ist tot«, sagte Meade. »Und außerdem ist sie daran gewöhnt, daß die Kamelienliebhaber aller Herren Länder ihren Namen pausenlos im Mund führen.«

Da hob Della beide Hände hoch. »Moment mal«, sagte sie. »Es gibt tatsächlich eine Betty Sheffield? Das ist nicht bloß ein Name? Es hat tatsächlich eine Frau gegeben, die Betty Sheffield hieß?«

»Ja«, sagte Hilma, »eine reizende kleine Dame. Sie hat zusammen mit ihrer Schwester in Quitman gewohnt. Der Sämling der Ur-Betty-Sheffield wuchs in ihrem Garten heran.«

»Sie hat zusammen mit ihrer Schwester in Quitman gewohnt?« fragte Della atemlos. »Betty Sheffield? Und sie lebt nicht mehr?«

»O nein«, sagte Hilma. »Sie hat die Kamelie 1948 registrieren lassen, und sie war damals schon nicht mehr jung. Aber erst als die Pflanze mit all den Knospenvarianten aufwartete, wirbelte sie soviel Staub auf. Es war Mrs. Green Aldays Betty Sheffield, die die erste Betty Sheffield Supreme als Knospenvariation hervorgebracht hat.«

Ein paar Wanderdrosseln scharrten in der Raigraswiese. Della setzte sich auf eine Eisenbank und sah in Richtung Lake Hall. Ihre Augen begannen zu tränen, und sie spürte, wie sich der Speichel hinten auf ihrer Zunge verdickte.

»Wie hieß ihre Schwester denn? Und existiert ihr Haus noch?«

»Ja, irgendwo in der Innenstadt von Quitman«, sagte Hilma, »und ihre Schwester hatte so einen komischen Namen, aber sag mal, wieso –«

»In der Court Street«, sagte Meade. »Es ist ein Haus im Queen-Anne-Stil, mit Front und Zwerchgiebeln und einem schmiedeeisernen Zaun um das Anwesen.«

»Ich versteh das nicht«, sagte Hilma zu Roger. »Ich versteh das nicht, Roger. Meade kann Kamelien nicht ausstehen, und Della schienen sie auch ziemlich kalt zu lassen, sogar in Maclay Gardens mit all seinen Bilderbuchpflanzen. Dann hat Meade sich in dem Garten in eine Tirade über Betty Sheffield hineingesteigert, und Della ist mit eingestiegen. Sie ist richtig aufgeblüht, Roger, und eh ich mich versah, waren die beiden auch schon auf und davon nach Quitman in die Court Street. Ich versteh das nicht. Bleib nicht draußen in der Kälte stehen, Roger, komm rein. War heute nicht dein Infoabend zur Pilzbekämpfung in Pelham? Du bist doch sicher müde.«

Roger setzte sich auf Hilmas Sofa, mitten zwischen den winterlichen Krempel – die Samenkataloge mit den Eselsohren, das Teetablett und die Töpfe mit den Schwertfarnen, die sie von draußen aus der Kälte hereingeholt hatte. Roger zog die Schuhe aus und streckte die Beine von sich. Hilma war besorgt um ihn, das war nicht zu übersehen –, das Gefuschel mit Decken und Kissen, um es ihm behaglich zu machen, die verstohlenen Blicke, das so gespannte Gesicht. Er wußte, daß es Earl Grey aus der Dose und nicht bloß Teebeutel von Publix geben würde. Er roch den Bergamotteduft.

»Die Schwester von Betty Sheffield hieß Odette«, sagte Roger.

»Ich habe Della gesagt, daß du das sicherlich weißt«, sagte Hilma. »Was für ein komischer Name.«

Aber daraus wurde kein richtiges Gespräch, und nach ein paar Minuten des Schweigens sagte Roger: »Ich bin ein normaler Mann, Hilma. Den ganzen Tag untersuche ich Ursache und Wirkung. Darauf verstehe ich mich, aber das hilft mir nicht weiter.«

»Ach, Roger«, sagte Hilma, erhob sich ein wenig von ihrem Sitz, setzte sich dann wieder, stellte die Teetasse ab und verdrehte die Hände in ihrem Schoß. Sie saßen eine Weile da, ohne zu reden. »Ich möchte dir etwas schenken«, sagte Roger schließlich, ging, ohne sich groß die Schuhe anzuziehen, nach draußen an seinen Pritschenwagen und kam mit einem kleinen Kamelienstrauch in einem schwarzen Plastiktopf zurück.

»Ich hab endlich meine ›Betty Sheffield Supreme‹ von Hjort bekommen«, sagte Roger, »aber ich möchte sie bei dir wissen.«

Sie war für Della bestimmt gewesen, dachte Hilma, aber alles, was sie sagen konnte, war: »Oh, Roger« und »Vielen Dank«.

Die Kamelie hatte ein paar fest geschlossene Knospen, die noch keine Farbe erkennen ließen, aber Betty-Sheffield-Kamelien sind berühmt dafür, daß sie ganz eigenartige Knospenvariationen hervorbringen, und sie mußten sich gedulden, bis sie blühte, um zu sehen, was für eine schöne Mutante diese kleine Pflanze sein würde.

Übertragen durch Thrips

»Diese Fleckwelkekrankheit wird dich noch umbringen, Roger«, sagte Eula, »die vielen Informationsabende bis tief in die Nacht in jedem Kaff, dann sitzt du noch endlos am Computer und tippst Artikel über Thrips ein, und den ganzen Sommer stehst du Tag für Tag schweißgebadet mit krummem Rücken auf dem Erdnußfeld. Wenn dich nicht vorher 'ne Schlange beißt, wirst du an Erschöpfung sterben. ›Übertragen durch Thrips‹, also, was is denn 'n Thrip, Roger, ich hab nicht mal davon 'ne Ahnung.«

»Thrips«, korrigierte sie Roger. »Selbst wenn man nur von einem einzigen spricht, hat es ein ›s‹ am Ende. Thrips sind die Insekten, die das Virus unter den Erdnußpflanzen verbreiten. Winzige Dingerchen, die man kaum sieht.«

»Also, der Teufel hole ihre kleinen Seelen, Roger«, sagte Eula.

Sie waren auf dem Heimweg vom Agrarzentrum in Calvary, wo Roger jeden Donnerstag einen Informationsabend zum Thema ›Tomatenfleckwelkevirus‹ für Erdnußfarmer abhielt. »Eula muß unbedingt hier mal 'n bißchen raus«, hatte Lucy zu ihm gesagt. »Louise macht sie ganz verrückt mit ihrem ständigen Gerede von den Außerirdischen, Tom hat sich am Telefon wieder mal mit Judy wegen Andy in den Haaren gehabt, und außerdem macht sie sich Gedanken um Ethel. Sie braucht unbedingt eine Abwechslung.«

Deshalb hatte Roger Eula eingeladen, ihn zu dem Erdnußinfoabend zu begleiten, und da hatte sie dann über eine Stunde bolzengerade auf einem Klappstuhl in der ersten Reihe zwischen lauter Erdnußfarmern aus dem Kreis

Grady gesessen und hatte so aufmerksam zugehört, daß es ihn zutiefst angerührt hatte.

Jetzt, auf der Heimfahrt, hockte sie in seinem Pritschenwagen vorne auf der Sitzkante wie ein Huhn auf der Stange und hielt sich krampfhaft mit beiden Händen am Armaturenbrett fest. »Du mußt dich anschnallen«, sagte Roger zu ihr. »Man weiß nie, was für 'ne Sorte Autofahrer zu dieser nachtschlafenden Zeit unterwegs ist.« Und als der Gurt angelegt war, wurde sie etwas ruhiger und schien sich zu entspannen.

»Also, das gefällt mir, Roger«, sagte sie, »im Pritschenwagen hier mit dir langzufahren und draußen die gepflügten Felder zu sehen, die sich in der Dunkelheit verlieren. Eh man sich versieht, ist es wieder Sommer, und du gehst in der heißen Sonne hier durch die Reihen und hältst nach kranken Pflanzen Ausschau.« Genaugenommen waren die Reihen, durch die Roger gehen würde, nicht hier, sondern auf den Forschungsfeldern von Attapulgus, im übernächsten Bezirk, aber Eula hatte irgendeinen Gedanken im Kopf, und er unterbrach sie nicht. »Andy ist, so Gott will und Judy nicht verrückt spielt, wieder hier, Ethel muß nicht in die Schule, und ich hab meine Tomaten geerntet, lauter Sachen, auf die man sich freuen kann, meinst du nicht, Roger?«

Sie fuhren eine Weile schweigend weiter, vorbei an der düster wirkenden Düngemittelfabrik, an der Großmetzgerei Jones mit ihrem riesigen Leuchtschild, in Climax. Roger dachte, daß Eula schliefe, aber da sagte sie plötzlich: »Thrips mit einem -s- am Ende. Also, man lernt doch jeden Tag noch was dazu, findest du nicht, Roger?«

Sie lud Roger ein, noch mit zu ihr hereinzukommen, aber er sagte, er ginge gescheiter gleich nach Hause, und das war sicher gut so, dachte sie, während sie in der Küche umherschlich und sich eine Tasse heiße Ovomaltine als

Schlaftrunk machte, so lief man nicht Gefahr, Louise durch eine Unterhaltung aufzuwecken. Zwischen Tag und Nacht gab es für Louise keinen Unterschied; wenn man sie mitten in der Nacht aufweckte, wandte sie sich sofort ihren verrückten Visionen zu und hörte erst am nächsten Mittag wieder damit auf. Aber manchmal, wenn es so still war im Haus wie jetzt, konnte Eula sich fast vorstellen, daß sie hier einmal alleine gelebt hatte, wie damals, nach Melvins Tod, bevor Louise den Verstand verlor und Tom zurück nach Hause zog. Sie blieb noch eine halbe Stunde auf, trank langsam ihre Ovomaltine und dachte an Roger, wie er da, das Gesicht zu seinem Publikum, im Agrarzentrum stand und all die ernsthaft dreinschauenden Erdnußfarmer auf reihenweise aufgestellten Stühlen vor ihm saßen und ihm zuhörten.

»Übertragen durch Thrips«, das hörte sich irgendwie nobel an, dachte sie. Roger war ihr immer wie ein Prinz vorgekommen, seit er kahlköpfig und mit einem Doktortitel von der Universität von North Carolina zurückgekommen war und Ethel geheiratet hatte. »Übertragen durch Thrips«, flüsterte sie vor sich hin, »Thrips mit einem -s- am Ende.«

»Dabei war sie noch nicht mal seine Schwiegermutter«, sagte Meade.

»Na ja«, meinte Hilma, »Louise kann man sich ja auch eigentlich nicht als Mutter von irgend jemand vorstellen. Eula ist es schließlich gewesen, die Ethel großgezogen hat. Ich würde sie durchaus als Rogers Schwiegermutter betrachten.«

»Als seine Ex-Schwiegermutter«, sagte Meade.

»Sie ist eine gute Frau«, sagte Hilma, »und jetzt hat sie all diese Sorgen am Hals. Tom ist mit seinen ständigen Wutanfällen keine Hilfe für sie, und jetzt soll seine Frau

Judy dahinten in Kalifornien diese Krankheit bekommen haben, durch die sie vollkommen hilflos ist. Es würde mich nicht wundern, wenn Eula schließlich auch noch Andy großziehen müßte, wie vorher Ethel.«

»Seine Ex-Frau«, sagte Meade.

»Und zu allem Übel ist da noch Louise«, sagte Hilma. »Vielleicht kann Roger Eula ja auf seinen Erdnuß-Infoabenden von all diesen Dingen ein bißchen ablenken.«

Roger stand im Agrarzentrum neben einer Tabelle und erklärte die einzelnen Faktoren auf dem Risikoindex für das Tomatenfleckwelkevirus: Erdnußsorte, Pflanzdatum, Pflanzungsdichte, Lage des Feldes, wildwachsender Erdnußbestand aus früherem Anbau und Thripskontrolle während des Pflanzens. »Zählen Sie die Zahlen für die Faktoren, die auf Ihre Pflanzmaßnahme zutreffen, zusammen und suchen Sie die erhaltene Summe in der Tabelle auf, daneben finden Sie dann den extrapolierten relativen Wahrscheinlichkeitsgrad für einen Fleckwelkebefall Ihrer Pflanzen.« Dann hatten alle etwas zu fragen, und fünf oder sechs Männer sagten gleichzeitig: »Roger«, und Roger lächelte, hob die Hände und beantwortete dann nacheinander die Fragen. »Ich wollte, daß ich Ihnen mehr sagen könnte«, erklärte er. »Es dauert seine Zeit. Wir müssen Geduld haben.«

»Ich war so stolz«, sagte Eula auf der Heimfahrt. »Die ganzen Männer saßen so mucksmäuschenstill auf ihren Stühlen und hörten dir so aufmerksam zu, als ob sie jedes Wort von dir behalten wollten.«

»Sie machen sich Sorgen um ihre Erdnußernte«, sagte Roger. »Sie glauben, daß bei unserer Forschung ein Mittel zur Ausrottung der Krankheit herauskommen müßte, und sind enttäuscht, wenn wir ihnen nur Vorsichtsmaßnahmen gegen das Virus empfehlen können.«

»Da stand 'ne Zehn«, sagte Eula. »Ich konnt's nicht übersehen, daß in der Tabelle, da, wo es ›Lage des Feldes‹ heißt, für meinen Bezirk 'ne Zehn stand.«

»Die Bezirke im Südwesten sind besonders schlimm betroffen«, sagte Roger.

Louise war noch auf, als Eula nach Hause kam. Sie saß am Küchentisch und legte auf einer strapazierfähigen Alufolie einen Zug aus Cornflakes und Scrabblebuchstaben. »So«, sagte sie, »H, U, Y und M. Das müßte reichen.«

»Ich bin mit bei dem Erdnuß-Infoabend in Calvary gewesen, den Roger da jeden Donnerstagabend veranstaltet«, sagte Eula. »Wegen dem Tomatenfleckwelkevirus. TFWV nennen sie das. Übertragen durch Thrips, Thrips mit einem -s- am Ende. Roger sagt, es hat sich schneller ausgebreitet als irgend 'ne andere Pflanzenkrankheit, die er je in seinem Leben zu sehen gekriegt hat. Und da sitzen wir nun, mitten im Kreis Grady, mit 'ner Zehn auf der Risikotabelle. Lumpkin hat bloß 'ne Fünf gehabt.«

»S«, sagte Louise und fuhr damit fort, entlang einer Schnur, die in einen Knick der Folie eingebettet war, Buchstaben und Cornflakes aufzureihen; sie würde nicht so schnell damit aufhören, wenn sie einmal angefangen hatte, deshalb vergewisserte Eula sich, daß alle Türen abgeschlossen waren, zog neben dem Heizofen ihr Nachthemd an und legte sich ins Bett. Morgen würde sie Andy eine Schachtel Käsesticks und Pekannüsse schicken, dachte sie. Seine Mutter Judy hatte sich die fixe Idee in den Kopf gesetzt, daß sie sich mit allem, was sie zu sich nahm, langsam, aber sicher, vergiftete, und sie hatte nun seit über einem Monat nur Naturreis und Datteln gegessen. Wenn Tom sich seine Grobheiten am Telefon verkniff, würde Judy erlauben, daß Andy in den Sommerferien zu ihnen kam. Dann würden sie ihn in Jacksonville vom Flughafen abholen. Aber ein Kind verhungerte, wenn es von Januar bis Juni nur Naturreis und Datteln zu essen bekam.

Manchmal, wenn Eula die Augen schloß, sah sie Andys Gesicht vor sich, die Sommersprossen, die beiden großen Schneidezähne, die noch neu aussahen und ein wenig vorstanden, genau wie bei Melvin zu seinen Lebzeiten. Aber als sie an diesem Abend die Augen schloß, sah sie nur die besorgten Gesichter der Farmer im Agrarzentrum vor sich, ihre im Schoß gefalteten rissigen, kalten Hände und Roger, der sich mit einem Ausdruck der Erschöpfung am Pultrand festhielt, und im Hintergrund das Farbfoto von einer gelbgewordenen, verwelkten Erdnußpflanze mit kleinen schwarzen runden Löchern in den weißrandigen Blättern.

»Du wirst Eula noch zu einer gestandenen Virologin machen«, sagte Lucy. »Ethel sagt, daß sie von nichts anderem mehr redet als von TFWV. Ethel sagt, daß sie darin dich sogar noch übertrifft.«

»Zuerst fand sie es nur aufregend, mal von zu Hause weg zu sein, und die langen Wörter gefielen ihr«, sagte Roger. »Aber inzwischen kann sie der Diskussion allmählich folgen. Letzte Woche hat sie sich nach krankheitsresistenten Sorten erkundigt.«

»Tom hat gestern abend mit Judy gesprochen«, sagte Lucy. »Er konnte sich nicht beherrschen und hat irgendwas zu ihr gesagt, was sie in Wut versetzt hat, und sie hat ihm erklärt, daß Andys persönliches Wachstum durch den extremen Gegensatz zwischen seinen beiden Elternhäusern gehemmt wird. Er braucht seine ganze Energie, um die Diskrepanz zu verarbeiten, und dadurch bleibt nichts mehr für die Entwicklung seiner Persönlichkeit übrig, sagt sie. Sie möchte Andy zu so etwas wie einem Selbstwahrnehmungs-Workshop schicken. Die Kinder bekommen dort nur naturreinstes Essen und müssen abends, den Blick nach innen gerichtet, um ein Lagerfeuer sitzen.«

»Du lieber Gott«, sagte Roger.

»Eula befürchtet, daß Andy diesen Sommer vielleicht gar nicht hierherkommen darf«, sagte Lucy. »Deshalb gib ihr Gelegenheit, am Donnerstagabend mit dir darüber zu reden.«

An diesem Donnerstag fand der letzte Erdnuß-Infoabend in Calvary statt. Roger rief Eula an und sagte: »Iß heute nicht zu Abend, wir essen dann auf dem Heimweg zusammen noch etwas im Pastime.«

Das Thema von Rogers Vortrag an diesem letzten Abend lautete: ›Mit dem Tomatenfleckwelkevirus leben.‹ »Eines darf man nicht übersehen, der Risikoindex ist kein Gegenmittel«, sagte Roger. »Wenn Sie die empfohlenen Maßnahmen zur Verringerung des Risikos ergreifen, bedeutet das nicht, daß Ihre Pflanzen von dem Befall des Virus verschont bleiben. Es bedeutet lediglich, daß das Schadensrisiko niedriger ist.« Es wurde noch kurz über die »Georgia Browne«, eine neue Erdnußsorte, gesprochen, die sich als relativ immun erwiesen hatte. Aber die Farmer wirkten nervös und unzufrieden. In der vordersten Reihe stieß jemand mit dem Fuß eine kleine Orangensaftdose um, die neben einem der Stühle stand und die ein Tabakkauer als Spucknapf benutzt hatte, und die braune Brühe verteilte sich langsam über den sauber geschrubbten Boden des Agrarzentrums.

»Es passiert vielleicht noch nicht in diesem Sommer, vielleicht auch noch nicht in den nächsten zehn Jahren, aber es gibt so viele von diesen Viren da draußen, daß wir das Potential für einen explosionsartigen Ausbruch der Krankheit unmittelbar vor unserer Haustür haben.« Dann war das Treffen zu Ende. Die Erdnußfarmer schlurften umher, griffen nach ihrem Mantel, strichen sich unter der Mütze die Haare glatt und brachten die Stuhlreihen in Unordnung. Die meisten von ihnen schüttelten Roger mit ernster Miene die Hand, und einige von ihnen nickten Eula zum Abschied zu.

Auf der Fahrt nach Cairo versuchte Roger mehrmals, das Gespräch auf Andy und den Selbstwahrnehmungs-Workshop zu bringen. Aber Eula redete unaufhörlich von Erdnüssen. »Georgia Browne, also, das ist'n hübscher Name für 'ne Erdnuß«, sagte sie. »Ich frage mich bloß, warum sich das mit einem -e- am Ende schreibt. Jammerschade, daß die Kerne so klein sind, Roger.«

Es war schon spät, als sie schließlich beim Pastime ankamen, und Fern erschien mit zwei Tellern an ihrem Tisch, auf denen sich das Essen türmte. »Ihr beiden helft uns, tabula rasa zu machen«, sagte sie. »Wenn ich's nicht an euch verfüttere, muß ich's wegschmeißen.«

Eula stocherte in ihrem Kartoffelbrei und machte sich an ihrem Schweinekotelett zu schaffen, aber sie war nicht bei der Sache. Sie sagte: »Die Erdnüsse sind heutzutage auch nicht mehr bloß Erdnüsse, was meinst du, Roger?«, und er bestätigte, daß sie durch die neuen Züchtungsprogramme und Sorten ein viel pompöseres Aussehen hatten als früher.

»Man kann tun, was man will, um das Problem aus der Welt zu schaffen, es wächst einem förmlich unter der Hand«, sagte Eula.

»Nur keine Hast, Roger«, sagte Fern. »Ich dreh bloß rasch das Schild an der Tür auf ›geschlossen‹, aber laßt euch nur Zeit, wir haben noch genug in der Küche zu tun.«

Als sie schließlich gingen, waren die Ampeln auf Blinklicht geschaltet.

»Was, so spät ist es schon«, sagte Eula.

Rogers Pritschenwagen war das einzige Fahrzeug weit und breit in der ganzen Stadt, und sie fuhren langsam die Broad Street entlang und hielten an jedem Blinklicht an. Das Straßenpflaster war feucht und glitschig. Er würde ein paar Stunden schlafen, dachte Roger, und dann würde er nach draußen gehen und noch vor Anbruch der Dämmerung für die Nährlösung in seinen Petrischalen ein bißchen Tau einsammeln, bevor der Morgenwind ihn mit Sporen und Pollen verunreinigte.

Eula saß ruhig da, die Hände im Schoß, und blickte nach vorn auf die glänzende, schwarze Straße. Aber sie dachte nicht an Andy, wie er in Kalifornien Datteln und Naturreis aß, nicht an Tom, wie er irgendwas ins Telefon zischte, nicht an den Borkenkäferexperten, wie er heraufkam auf die Veranda und »Ma'am, Ma'am« rief, und auch nicht an Louise, die sich nicht entschließen konnte, die völlig zerkratzten Stufen zu betreten, und irgendwas von einem Draht zum Mars vor sich hin murmelt. Statt dessen dachte sie an ein winziges, fast unsichtbares, schwirrendes Ding, das mit flaumigen Flügelchen in all das Grün hineinflog, und an das gigantische Zerstörungswerk, das mit Sicherheit die Folge davon sein würde.

Das Sterbehaus

»Sie müssen es so weit aufdrehen, bis der Strahl etwa Bleistiftstärke hat«, sagte der Klempner zu Hilma, und sie setzte sich behutsam auf den Toilettenrand, legte die Hände in den Schoß und sah pflichtschuldig zu, wie er mit seinen groben, roten Fingerknöcheln die Hebel der Wasserhähne hin und her bewegte, zuerst den vom heißen, dann den vom kalten Wasser.

Es war der kälteste Winter, seit man mit der Aufzeichnung der Wetterdaten begonnen hatte, eine Kaltfront nach der anderen bewegte sich von Kanada her südwärts über den Kontinent. Hilma hatte die Hähne immer gerade so weit aufgedreht, daß die Tropfen fast abstandslos aufeinander folgten wie Perlen, die von einer Schnur herabglitten, aber das hatte in diesem Jahr nicht genügt; die Leitungen waren eingefroren und Rohre geplatzt, und sie hatte diesen ungeduldigen jungen Klempner holen müssen. Als sie jetzt unter zwei Decken und einem Quilt in ihrem Bett lag und in der Küche und im Bad das Wasser gluckern hörte, hatte sie fast das Gefühl, in einer exotischen, von Moos und Farnen übergrünten Grotte zu sein. Aber andererseits roch sie den winterlichen Gummigeruch der Wärmflasche, spürte den eisigen Lufthauch, der unter der Tür hereindrang und sah auf der Fensterbank die von ihr zu früh in Schalen vorgezogenen, aufgeschossenen Pflänzchen, die verzweifelt nach dem spärlichen Licht haschten, das morgens für ein paar Minuten ins Schlafzimmer drang. Sie hatte die Blumenerde nicht entkeimt, und die Pflänzchen waren bei der Kälte anfällig für die »Umfallkrankheit«. Jeden Morgen fand Hilma wieder ein paar Pflänzchen, die mit verfaulter schwarzer Knickstelle im Stengel auf der Erde lagen.

»Die Umfallkrankheit«, sagte Hilma und fragte sich, ob sie nicht am Ende selber in einer der Februarnächte umkippen und am nächsten Morgen, in ihrem Nachthemd auf dem Fußboden ausgestreckt, von Meade oder Lucy oder Roger gefunden würde zwischen bleistiftstark rinnenden Wasserhähnen und hoffnungsvoll beschrifteten Pflanzschalen mit Sämlingen, die an einem schönen Frühlingsmorgen ins Freie gepflanzt werden sollten: Glockenblumen, Frauenviolen, Vergißmeinnicht.

»Jetzt hör aber auf, Trübsal zu blasen«, sagte Meade streng. »Du läßt dein ganzes Bewußtsein von trüben Gedanken besetzen, so wie es dir im Bus mit dem Alten-Männer-Mief geht. Du hättest die Erde keimfrei machen sollen –, die Kälte hat die Krankheitserreger aktiviert. Jetzt mußt du noch mal von vorne anfangen. Und dieses Mal wirst du dich über deinen Erfolg um so mehr freuen, weil du weißt, daß du dein Bestes getan hast.«

Hilma seufzte. Ja, sie mußte noch mal von vorne anfangen. Und während sie aus all den Töpfchen die Erde ausschüttete, dachte sie, wie erbarmungslos diese winzigen kälteliebenden Erreger waren und wie hart erkämpft all die kleinen winterlichen Triumphe.

Doch der nächste Morgen war strahlend schön; im Vogelbad schmolz sogar das Eis, und die Küche war erfüllt von dem kräftigen Geruch der im Ofen erhitzten Erde – eine Stunde lang, bei 180 Grad Celsius, um die Krankheitserreger abzutöten. Hilma war fast vergnügt, als Meade mit der traurigen Nachricht zu ihr kam.

»Ich habe schlimme Neuigkeiten«, verkündete Meade und blieb, die Hände in zeremoniell wirkender Haltung über der Magengrube gefaltet, sehr gerade in der Tür stehen.

»Oh«, sagte Hilma mit schwacher Stimme und griff nach

einer Sessellehne. Sie fühlte sich ganz kurzatmig; es ist jemand gestorben, dachte sie, und plötzlich erinnerte sie sich wieder an den Duft von Rosmarin und wilden Azaleen, der die Kirche vor vierzig Jahren bei der Beerdigung ihrer Mutter erfüllt hatte.

»Squeaky stirbt«, sagte Meade mit leiser, heiserer Stimme.

»Oh«, sagte Hilma und sank in den Sessel. Squeaky war Rogers heißgeliebtes Pferd aus Kindheitstagen, das es inzwischen auf das sagenhafte Alter von fünfunddreißig Jahren gebracht hatte. Hilma sah im Geist das tote Pferd vor sich, seitlich auf dem Boden liegend, durch das eigene Gewicht gegen den Boden gepreßt, und vor ihm erschienen, wie der Abspann in einem Film, die Gesichter von lieben Freunden, die weder tot waren noch im Begriff zu sterben: Ethel, Lucy, Roger, Mr. Rice von der Zoo- und Samenhandlung und sogar der freundliche Mann mit dem verschmitzten Lächeln aus der Leihbibliothek –, sie alle waren lebendig und wohlauf. Es schien ihr fast so, als ob Squeaky geopfert worden wäre, damit die anderen leben konnten.

»Oh«, sagte Hilma, »der arme Squeaky.«

»Der arme Squeaky!« sagte Meade giftig. »Es wäre besser gewesen, wenn Squeaky schon vor fünfzehn Jahren gestorben wäre. ›Der arme Roger‹, willst du wohl sagen. Ich mache mir schreckliche Sorgen um ihn. Wonach riecht's denn hier?«

»Oh«, sagte Hilma, »ich töte gerade Krankheitserreger in der Blumenerde ab.« Offenbar waren sie an diesem strahlenden Wintertag vom Sterben großer und kleiner Kreaturen umgeben.

»Sag nicht dauernd ›Oh‹ in diesem hilflosen Ton, sondern überleg lieber, was wir für Roger tun können«, sagte Meade und linste in den Backofen.

»Na ja«, sagte Hilma, rappelte sich aus dem Sessel hoch

und versuchte sich zusammenzunehmen, »man kann immer Blumen besorgen und etwas zu essen machen, aber ich weiß nicht, ob das bei einem halbtoten Pferd das richtige ist.«

»Roger meint, es kann jeden Moment zu Ende gehen«, sagte Meade. »Er hat einen provisorischen kleinen Verschlag um Squeaky herumgebaut. Anscheinend kann sich das Pferd nicht mehr bewegen, und Roger hat sich Sorgen gemacht, weil es da draußen in der Kälte steht.«

»Ein Haus, um darin zu sterben«, sagte Hilma.

»Wir sind gottfroh, daß Squeaky keine Schmerzen hat«, sagte Meade.

»Wie lange dauert es wohl, bis ein Pferd stirbt?« fragte Hilma. »Vor allem ein Pferd wie Squeaky, das so lange gelebt hat. Wenn er so lange warten muß, bis sein ganzes Leben noch mal an ihm Revue passiert ist, kann das ja Wochen, wenn nicht Monate dauern.« Sie stellte sich vor, wie Roger von den vielen Aufläufen und dem gebratenen Speck dick wurde, und wie Squeaky mit immer tiefer herabhängendem Kopf in seinem Häuschen stand und an den Sommer mit den schrecklichen Bremsen dachte und an den Winter, in dem die Strahlenfäule grassierte, und an die anderen Pferde, die mit ihm auf der Weide waren und die entweder zu neuen Besitzern in ein neues Zuhause gekommen oder mit einer Kette um den Hals von einem Traktor zu ihrem letzten Zuhause in einer Senke irgendwo im Wald weggeschleppt worden waren.

»Ich mache mir solche Sorgen um Roger«, sagte Meade. »Er steht jeden Morgen um fünf Uhr auf und sammelt vor Anbruch der Dämmerung Frühmorgentau für sein Zyperngrasrostprojekt ein, er hält fünfmal die Woche abends ein Seminar über Erdnußblattkrankheiten, er muß seine Artikel schreiben –, und trotzdem fährt er noch zweimal täglich da raus, um nach Squeaky zu sehen. Dann nagt da auch noch dieser schreckliche Gedanke an ihm, was er zu tun hat, wenn sich die ersten Schmerzsymptome zeigen, und dazu kommt dieses kalte Wetter, sein streßgeschwächtes Immunsystem und diese ganzen Bazillen, denen er in den engen Unterrichtsräumen voller schnaubender und schniefender Studenten ausgesetzt ist.«

»Die Umfallkrankheit«, sagte Hilma etwas zusammenhanglos, aber Meade beachtete sie nicht, sondern fing an, einen wohldurchdachten Plan darzulegen: Man mußte Roger das alltägliche Leben erleichtern, mußte ihm all die kleinen Hausarbeiten abnehmen – die Wäsche, die Essensvorbereitungen, das Putzen. Er sollte am Abend in ein strahlend sauberes Haus kommen, wo ein Topf Suppe auf dem Ofen stand und das Bett schon aufgeschlagen war.

»Oh, Meade«, widersprach Hilma, »ich könnte mir denken, daß Roger gerade jetzt das Bedürfnis hat, für sich zu sein.«

»Das soll er ja auch«, sagte Meade. »Wir machen das alles am Nachmittag, wenn er im Seminar ist. Natürlich sind wir verschwunden, wenn er nach Hause kommt, aber sein Haus wird behaglich für ihn hergerichtet sein.«

»Wie die Heinzelmännchen«, sagte Hilma, »immer dienstbereit, sobald er den Rücken kehrt. Ich glaube, wir würden ihn nervös und gereizt machen, Meade, wenn er niemals sicher sein kann, daß er beim Nachhausekommen in seinen vier Wänden nicht das Werk unsichtbarer kleiner Hände vorfindet.«

»Roger nervös und gereizt?« fragte Meade. »Denk mal daran, was Roger im Laufe der Jahre alles für dich getan hat, Hilma. Nun hast du die Gelegenheit, zur Abwechslung ihm mal zu helfen. Back du jetzt ein Brot, und ich hole eine kräftige Gemüsesuppe aus der Gefriertruhe. Und sieh zu, daß du deinen kleinen Trittschemel auftreibst. Wir wollen die Küchenfenster putzen. Die strahlende Morgensonne soll durch nichts aufgehalten werden –, der Sonnenschein ist so wichtig für jemanden, der Kummer hat.«

Und so begann die gute Tat. Hilma verbrachte den Nachmittag auf dem Trittschemel balancierend zwischen Rogers Azaleenbüschen und putzte die Fenster von außen, während Meade sie von innen putzte und ab und zu an die Scheiben klopfte, um Hilma auf verbliebene Schmutzflecken in den Ecken hinzuweisen. Sie deckten den Tisch, schöpften das Essen in den Teller, den sie anschließend über heißes Wasser setzten, und fuhren in der Abenddämmerung nach Hause.

»Gerade wenn man deprimiert ist, sollte man jemand anderem etwas Nettes tun, sage ich immer«, erklärte Meade. »Fühlst du dich jetzt besser?«

Aber Hilma fühlte sich nur ein bißchen schwindelig, und die Fingerspitzen taten ihr weh. Als sie an diesem Abend die Bettdecke zurückschlug, fand sie zwischen den Laken eine Eidechse, eine steife, flachgedrückte, halberfrorene grüne Anolis. Das schien ihr kein gutes Omen zu sein, und sie mußte an den alten Squeaky denken, der auf seinen vier Füßen in seinem kleinen Sterbehaus in dem kalten Mondlicht stand.

Am nächsten Tag fanden sie bei Roger eine Nachricht für sich vor – vielen Dank für den freundlichen Willkommensgruß –, und im Spülbecken tauten drei Portionen Eintopf auf, eine für Roger zum Abendessen und je eine für Hilma und Meade. Sie wischten die Küche auf, aber sogar Meade hatte nicht den Mumm, sich über die anderen Zimmer im Haus herzumachen, wo hochwichtig aussehende Papiere, Aktenordner und Bücher stapelweise Fußböden, Tische, Stühle und Betten bedeckten.

»Na gut«, sagte Meade, und Hilma stieß einen Seufzer der Erleichterung aus. Am Nachmittag verpflanzte sie ihre Sämlinge in die keimfreie Blumenerde, und am Abend brachte Roger ihr eine ganze Vase voll von ihrer Lieblingskamelie, der »Magnoliaeflora«.

»Ich weiß doch, daß du die überzüchteten nicht magst«, sagte Roger.

Sie sprachen kurz über Squeaky. Roger sagte: »Wir sind miteinander aufgewachsen, und dann war Squeaky auf einmal alt, und ich war erst in den mittleren Jahren.« Hilma sagte über Meade: »Sie ist erst dann glücklich und zufrieden, wenn sie für andere Menschen da sein kann.« Und dann ging es um mikroskopisch kleine Lebewesen: Roger erklärte ihr, daß praktisch jede Stelle in jedem Organismus mit ihren spezifischen Nematoden besiedelt ist, so daß, wenn die ganze Erde mit ihren sämtlichen Bewohnern auf einen Schlag verschwände und nur noch die Nematoden übrig blieben, die Gestalt unserer Welt immer noch einige Sekunden sichtbar erhalten bliebe, weil die Masse dieser einzeln unsichtbaren Wesen sie im Groben nachbilden würde. Dann sagte Roger, er glaube, daß die Frostphase demnächst zu Ende sei und daß sie ihre Pflänzchen in wenigen Wochen bedenkenlos ins Freie setzen könne. Es waren keine Eidechsen in ihrem Bett, und Hilma lag zwischen den glatten Laken und dachte an das Gespenst einer untergegangenen Welt, das noch einen kurzen Moment im All schwebte, um sich dann in eine silberne Staubwolke von zerstiebenden Nematoden aufzulösen.

Am nächsten Morgen stand sie früh auf und fuhr hinaus zu dem Anwesen, wo einmal Rogers Elternhaus gestanden hatte. Natürlich war das völlig überflüssig, würde Meade sagen, aber Hilma wollte Squeaky noch ein letztes Mal sehen, der in dem Häuschen, das Roger für ihn gebaut hatte, auf seinen vier Beinen im Begriff war zu sterben. Es war nicht schwer zu finden. Das Haus war aus Styroporplatten, die von einem Gerüst aus Bambusstäben getragen wurden, und es war ein grellweißer Fleck in dem Grau und dem

Braun der winterlich dürren Weide. Es war größer, als Hilma es sich vorgestellt hatte, darin hätten gut und gerne vier Pferde sterben können, dachte sie. Es hatte ein schräg abfallendes Dach, damit der Regen ablaufen konnte, und Roger hatte eine Fensteröffnung in die vordere Styroporplatte geschnitten, damit Squeaky hinausschauen konnte auf die Weide und den jenseits davon liegenden Gelbkiefernwald. Innen drin war der Boden mit Holzspänen bedeckt. Ein Eimer Wasser und ein Eimer mit Futter stand für alle Fälle bereit.

Squeaky war ein am Kopf ergrauter, jetzt klapperdürrer Rappe mit kräftigen Knochen und Beinen. Eins von den Arbeitspferden, die Rogers Onkel gehörten, hatte ihn zur Welt gebracht.

»Frances«, sagte Hilma zu Squeaky.

Frances hatte eines Tages ihre Arbeit, einen dicken Baumstumpf aus dem Wald zur Sägemühle zu schleppen, unterbrochen, hatte die Ohren nach hinten gelegt und einem kleinen schwarzen Fohlen das Leben geschenkt.

»Squeaky«, sagte Hilma.

Roger hatte den kleinen Kerl Squeaky genannt, weil er so fröhlich quiekte und wieherte, aber Squeaky war zu einem vorzüglichen, geduldigen, fast bedachtsamen Pferd herangewachsen, mit all der Würde und Anmut, die manche Pferde so unverkennbar auszeichnen.

Drinnen im Haus roch es nach Heu, Kiefernzapfen und wohlriechendem Futter. Squeakys Kopf, sein Schwanz, seine Augenlider hingen herab. Hilma traute sich nicht, das alte Pferd zu tätscheln, so zart und zerbrechlich kam es ihr vor. Er hob nicht den Kopf, um sie anzusehen, als sie aber die Hand auf sein Maul legte und spürte, wie er mit seiner rauhen alten Lippe einmal kurz ihre Finger berührte, erschien ihr das als der nobelste Abschiedsgruß.

Am nächsten Tag stiegen die Temperaturen deutlich

über zwanzig Grad. Hilma stellte ihre Pflanzschalen mit den Sämlingen draußen auf die Treppenstufen in die Sonne. Auf der Veranda flitzten die Eidechsen umher. In der Nacht wurde sie von dem Geräusch des leisen Aufpralls geweckt, mit dem die Blüten von Rogers Kamelien, eine nach der anderen, von ihrem Stengel losgelöst, zu Boden fielen. Hilma lag eine Weile in der Dunkelheit und horchte darauf, daß die nächste Blüte abfiel. Und mit jener plötzlichen Klarheit, wie sie in nächtlichen Gedanken manchmal eintritt, wurde ihr plötzlich klar, warum Roger Squeakys Haus so groß gemacht hatte. Nämlich damit das alte Pferd, wenn es schließlich umfiel, reichlich Platz dafür hätte und nicht in die dünnen Wände krachte, damit seine letzte Empfindung auf dieser Welt nicht ein Gefühl der Panik wäre, verursacht durch die über ihm zusammenbrechenden Styroporplatten und Bambusstäbe des Sterbehauses.

Die neue Wohnanlage

»Sie haben 'ne Art Vogel auf einer Säule unten an der Einfahrt«, sagte Meade.

»Einen toten Vogel?« rief Hilma und griff sich mit der Hand an die Kehle.

»Er ist aus Ton, glaube ich, oder aus Beton«, sagte Meade. »Irgendwas Raub- oder Greifvogelartiges – vielleicht soll es ein Habicht sein, aber er ist größer als ein Rotschwanzbussard.«

Sie waren auf dem Weg hinaus zum Tall Pines Anwesen – »der ersten Adresse für ländliches Wohnen«. Die Erbengemeinschaft Wyman – bestehend aus Brüdern und Vettern – hatte die alte Farm der Familie zu einer Wohnanlage umfunktioniert, mit einzelnen Parzellen, gepflasterten Straßen, einem rechteckigen Teich, den sie aus einem kleinen Auengrundstück ausgebaggert hatten, und Straßenlaternen, die, in regelmäßigen Abständen aufgestellt, den alten, verwahrlosten Wald der Wymans beleuchteten. Die Bagger standen noch am Teich, da zeigten die Wymans bereits in der Zeitung »Seeufer-Grundstücke« an, und schon kurz darauf hatte ein junges Ehepaar aus Tallahassee eine Parzelle gekauft und ein mit Furnierplatten bekleidetes Massivhaus daraufgebaut.

Meade hielt ganz frech an der Einfahrt, und sie verrenkten sich den Hals nach dem Vogel. Es war ein Adler aus Gußbeton, mit ausgebreiteten Flügeln und zur Seite geneigtem Kopf, der den Vorüberkommenden seine gesträubten Brustfedern darbot.

»Also, das ist ja nicht zu fassen«, sagte Hilma. »Das ist

ein Adler. Stell dir bloß mal einen Adler jahraus, jahrein in dieser verdrehten Haltung vor.«

»Das ist schiere Angeberei«, sagte Meade.

Als Hilma und Meade am nächsten Tag wieder vorbeifuhren, stand da eine zweite Säule, auf der ein zweiter Adler saß. Die beiden Vögel sahen einander über die Einfahrt hinweg an.

»Zwei Adler!« rief Hilma. »Ich hab in ›National Geographic‹ einen ganzen Baum voll Adler in einem der Wildweststaaten gesehen, aber die wurden da bestimmt nicht als etwas gezeigt, das man jeden Tag zu sehen bekommt.«

»Ich glaube, wir sollten die Leute besuchen«, sagte Meade.

»Aber wir haben keine gute Meinung von ihnen«, sagte Hilma, »deshalb wären unsere guten Wünsche unaufrichtig.«

»Wir wünschen ihnen nicht alles Gutes«, sagte Meade. »Du bäckst ihnen einen kleinen Kuchen, und wir sagen nur ›guten Tag‹.«

Ein tausend Jahre alter Mammutbaum, dachte Meade beim Anblick der Redwood-Furnierplatten, mit der die Seitenwand unter der kleinen Veranda bekleidet war, und für so ein Haus gefällt.

Das paßte alles zusammen, dachte Hilma, und musterte die Wandleuchten aus Messing rechts und links der Haustür und die beiden mit Wacholder bepflanzten Urnen oben auf dem Treppenpodest.

»Oh! Hallo!« sagte die junge Frau in der Türöffnung. Das Sich-miteinander-bekannt-Machen ging ein wenig konfus vonstatten, daran schloß sich ein Hin und Her von Dankeschön und Entschuldigung für den Kuchen an.

»Wie lieb von Ihnen!«

»... nur ein einfacher Bananen-Nuß-Kuchen.«

»... den eß ich am allerliebsten, und Bob wird er bestimmt auch ...«

»... hatte zu wenig Nüsse, und mein Backofen, ich weiß nicht recht ...«

»Möchten Sie nicht hereinkommen? Justin, halt mal den Hund fest, Justin, Justin!« Aber es war zu spät. Ein großer schwarzweißer Hund mit einer rosa Nase stürmte ins Zimmer, sprang über die Sofalehne und stürmte weiter in die Küche, wo er auf dem Linoleumboden ausrutschte und gegen den Eisschrank prallte; dann ging er daran, den Abfalleimer durchzustöbern. Aus dem Hinterhof rief ein kleiner Junge: »Hierher, Burschi, hierher, Burschi«, und Hilma drückte sich an die Redwood-Wand, als der Hund wieder nach draußen davonschoß.

»101 Dalmatiner«, erklärte die Frau.

»Einhundertundeiner?« japste Hilma.

»Sie wissen ja, wie Kinder sind«, sagte die Frau. »Kommen Sie bitte herein, ich nehme Ihre Mäntel. Bitte, setzen Sie sich doch.« Das Zimmer war lang und niedrig, mit einem hellblauen Teppichboden und in Kiefer getäfelten Wänden. Ein Panoramafenster ging hinaus auf dichtes Myrtengestrüpp und Reihen angepflanzter Elliotkiefern. Die Frau drehte an einem Schalter an der Wand, und sofort standen die Holzscheite im Kamin lichterloh in Flammen.

Meade streckte eine Hand in Richtung auf das Feuer aus, aber eine Glasscheibe vor der Kaminöffnung sorgte dafür, daß keine Wärme ins Zimmer drang.

»Wir mögen diese rustikale Note, aber wir wollten auf Nummer Sicher gehen, wegen der Kinder und so«, sagte die Frau, »da kann man gar nicht vorsichtig genug sein.«

»Ja, natürlich«, sagte Hilma und starrte mit unverhohlenem Entsetzen auf die Holzscheite, die von den Flammen umzüngelt, aber nie verzehrt wurden, »bei kleinen Kindern kann man gar nicht vorsichtig genug sein.«

Die Tür ging einen Spaltbreit auf, und der kleine Junge drückte sich ins Zimmer. Eine schwarzweiße Schnauze erschien erst auf der einen, dann auf der anderen Seite seiner Beine und dann dazwischen: Der Hund war wild entschlossen, sich auf irgendeinem Weg hereinzuschlängeln oder -zudrängeln.

»Justin«, sagte die Frau warnend.

»Wir haben Ihre Adler gesehen«, sagte Meade.

»Daher wußten wir, daß hier jemand wohnt«, setzte Hilma rasch hinzu, »und deshalb sind wir vorbeigekommen, um guten Tag zu sagen.«

»Das sind die exakten Repliken von den Adlern, die an irgendeinem Schloß in England zu sehen sind«, sagte die Frau. »Mir fällt der Name jetzt nicht ein, aber wir haben sie in ›Wunderbare Welt‹ gesehen. Und Sie dürfen mir glauben, daß sie nicht billig waren.«

»Was is das denn?« rief der kleine Junge aus der Küche.

»Das ist ein köstlicher Bananen-Nuß-Kuchen«, rief die Frau mit übertrieben fröhlicher Stimme. »Den haben uns diese beiden netten Damen mitgebracht, Justin. Ist das nicht lieb von ihnen?«

»Ich kann Eßsachen mit Nüssen drin nich ausstehn«, sagte der kleine Junge, und seine Stimme verklang in einem dunklen Flur.

»Ich habe ein Vogelhaus und eine Tränke aufgestellt«, sagte die Frau und deutete auf ein Häuschen aus Zedernholz in Form einer Scheune und ein weißes Vogelbad aus Plastik. »Jetzt, wo wir in diesem Waldland leben, möchten wir, daß Justin die Natur schätzen lernt.«

»Oh«, ließ Hilma sich jetzt hilfsbereit vernehmen und riß sich von dem faszinierenden Anblick des Kaminfeuers los. »Hier können Sie Finken, Weidenmeisen, Spatzen, Ammerfinken und Haubenmeisen sehen, und es scheint ein Jahr für Fichtenfinken zu sein.«

»Also, ich weiß nicht«, sagte die Frau. »Bis jetzt hab ich nur diese kleinen braunen Vögel und ein paar schwarzweiße gesehen.«

»Der Fußboden des Sommerhauses in West Dean Park im Südosten Englands«, sagte Meade plötzlich mit lauter Stimme, »ist ganz und gar mit Pferdezähnen gepflastert.«

Darauf folgten ein paar Augenblicke verlegenen Schweigens, bevor Hilma über das Wetter zu reden begann, »extrem kalt für die Jahreszeit«, und kurz darauf nahmen Hilma und Meade ihre Mäntel und verabschiedeten sich.

Auf der Heimfahrt mußte Hilma immer wieder an Mr. und Mrs. Wyman denken, alteingesessene Landbewohner. »Das war so ein herrlicher Wald zu Lebzeiten der Wymans«, sagte sie schließlich. »Ein lichter, noch nie eingeschlagener Gelbkiefernmarkwald.« Die jungen Wymans hatten die Bäume in den siebziger Jahren, als der Preis dafür hoch war, schlagen lassen und als Bauholz verkauft.

»Und heute, wo hier nach zwanzig Jahren wiederaufgeforstete Weihrauchkiefern und ein Dickicht von Hartholzbäumen steht, spricht so eine ignorante Henne, die einen Weißköpfigen Seeadler nicht von einer Haubenmeise unterscheiden kann, von Waldland«, sagte Meade. »Irgendein Schloß in England«, zischte sie, »kleine braune Vögel.« Meade verabscheute es, wenn ihre Gesprächspartner sich vage ausdrückten. »Ich kann nur hoffen, daß sie sich nach der Geburt dieses Kindes hat sterilisieren lassen.«

»Oh, Meade«, sagte Hilma, »Ignoranz vererbt sich nicht. Aber das mit dem Wald ist wirklich eine Schande.«

»Es waren zwei goldige alte Damen«, sagte die Frau am Abend zu ihrem Mann. »Die eine war richtig süß, sie hat irgendso eine Art Brot mitgebracht. Die andere war ziemlich eigenartig und hat so komisches Zeug geredet. Aber sie waren beide ganz weg von unsern Adlern.«

»Du solltest diese armen Leutchen mit den Adlern nicht dafür verantwortlich machen. Die haben keine Schuld«, sagte Roger. Er trank seinen Tee zwar ohne Milch und Zucker, wußte aber, daß Meade keine Ruhe geben würde, bis sie eine Tischdecke aufgelegt und die Zuckerdose, das Sahnekännchen, Teelöffel, Servietten und Kuchen auf den Tisch getan hatte, und wartete deshalb, die Hände im Schoß, geduldig ab. »Die jungen Wymans sollten sich schämen für den Kahlschlag, den sie im Wald angerichtet haben. Es hat mir das Herz im Leib rumgedreht, als ich gesehen habe, wie sie die Stämme da rausgeschafft haben, einen Laster nach dem anderen, manche von den Bäumen waren vierhundert Jahre alt.« Das Anwesen, wo früher Rogers Elternhaus stand, lag gegenüber von Tall Pines. Es war jetzt eines der letzten Areale eines vormals riesigen Gelbkiefernwalds, der sich im Südosten der Vereinigten Staaten von Virginia bis nach Texas erstreckt hatte, und jetzt vollkommen abgeholzt und als Baumaterial verkauft worden war, um Straßen, Farmen und Städten Platz zu machen. »Ein paar schöne Bretter hat man aus diesen Bäumen aber gewonnen«, sagte Roger. »›Der Wald, aus dem Amerika erbaut wurde‹, wird er genannt.«

Meade schenkte ihm Tee ein durch ein kleines silbernes Sieb mit kardanischer Aufhängung und setzte sich dann seufzend hin. »Straßenlaternen, Roger! Gepflasterte Straßen, Gußbeton-Adler, mürrische Kinder und ungehorsame Hunde, Feuer, das aus dem Nichts entsteht und keine Wärme abgibt. Wo soll das alles enden, Roger? Die Wälder werden nicht mehr mit Bränden gelichtet, statt dessen haben wir Forstflächen voller Unterholz, und gleich daneben hausen Idioten.«

Aber das war eine Frage, auf die es keine Antwort gab, und Roger trank schweigend seinen Tee.

»Kannst du dich noch an das Haus von den alten Wymans

erinnern?« fuhr Meade fort.« Ein quadratisches Holzhaus aus den 1850er Jahren – ein schönes, einfaches Farmhaus. Ohne jeden Firlefanz.«

»Ja«, sagte Roger und bereitete sich auf das vor, was mit Sicherheit kommen mußte, nachdem die Unterhaltung bis zu diesem Punkt gediehen war. »Ich kann mich an das Haus erinnern.«

»Den jungen Wymans war das Haus so gleichgültig, daß sie nicht mal das Dach repariert haben, aber die Prämie für die Feuerversicherung haben sie jeden Monat pünktlich bezahlt«, sagte Meade. »Und als die Feuerwehr schließlich anrückte, war alles zu spät.«

»Jedes Brett in dem Haus war aus Kiefernkernholz«, sagte Roger, »das von ihrem eigenen Anwesen stammte. Das ganze Haus war aus Kiefernholz, Meade, nichts hätte das Feuer aufhalten können.«

Meade stellte mit hörbarem Nachdruck die Teetasse zurück auf die Untertasse. »Nichts hätte es aufhalten können«, sagte sie, »aber ich wüßte gern, wie es in Gang gekommen ist.«

»Aber Meade, du willst doch nicht –«, sagte Roger.

»Die Feuerversicherung!« sagte Meade. »Ohne Versicherungsgelder keine gepflasterten Straßen, keine Bagger und keine Hohlköpfe, die ihr unbedeutendes Leben an einem Ort leben, an dem sie nichts zu suchen haben.«

»Oh!« sagte die Frau in der Türöffnung. »Nett, Sie zu sehen – ähm –«

»Hilma«, sagte Hilma.

»Ja, richtig, richtig, jetzt erinnere ich mich, das ist so ein hübscher Name«, sagte die Frau, »und wo ist Ihre Freundin?«

»Meade?« sagte Hilma erschrocken. »Meade hatte heute keine Zeit. Aber ich habe Ihnen ein Büchlein mitgebracht, das Ihnen vielleicht helfen wird, die Namen Ihrer Vögel kennenzulernen.«

»Ach, wie lieb!« sagte die Frau. »›Petersons Vogelbestimmungsbuch‹«, las sie laut.

»Es ist der Band ›Südöstliche USA‹«, sagte Hilma. »Oh, hören Sie nur«, und sie hielt einen Augenblick inne. »Ein Ammerfink – was für ein grämliches Liedchen er singt –, hier ist er; sie bekommen diesen ziemlich großen Sperling mit dem weißen Fleck bestimmt in Ihrem Vogelhäuschen zu sehen. Beachten Sie die hilfreichen Pfeile, mit denen auf wichtige Merkmale hingewiesen wird.«

»Möchten Sie nicht hereinkommen?« fragte die Frau. »Es ist so warm heute, ich glaube, wir brauchen den Kamin nicht anzumachen, oder?«

»O nein«, sagte Hilma, »ganz bestimmt nicht, heute auf gar keinen Fall. Ich muß auch gleich wieder gehen, ich wollte Ihnen nur das Buch vorbeibringen. Hier«, und sie schlug eine Seite mit Finken auf, »ich hab diejenigen angekreuzt, die Sie wahrscheinlich zu sehen bekommen. Vielleicht macht es Ihrem kleinen Jungen ja Spaß, eine Liste von den Vögeln anzulegen.«

»*Was* hast du?« fragte Meade. »Na, ich bin überzeugt, das ist das einzige Buch bei denen im Haus. Und sie hat dir doch bestimmt nichts zu essen angeboten, von dem Bananen-Nuß-Kuchen haben wir ja auch nichts zu sehen bekommen.«

»Ich wollte nichts zu essen haben«, sagte Hilma. »Ich dachte, sie könnte mit den Finken und den Sperlingen den Anfang machen. Als ich auf ihrer Veranda stand, hab ich einen Ammerfinken gehört.«

»Bei dem Hund wundert es mich, daß da überhaupt noch Vögel sind«, sagte Meade, »ausgenommen natürlich die Adler, die da oben auf ihren Säulen festgedübelt sind.«

Es war später Nachmittag; den ganzen Tag herrschte eine dumpfige Atmosphäre, der Wind wehte von Osten. Roger stand einen Augenblick da und prüfte den Wind und die Luftfeuchtigkeit. Mit einem Streichholz zündete er ein Fleckchen trockenes Gras neben dem freigeräumten Sperrgürtel an und tröpfelte dann aus seiner Lötlampe eine Petroleumspur auf den Boden. Mit einem Zischen breitete sich das Feuer über die ganze Länge der Spur aus und trieb anschließend vor dem Wind auf den Wald zu. Die Flammen brannten träge, aber gleichmäßig, wurden von der Luftfeuchtigkeit niedrig gehalten, und der Wind drückte die Frontlinie des Feuers immer tiefer in den Wald hinein. Es schien soweit alles in Ordnung zu sein. Roger marschierte noch eine Strecke von gut zwei Meilen, auf der er mit seiner Lötlampe sorgfältig Feuer legte. Er blieb von Zeit zu Zeit stehen, um sich den Brand anzusehen, dann und wann ging er ein Stück zurück, um sich zu vergewissern, daß das Feuer den Sperrgürtel nicht übersprungen hatte.

Nachdem das Feuer ein Stück in den Wald vorgedrungen war, verlangsamte es seinen Vormarsch. In lichteren Teilen des Waldes, wo die Bäume weiter auseinander standen, war der Boden nur spärlich mit Zweigen bedeckt, und das Feuer brannte träge und dicht über der Erde. Im vergangenen Jahr war reichlich Samen ausgefallen, und die dicht verstreuten kleinen Gelbkiefernsämlinge bildeten mit ihren grünen Nadeln einen kühlen Teppich, der sie vor dem Feuer schützte. Aber dort, wo die großen alten Bäume eng beieinanderstanden, ließ ein dichtes Kronendach den kleinen Sämlingen nicht mehr genug Licht. Da lagen leicht entzündliche und leicht brennbare Kiefernäste in solcher Menge am Boden, daß die Flammen an diesen Stellen drei Meter und noch höher aufloderten. Rauch erhob sich in dicken Schwaden, ein tosender Lärm war zu hören, und die Baumwipfel schwankten und tanzten im Feuersturm. Obwohl Roger diese Arbeit schon viele Male gemacht hatte, war er trotzdem besorgt. Es war eine heikle Sache, ein Gleichgewicht herzustellen zwischen Feuer, brennbarem Material, Wind und Feuchtigkeit. Besorgt blieb er immer wieder stehen, kontrollierte den Brand. An den kritischen Stellen brannte das Feuer jedesmal schnell durch, die Flammen sanken in sich zusammen, und es drang immer tiefer in den Wald ein. Um Mitternacht war schließlich alles angezündet, und er stand nur noch da und sah zu, wie es brannte. Wo die Flammen ihr Werk getan hatten, war der Boden kahl, schwarz und mit Asche übersät, aber es würde am nächsten Tag regnen, und bis Mitte der kommenden Woche würden sich allmählich die ersten Grashalme zeigen, und im Frühling würden Hundszahngras, Adlerfarn und all die anderen brandabhängigen Bodendecker des Gelbkiefernwalds durch das Feuer verjüngt wieder üppig, grün und kraftvoll sprießen. Im April würde man dann nur noch an den rußigen Stämmen erkennen, daß es in diesem Wald gebrannt hatte. Vielleicht waren an einigen der niedrigeren Äste die Nadeln angesengt, dachte Roger und sah hinauf in den rußgeschwängerten Himmel – vielleicht aber auch nicht. Es war ein gutes Feuer.

»Ein Waldbrand!« sagte die Frau und starrte verzagt aus dem Fenster auf Rogers rußgeschwärzten Wald. »Wir hätten unser Haus verlieren können!«

»Nein«, sagte Hilma und versuchte, es zu erklären. »Es war nicht die Art –«

»Sie hätten die Flammen sehen sollen!« sagte die Frau.

»Aber dieser Wald braucht Brände, damit er gesund bleibt. Es ist im Gegenteil –«

»Ich hab immer wieder gedacht: ›Nur du kannst einen Waldbrand verhindern, nur du kannst einen Waldbrand verhindern.‹ Ich hab 911 angerufen, ich hab die Feuerwehr angerufen. Aber niemand ist gekommen!«

»Es ist im Gegenteil die Brandbekämpfung und die Brandvermeidung«, sagte Hilma beharrlich, »die gefährlich und schädlich –«

»Aber sehen Sie die Sache doch mal aus meiner Sicht«, jammerte die Frau, brach in Tränen aus und schlug mit den Armen gegen das Fenster.

»Weg?« fragte Hilma.

»Alle beide«, sagte Meade genüßlich. »Es stehen bloß noch die Säulen da.« Es war ein warmer Tag im März, und Meade hatte eine kleine Spritztour hinaus nach Tall Pines unternommen.

»Meade, du hast doch nicht etwa – ?« fragte Hilma.

»Hilma!« sagte Meade. »Woran denkst du? Frag sie das nächstemal selber, wenn du wieder hingehst, um ihr einen kleinen Vortrag über den ökologischen Einsatz von Bränden zu halten.«

»Ich versteh's nicht«, sagte die Frau. »Ich versteh's einfach nicht.«

Im Vorgarten lagen die zerscherbten Adler um ihre Säulen herum verstreut: Gespreizte Schwänze, geplustertes Brustgefieder, gekrümmte Schnäbel, funkelnde Augen, alles in Bruch und Scherben. Das Vogelhaus war leer, und die beiden Wacholderbäumchen in ihren identischen Urnen auf dem Treppenpodest waren in vollendeter Symmetrie von unten her abgestorben. Im Haus waren die Vorhänge zugezogen, auf dem blauen Teppichboden waren Matschflecken, und in dem Zimmer mit dem großen Aussichtsfenster lag, dick mit rosa Kalaminlotion eingeschmiert, der kleine Junge und sah sich mit müden Augen Zeichentrickfilme an. Die Frau wanderte unaufhörlich ziellos im Zimmer umher und fuhr sich von Zeit zu Zeit sachte mit den Fingerspitzen an die Stirn.

»Versuchen Sie doch mal, es von der positiven Seite zu sehen«, sagte Hilma. »Vielleicht haben die Adler ja sowieso nicht so recht hierher gepaßt. Vielleicht waren sie ein bißchen ...«

»Die Adler haben fünfhundert Dollar gekostet«, sagte die Frau mit gepreßter Stimme, »es waren exakte Repliken ...« Aber sie fing an zu schluchzen und konnte den Satz nicht zu Ende sprechen. »Ich fühl mich hier so einsam und habe Angst – ich hab gedacht, wir hätten Nachbarn, aber hier ist keine Menschenseele außer uns. Erst der Waldbrand, jetzt der Vandalismus und dieser Giftsumach und gestern die Schlange auf den Treppenstufen. Ich versteh das nicht. Ich versteh es einfach nicht.«

»Aber das war doch nur eine Blindschleiche«, sagte Hilma. »Das ist doch nicht dasselbe, als wenn hier eine Wassermokassinschlange –«

»Ich habe nicht die geringste Lust, mir Schlangennamen zu merken!« stieß die Frau heftig hervor und umfaßte mit beiden Händen ihren Kopf. Und Hilma hielt es für besser, nichts davon zu erwähnen, daß sich bei dem zunehmend wärmeren Wetter am sumpfigen Rand des ausgebaggerten Sees, wo inzwischen wieder Knopfblumensträucher wuchsen und die Spuren der Bagger verdeckten, bald die Mokassinschlangen regen würden.

Meade hielt unten an der Einfahrt. »›Zu verkaufen‹«, las sie triumphierend. »Die ›erste Adresse ländlichen Wohnens‹ war nicht gut genug für sie.«

»Das arme Ding«, sagte Hilma. »Ich wüßte ja gerne, ob sie sich je die Namen der Sperlinge gemerkt hat.«

Im Vorgarten waren die Scherben der Adler weggeräumt, aber die achteckigen Betonsäulen standen noch unten an der Einfahrt, und an jede von ihnen klammerte sich mit gefährlichen Krallen ein Paar Adlerfüße.

Blick auf Perote

Es war beim Treffen des Schreibzirkels Mitte Februar, als Hilma die tote Ratte entdeckte. Hilma hatte die Falle am vorangegangenen Abend in einer dunklen Zimmerecke aufgestellt, aber die Wucht, mit der die Falle zugeschnappt war, mußte sie weggeschleudert haben, denn jetzt lag sie ein Stück von der Wand entfernt mitten auf dem Weg vom Eßzimmer in die Küche.

»Ich hol uns noch heißes Wasser«, sagte Lucy mit einem Blick in die Teekanne und machte Anstalten aufzustehen.

»O nein, du bleibst schön sitzen, ich geh schon ...«, sagte Hilma und sprang fast von ihrem Stuhl auf.

Glücklicherweise waren aller Augen auf Beulah Hambleton gerichtet, die gerade die jüngste Fortsetzung von ihrem Kriminalroman erklärte. »Am Schluß wird dann alles sonnenklar, versteht ihr –, es war der Kratzer mit einer vergifteten Nadelspitze, der ihn erledigt hat.«

Es wäre so einfach, dachte Hilma, wenn sie mit der Teekanne in die Küche ging, brauchte sie nur ... Aber als sie bei der Ratte ankam, brachte sie es nicht über sich, sich zu bücken und sie aufzuheben. Selbst wenn Beulah Hambleton mit ihrem Bericht über ›Mord aus dem Nichts‹ im besten Zuge war, konnte es sein, daß eine ihrer Zuhörerinnen nicht bei der Sache war. Vielleicht Heather Bell, die neue Teilnehmerin, eine junge Biotechnikerin aus dem Versuchslabor, die Lucy mitgebracht hatte; mit ihrer Beobachtungsgabe, verschärft durch die Naturwissenschaft, würde sie die Ratte wahrscheinlich am ehesten bemerken. So ernst und schweigsam, wie sie hinter den beiden Haarwülsten hervorlugte –, wer wußte da, was ihr auffiel und wie sie darüber dachte. Was für ein Bild: Ein hübsch eingerichtetes Zimmer, vielleicht ein bißchen unaufgeräumt, aber gemütlich, durch die Spitzengardinen fällt das Licht eines späten Wintertages und eine alte Frau in einem ausgebeulten Wollrock auf dem Weg in die Küche, die in der einen Hand eine Blue-Willow-Teekanne und in der anderen eine Falle hält, an der eine tote Ratte baumelt.

Deshalb blieb die Ratte liegen, während der ganzen Familiengeschichte von Mary Bell Geeters, die jetzt in allen Einzelheiten von der Verbindung zweier berühmter Familien, der Geeters aus Georgia und der Thrashes aus Alabama, berichtete und auch noch während der anschließenden Diskussion, wo das alljährliche Picknick des Schreibzirkels in diesem Jahr stattfinden sollte.

Obwohl sie mausetot war, bemerkte Hilma, daß das Gesicht der Ratte einen recht aufmerksamen, ja fast erwartungsvollen Ausdruck hatte, die glänzenden Äuglein waren durch den Schlag ins Genick weit aufgerissen, und die gekrümmten Vorderfüßchen hielten die Ecken der Falle umklammert.

»Da ist doch das schöne Haus mit dem Garten von Mrs. Malcolm, draußen an der alten Landstraße 19«, sagte jemand. »Das ist doch ein idealer Platz für ein Picknick, aber sie hat natürlich all diese Tiere, dieses wieselartige Viech, das so abscheulich riecht, und die beiden großen Hunde, die …«

Es hatte etwas Raffiniertes, wie das große rote V für Victor die Schnauze des festgeklemmten Rattenkopfs umriß –, obwohl Victor eigentlich ein viel zu großes Wort war, dachte Hilma, für einen so sang- und klanglosen Tod.

»… der Teppich ist übersät mit Vogelfutter, und dann sind da natürlich die MÄUSE…«

Oben an den beiden Balken des V bildeten die Ohren der

Ratte zwei einwärts gekehrte Serifen, und die zwei roten Pünktchen waren ... Die Augen sind die Fenster zur Seele –, das stimmte, dachte Hilma. Es ist schwer zu sagen, was jemand denkt, wenn man seine Augen nicht sieht. So konnte es zum Beispiel sein, daß Heather Bell im Schatten ihrer Haare alles verfolgte und sich dachte –

»– dem Anwesen, wo früher Rogers Elternhaus stand, Hilma?«

»Hilma?«

Und plötzlich beugten sich alle ihre um den Tisch versammelten Gäste auf dem Stuhl vor, sahen sie mit aufmerksamen, erwartungsvollen Blicken an und hielten mit gekrümmten Fingern die Teetasse umklammert.

»Roger?« japste Hilma.

»Es wurde von John Wind gebaut und war eins von den schönsten«, sagte Mary Bell Geeter, »etwa um 1840, und ursprünglich sah es dem Mash-Haus sehr ähnlich, die Veranden wurden später angebaut.«

»Das Picknick draußen auf dem alten Anwesen?« fragte Hilma und fühlte sich sehr marode. »Aber da ist doch gar kein Haus mehr – nur noch der Schornstein.«

»Aber wir haben doch beschlossen, nach dem bitterkalten Winter dieses Jahr mal was anderes zu machen, Hilma, zur Feier des Frühlings ein richtiges Picknick im Freien zu veranstalten«, erklärte Lucy geduldig.

»So eine herrliche Umgebung und so geschichtsträchtig. Die alte Eichenallee, der Hügel und der Schornstein, der zum Himmel ragt«, sagte Lucille Sanders, die gerade an einem Liebesroman schrieb.

»Und wie steht es mit Toiletten?« fragte Heather Bell. Es entstand ein verlegenes Schweigen, während die Anwesenden sich mit diesem Gedanken beschäftigten, und dann fingen sie alle auf einmal an, von Regen zu sprechen.

»Wenn es nun aber regnet!«

»Wir müssen natürlich damit rechnen, daß es regnet!«

»Wir müssen uns auch auf Regen einstellen!«

»Wir lassen ein Toilettenhäuschen kommen«, sagte Lucy, »und stellen auf dem Hügel Zelte auf. Falls es regnet, findet jeder ein trockenes Plätzchen. Wir müssen als nächstes mit Roger sprechen, und falls du so lieb sein würdest, Hilma ...« Noch einmal richteten sich die erwartungsvollen Blicke auf Hilma, dann war das Treffen zu Ende, und hilfsbereite Gäste fingen an, das Geschirr auf dem Tisch zusammenzustellen.

»O nein!« sagte Hilma. »Bitte, macht euch keine Mühe! Ich räume das alles auf!« Es folgten der ein und andere In-letzter-Minute-Abstecher zur Toilette, und jedesmal wartete Hilma angstvoll auf den entsetzten Aufschrei. Aber er blieb aus, und schließlich standen alle an der Tür, teilten die Mäntel aus und verabschiedeten sich voneinander.

»Die Zelte könnten hier, an dieser ebenen Stelle, stehen«, sagte Lucy und ging ein Stück weiter. »Und das Toilettenhäuschen da drüben hinter den Kamelienbäumen.« Roger stocherte mit einem Stock am unteren Endes des Schornsteins herum, besorgt, daß das Getrampel von so vielen Füßen das Fundament lockern und ihn zum Einsturz bringen könnte, und Hilma stand oben auf dem Hügel und sah hinüber nach Perote.

»Was hältst du davon, Roger?« fragte Lucy. »Ein Toilettenhäuschen, wo einmal der Vorzeigegarten deiner Großmutter war, und scharenweise Leute, die Feinkostsalate und Gemüsesülze von Papptellern essen.«

»Hier hat es Gäste gegeben, als da noch ein Haus stand, warum sollte es jetzt keine Gäste mehr geben, wo das Haus verschwunden ist?« sagte Roger.

»Es ist wie Gold, das man zum Reinigen durchs Feuer geschickt hat«, sagte Lucy. Sie stand da und sah in den lichten Kiefernwald, wo die Hartriegelsträucher und die Pflaumenbäume in voller Blüte standen. »Es ist wie geweihte Erde.«

Zumindest mußte hier ein edleres Geschlecht von Ratten leben, dachte Hilma, strotzend vor Gesundheit und Lebenskraft aus der freien Natur, die sich ihre Nahrung selber suchten und aus Zweigen und Süßgräsern ihre Nester bauten – nicht die widerlichen, kurzsichtigen Hausratten, die in den Mauern herumkriechen, im Abfall wühlen, schmarotzen und schließlich, von einer Falle erschlagen, mit weit aufgerissenen Augen unentdeckt herumliegen.

Aber plötzlich wollten Lucy und Roger etwas über saure Böden und Akeleien von ihr wissen.

»... Hilma?«

»Was ist mit der Akelei?« fragte Hilma.

»Der Kalk, der aus dem Mörtel rinnt, kann an der betreffenden Stelle den Boden entsäuern«, sagte Lucy, und da entdeckte Hilma die kleine Akelei, die neben dem Schornstein wuchs.

Das nächste Treffen des Schreibzirkels fand in Heather Bells Wohnung statt. Wo man hinsah, perfekt ineinandergefügte Fiberglas-Wände und strahlendweiße Fugen. Es bestand keine Gefahr, hier über eine unerwartete kleine Leiche zu stolpern, dachte Hilma, wenngleich sie einigermaßen perplex gewesen war beim Anblick der Titelseite einer Illustrierten, die auf der Toilette lag; sie zeigte eine Frau in einem schwarzen Minirock und schwarzen Overknees, die mit gespreizten Beinen über den Randstein einer belebten Großstadtstraße gestreckt dalag, als ob sie über ihre Plateauschuhe gestolpert wäre. Sie stützte den Oberkörper auf die angewinkelten Ellbogen und schoß seitwärts einen wütenden Blick hinter irgend etwas oder irgend jemandem außerhalb des Bildrands her, wobei ihre schwarzgeschminkten Lippen sich anscheinend zu einem Schimpfwort oder einer Beleidigung verformten. Vielleicht hatte jemand sie angerempelt.

»... und draußen im Garten, weich gebettet im spanischen Moos, in seiner Umarmung geborgen –« las Lucille Sanders mit gefühlvoller, ein wenig zitternder Stimme vor.

Aber irgend jemand rief: »Grasmilben!«, und ein oder zwei weitere Zuhörerinnen sagten: »Die wären von Kopf bis Fuß mit Grasmilben übersät!« Und dann sprachen auf einmal alle über Grasmilben und spanisches Moos.

Was hatte die Frau so wütend gemacht, fragte sich Hilma, wen schrie sie an, und warum blieb sie in dieser verdrehten Haltung liegen, die Füße mit den mörderischen schwarzen Schuhen beschwert und von ihrem Gewicht fast nach hinten gebogen?

»... Zelte und ein Toilettenhäuschen. Roger sagt, bis dahin ist die ›Lady Banksia‹ in voller Blüte.«

Und nachdem Heather Bell ein solches Foto in ihrer Toilette liegen hatte, was mußte sie da von ihnen allen halten, von ihren Teekannen, ihrer »Lady Banksia«, ihren Geeters aus Georgia und Thrashes aus Alabama und von den Umarmungen ihrer Helden? fragte sich Hilma.

»... und wenn es ein klarer Tag ist, können wir bis nach Perote sehen«, sagte Lucy.

Roger hatte recht gehabt – die »Lady Baksia« stand in voller Blüte, eine prächtige Rose, die sich um einen Kiefernstamm rankte wie eine opulente Säule, dort, wo einmal der Vorgarten gewesen war. Von Zeit zu Zeit ließ ein leichter Wind einen Schauer gelber Rosenblätter über den Picknickgästen des Schreibzirkels niedergehen. Außerdem war der Kiefernpollenflug auf dem Höhepunkt, und wenn der Wind aus einer bestimmten Richtung wehte, sah man einen schimmernden gelben Schleier in der Luft, der alles mit einer goldenen Staubschicht überzog.

Zerfallende Backsteinmauern markierten den Grundriß des Hauses, und ein paar von den älteren Mitgliedern standen auf dem grasbewachsenen Fußboden des Wohnzimmers und sahen durch ein imaginäres Fenster in die dunstige Ferne. Dann und wann stieß jemand mit dem Fuß gegen eine Glas- oder Porzellanscherbe, und dann steckten sie die Köpfe zusammen, um zu sehen, ob die Bruchkanten und das Muster mit denen älterer Fundstücke zusammenpaßten.

Lucille Sanders schlenderte mit Roger die bemoosten Klinkerwege des alten Gartens entlang und erläuterte ihm ihre Idee für ein Projekt, das sie im kommenden Jahr verwirklichen wollte, eine Art romantisches Gartentagebuch –, »in dem es nicht ums Wühlen in der Erde geht«, sagte sie, »sondern um die Gefühle, die ein Garten auslöst.«

»Ah«, sagte Roger.

»Nimm zum Beispiel die Narzissen hier«, sagte sie, »diese rührenden Zwiebeln schicken jeden Frühling wieder ihre Triebe nach oben und zeigen uns so die Anlage des alten Gartens, in dem sie vor vielen Jahren gesteckt worden sind –, was müssen diese Zwiebeln für Erinnerungen haben, Roger!«

»Tja«, sagte Roger, brachte es aber nicht übers Herz, Lucille Sanders an diesem Frühlingstag, der sie in solch poetische Stimmung versetzte, zu sagen, daß es »König-Alfred«-Narzissen waren und daß er sie bei Gramling gekauft und im November 1995 selber gesteckt hatte.

»Man muß immer mit dem Mord anfangen und sich von da aus zurückarbeiten«, sagte Beulah Hambleton zu Lucy, schirmte mit der Hand die Augen ab und spähte hinauf zu dem eleganten Kranzgesims am oberen Ende des Kamins. »Letztes Jahr war es die vergiftete Nadelspitze, aber dieses Jahr hab ich das Gefühl, ich brauch mal was Brutaleres. Ich bin ständig auf der Suche nach neuen Todesarten.«

»Samuel Meadows, Rogers Ururgroßvater soll diese immergrünen Eichen gepflanzt haben.« Mary Bell Geeter fischte mit einem langstieligen Löffel eine Fliege aus der Bowle und hielt einen kleinen Vortrag zur Lokalgeschichte. »Aber es war eigentlich eine Frau aus einer Seitenlinie meiner Familie, die sie gepflanzt hat, nämlich dieselbe Harriet Thrash Geeter, die die erste ›Chandleri Elegans‹ aus Screamer, Alabama, nach Georgia gebracht hat.«

Hilma machte im Schutz der Eichen einen kleinen Spaziergang den Hügel hinab und dachte über die Gesprächsfetzen nach, die sie vor dem Toilettenhäuschen mitbekommen hatte:

»Wird Hilma allmählich ...«

»Oder ist sie nur ...«

»Sie ist so oft ganz weit ...«

»Und in ihrem Ater ist es schon möglich ...«

Aber das war es nicht, dachte Hilma. Sie war durchaus noch bei Verstand. Sie konnte nur manchmal nicht aufhören, an bestimmte Dinge zu denken, die ihre Aufmerksamkeit fesselten; und es ist schließlich für den menschlichen Verstand die natürlichste Sache von der Welt, bei den Dingen zu bleiben, die ihn interessieren, wie die Grasmilben im Spanischen Moos.

Und als sie dann um eine Wegbiegung kam, sah sie Heather Bell, die es sich auf einer Art Sitz gequem gemacht hatte, den die verschlungenen Ranken eines wilden Weinstocks bildeten, der sich um einen Baumstamm rankte. Hilma fürchtete sich vor Heather Bell – der finstere Blick, die düstere Schweigsamkeit, das beunruhigende Foto in ihrer Toilette. Aber irgend etwas an dem Umstand, sie in einer so ungeschützten Position zu sehen, wie sie da von einem Baum herabhing und mit den Füßen nicht ganz bis zum Boden reichte, versetzte Hilma in die Lage, ganz mutig auf sie zuzugehen.

»Was für ein hübsches Plätzchen haben Sie da entdeckt«, sagte sie.

»Bitte«, antwortete Heather Bell und rückte zur Seite, um Platz zu machen. »Sie können sich dazusetzen.« Als sie dann lächelte und sich das Haar hinter die Ohren strich, erkannte Hilma, daß sie eigentlich ein freundliches Gesicht hatte, mit einem kräftigen Unterkiefer und sympathisch wirkenden schiefen Zähnen.

Es war ein überraschend bequemer Sitzplatz, geräumig und elastisch, und der Stamm des Weinstocks bildete zudem eine richtige Rückenlehne. »Nein, so was«, sagte Hilma und schlenkerte glücklich mit den Beinen. »Ich habe das Gefühl, als würden hier alle meine Lebensgeister geweckt.«

»Es ist schön hier«, sagte Heather Bell.

»Und wie hübsch ist ein Heim ohne Haus«, sagte Hilma.

Sie baumelten noch ein Weilchen in schöner Eintracht an dem Baum. Dann fragte Heather Bell: »Wonach halten die Leute da oben auf dem Hügel alle Ausschau?«

»Oh«, sagte Hilma, »da drüben, mehrere Meilen von hier entfernt, hat es vor Jahren eine Stadt gegeben, und an klaren Tagen soll man von den oberen Fenstern des Hauses einen wunderbaren Blick auf die weißen Gebäude von Perote gehabt haben. Jetzt gibt es das Haus natürlich nicht mehr und die Stadt auch nicht, nur noch eine Kreuzung und eine kleine Wohnwagensiedlung.«

»Und die Leute halten immer noch danach Ausschau?« fragte Heather.

»O ja«, antwortete Hilma, »an so klaren Tagen wie heute halten ein paar Leute immer noch Ausschau nach Perote.«

Der passionierte Typograph Zweiter Teil

»Er brät die Kaninchen, die das R von dem HIER abgefressen haben«, sagte Eula. »Das riecht man.« Es war ein warmer Tag, die Küchenfenster standen offen, und aus Louises Haus nebenan drang der Geruch von Thymian, Knoblauch und in Rotwein schmorendem Fleisch und breitete sich über der Wiese zwischen den beiden Häusern und einem Teil des Gartens aus.

»Er kann gut kochen«, sagte Ethel, »das muß man ihm lassen. Ich hoffe nur, daß die beiden nicht die Hasenpest kriegen und daran zugrunde gehen.«

»Und ich hoffe nur, daß er nicht aus Versehen sich erschießt – oder dich oder Louise, Eula«, sagte Lucy. »Er hat wahrscheinlich vorher in seinem Leben noch nie ein Gewehr in der Hand gehabt.« Sie sprachen über den Typograph aus Kansas City, der seinen Aufenthalt in Louises Haus nach dem Zerwürfnis mit seiner Frau und deren überstürzter Abreise immer wieder verlängert hatte, über den eigenartigen Aufzug, in dem er herumlief, und sein absonderliches Verhalten. Zu Anfang hatte Louise ihn nur schüchtern besucht und ihm einzelne Buchstaben und Zahlen als kleine Geschenke mitgebracht, aber dann hatte sie angefangen, ihm bei seinen Assemblagen zu helfen, indem sie Holz-, Metall- und Plastikabfall zusammenstellte, vermischt mit dem einen oder anderen Buchstaben und und Stück von einem Buchstaben von Straßenverkehrsschildern. Nach und nach war Louise wieder in ihr eigenes Haus eingezogen, und nun, im Frühling, lebten Louise und der Typograph ganz gemütlich unter einem Dach, kochten, aßen, arbeiteten und schossen Kaninchen und waren auf eine Art und Weise glücklich und zufrieden, die niemand so recht verstand.

»Das Schießen hat Louise besorgt«, sagte Eula. »Er hat jede Nacht draußen geschlafen zwischen dem E und dem R, um die Kaninchen fernzuhalten, flach auf dem Rücken, auf der nackten Erde und klitschnaß vom Tau; und dann sind die Kaninchen gekommen, als die beiden auf der Straße auf der Suche nach Buchstaben waren, und haben das Schwänzchen vom R abgefressen. Und dann hat Louise das Gewehr geholt und zwei von ihnen geschossen.«

Der Typograph hatte mitten in Louises Garten einige Beete gerodet, und auf dem Stück hatten die beiden dann Gartenkresse so ausgesät, daß die aufwachsenden Pflänzchen in Großbuchstaben das Wort HIER bildeten. Auf einem Beet, das hinter dem Wort lag, lief, in Raigras ausgeführt, die Zahlenreihe von 0 bis 9 in westöstlicher Richtung.

»Was bedeutet das denn, HIER, 023456789?« fragte Lucy.

»Ach, du kennst doch Louise«, sagte Eula. »Sie glaubt, jetzt ist die richtige Zeit, weil jetzt Frühling ist und auch irgendwas mit dem Mond und den Buchstaben und den Zahlen, werden diese Woche die Außerirdischen runterkommen, sagt sie.«

»Und was ist mit ihm?« fragte Ethel. »Wartet er auch auf die Außerirdischen?«

»Ach, der –, der würde sich über 'n paar Außerirdische nicht groß wundern. Als wir zusammen die Kaninchen abgezogen haben, hat er mir erzählt ...«, sagte Eula, stellte eine Schüssel Bohnen auf den Küchentisch und winkte Lucy und Ethel ans Fenster, wo sie sich ans Spülbecken lehnten und hinaus in Louises Garten sahen. »Als wir die Kaninchen abgezogen haben, hat er mir erzählt, daß die Kaninchen, da, wo er zuletzt gearbeitet hat, alle Kleider anhatten! Richtige kleine Outfits! Schuhe! Hüte! Blaue Mäntelchen!«

»Glückwunschkarten«, sagte Lucy.

»Ach«, sagte Eula. »Also, der interessiert sich genausowenig für Außerirdische, wie er sich für die Frau interessiert hat, die ihn hier sitzenlassen hat und zurück nach Kansas City ist. Der macht den Zinnober bloß wegen der Buchstaben mit.«

»Seht euch Tom da draußen an, der würde gern mal so richtig vom Leder ziehen«, sagte Ethel. Der Typograph sah zu, wie Louise ein Stück rostiges Wellblech an einem Drahtgeflecht befestigte, und Tom stand etwas geduckt ein Stück abseits und machte ein finsteres, beunruhigtes Gesicht.

»Tom macht sich Sorgen um Louise«, sagte Eula. »Er glaubt, daß der Typograph irgendwas gegen sie im Schilde führt – Vergewaltigung, Mord, Raub, obwohl ich ihm das nicht zutraue.« Die drei rückten näher zusammen und beäugten den Typograph durchs Fenster. Er hatte eine purpurrote kurze Turnhose an und ein überdimensionales Hawaiihemd mit großen roten und malvenfarbenen Blumen. Die Zehen standen über den Rand seiner rosa Badeschlappen hinaus.

»Warum hat Tom diese Mütze auf?« fragte Ethel. »Die verschandelt ja ganz seinen Kopf.«

»Tach«, sagte Tom, nickte und tippte an den Mützenrand. Aber er lächelte nicht, und seine Kinnbacken waren angespannt.

»Hallo«, sagte der Typograph. Er hielt ein rotweißes Stück von einer Bahnschranke in der einen Hand und ein Stück verzinkte Dachrinne in der anderen. Louise kauerte am Boden und heftete sorgsam schwarze, auf durchsichtige Plastikfolie gedruckte Buchstaben nebeneinander an einen Rand des Drahtgeflechts.

»Tom«, sagte sie, »wir haben noch nicht genug Stühle für sie.«

»Ich heiß Tom«, sagte Tom und streckte dem Typograph über Louise hinweg die Hand hin. »Ich bin da drüben, in dem Haus nebenan, aufgewachsen. Louise ist meine Tante.«

»Hier wird's überall nur so funkeln von ihren Augen, Tom«, sagte Louise. Sie nahm ein großes F aus der Buchstabenreihe heraus und ersetzte es durch ein H. Sie drehte ein R um und strich ein M glatt. Ganz gleich, in welcher Reihenfolge man die Buchstaben las, sie ergaben keinen Sinn. Der Typograph trat einen Schritt zurück und schüttelte den Kopf.

»Guck dir das an«, sagte er. »Es liegt alles in der Anordnung, die bringt's. Das ist das Ei des Kolumbus. Mann, die Frau ist irre.«

Tom lief in Eulas Küche herum, schnappte sich irgendwelche Sachen vom Tisch, warf sie dann wieder hin und blickte finster unter dem Rand seiner Mütze hervor.

»Das ist nicht gut«, sagte er, und Eula fing seufzend an, das Essen aufzutragen. »Der Kerl ist verrückt. Der ist noch schlimmer als Louise! ›Die Frau ist irre‹, sagt er, stimmt, er muß es ja wissen –, er ist ja noch irrer als Louise, oben in seinem Dachstübchen!«

»Ach, Tom«, sagte Eula und legte die Vorlegelöffel so zurecht, daß die Stiele alle zu Tom zeigten. »Jeder ist 'n bißchen verrückt, wenn man ihn genau genug kennenlernt. Nimm zum Beispiel Rogers kleine Freundin Della, die immer so verloren guckt und trotzdem eine total nette Frau ist und was von ihren Vögeln versteht. Dein Vater, mein guter Melvin, so lieb ich ihn gehabt hab, würd ich doch nie sagen, daß er nicht verrückt gewesen ist, wenn's um Hahnenkämpfe ging. Und dann guck dir Ethel an ...«

»Aufhören, Tante Eula«, sagte Ethel.

»Jeder hat seine Macke, Tom, bei manchen fällt's einem bloß schneller auf. Er ist auch nicht schlimmer als die meisten.«

»Es ist aber nicht gut«, sagte Tom und starrte Ethel über die Butterbohnen hinweg an. »Deine Mutter lebt da drüben in dem Haus mit einem Verrückten zusammen. Vielleicht kommst du eines Morgens rüber und sie ist vergewaltigt und erwürgt worden.«

»Und wir würden nie erfahren, ob es die Außerirdischen waren oder der Typograph, oder, Tom?« sagte Ethel.

»In der Bibel steht, du sollst deinen Vater und deine Mutter ehren, Ethel, du sollst für sie sorgen, wenn sie alt und gebrechlich sind. Du sollst nicht untätig zusehen, wie irgendein Verrückter aus dem Wilden Westen bei ihr einzieht und sie dazu anstachelt, noch verrückter zu sein, als sie sowieso schon ist. Du weißt nicht, was er vorhat, warum er hier ist und wie lange er bleiben will. Verdammt nochmal, ich glaub nicht, daß er ihr überhaupt Miete zahlt!«

»Ich sorge für Louise, Tom«, sagte Ethel, »indem ich sie in Ruhe lasse.«

Aber am Nachmittag, als Tom wieder zum Bäume-Markieren in den Wald gegangen und der Typograph mit seinem Lieferwagen weggefahren war (»Supermarkt«, sagte Eula, »du wirst sehen, der kommt mit drei Einkaufstüten zurück«), gingen Lucy und Ethel hinüber zu Louise.

»Wie lange will er noch bleiben, Louise?« fragte Lucy mit lauter Stimme.

»Morgen früh um 5 Uhr 35, Lucy, da kommen sie. Das haben wir mit einem Wecker ausgerechnet«, sagte Louise, reihte auf dem geschrubbten Küchentisch drei frühe Erbsen auf und kippte den Salzstreuer um. »Ethel, Schätzchen, du solltest zu diesem Anlaß nach Hause kommen.«

Aber Ethel stocherte in einem Behälter mit Kaninchenragout im Eisschrank. In der Küche hing ein frischer, zitronenartiger Geruch. »Sieh dir das an ...« Ethel trat ein wenig zurück und inspizierte den Eisschrank bis in die hinterste Ecke. »Keine schimmligen Bohnen, keine vergammelten Feigenplätzchen, keine saure Milch. Haben die Außerirdischen deinen Kühlschrank saubergemacht, Mama?«

Louise fuhr zusammen und zog hörbar die Luft ein. »Du darfst so was nicht sagen, Ethel!« fuhr sie ihre Tochter an. »Du darfst so nicht reden! Am Ende können sie dich hören und ändern ihre Pläne! Du weißt, daß man diesen neuen Uhren von Wal-Mart nicht trauen kann. Manchmal sagen sie, der Zeitpunkt ist richtig, manchmal sagen sie, der Zeitpunkt ist falsch.«

»Sag du uns nur eins, Mama«, insistierte Ethel, »wer hat den Eisschrank saubergemacht? Du bist es nicht gewesen, also, wer war es dann?«

»Ach«, sagte Louise, »das ist er gewesen. Er macht das alles in seiner Freizeit.«

»Wie lange will er noch bleiben, Louise?« fragte Lucy noch einmal.

»Morgen früh um 5 Uhr 35 werden sie wie Ameisen hier durchs Haus schwärmen, werden durch alle Tür- und Fensterritzen wie Nebelschleier eindringen, ihre Füßchen werden überall herumlaufen, und ihre Händchen werden alles betasten.

Am nächsten Nachmittag fuhr Roger auf dem Heimweg von der Arbeit bei Eula vorbei. Sie stand am Spülbecken und sah hinaus in Louises dämmrigen Garten.

»Wie geht's ihr?« fragte Roger. »5 Uhr 35 ist ja nun rum, und es ist nichts passiert. Ich hab heute morgen an sie gedacht auf dem Weg nach Morven zu der Konferenz über Alternativen zum Methylbromid.«

»Prima«, sagte Eula. »So was kriegt sie gar nicht mit, Roger. Ehe man sich's versieht, hat sie wieder ihren Wecker in der Hand und rechnet sich 'n neuen Zeitpunkt aus. Der Bursche hält sie auf Trab, der läßt sie die ganze Zeit da draußen Schrott zusammenfummeln, das bringt sie auf andere Gedanken, und dann haut sie auch nicht mehr ab, obwohl Tom, der traut ihm ja nicht über'n Weg, der glaubt, er führt was im Schilde.« Eula lehnte sich ans Spülbecken und wischte sich mit dem Geschirrtuch immer wieder die Hände ab. »Siehst du draußen das Auto? Da ist ein Mann drüben, der mit ihm redet. Sie stehen neben dem HIER, aber das HIER interessiert Louise schon nicht mehr, und man kann es auch kaum noch lesen vor lauter Zyperngras, das jetzt zwischen den Buchstaben wuchert.« Ein hochgewachsener Mann in einem Anzug betrachtete die Schrottarrangements, die der Typograph und Louise zusammengeschraubt, -geschweißt und verdrahtet hatten. Einige lagen am Boden, einige lehnten am Hühnerhofzaun. Von Zeit zu Zeit trat der Mann einen Schritt zurück, um sich etwas aus der Entfernung anzusehen, dann wieder kam er näher heran und beäugte einen Buchstaben, ein Wort oder ein rostiges Metallstück aus der Nähe, als erwarte er, ihm einen tieferen Sinn abgewinnen zu können.

»Tom traut ihm nicht über'n Weg und glaubt, daß er irgendwas im Schilde führt. Aber du kennst ja Tom, er nimmt immer gleich das Schlimmste an. Jetzt ist Tom wütend auf Ethel, weil sie Louise nicht zu sich nimmt, und Ethel ist wütend auf Tom, weil ihn das im Grunde nichts angeht, und Tom denkt, daß ich auf Ethels Seite bin und, ach, ich weiß auch nicht.« Eula wedelte mit dem Geschirrtuch. »Unter uns, Roger, ich glaub, daß Louise besser dran is, wenn sie mit'm Verrückten und 'm Haus voll Außerirdischer zusammenlebt als mit Ethel, wo alle Zimmer vollgestopft sind mit Booten, und bei Ethels Art, mit Männern …

ach, Roger, das hätt ich nicht sagen dürfen … ach, Roger«, und sie vergrub das Gesicht in dem Geschirrtuch.

Aber Roger sagte: »Mir kannst du das ruhig sagen, Eula«, und Eula faltete das Geschirrtuch dreimal zusammen und fuhr fort: »Und ich mit angelegten Ohren mitten im Getümmel. Ich bemüh mich verzweifelt, den Frieden zu bewahren, und mach mir Sorgen um Louise, ich komm mir vor wie im Katastrophenballett, Roger. Lucy tut, was sie kann, sie ist drüben gewesen und hat versucht, mit Louise zu sprechen, aber du kriegst aus Louise nichts anderes raus als Außerirdische, Außerirdische und noch mal Außerirdische. Setz dich, Roger, und trink 'ne Tasse Kaffee.«

»Warum versuchst du nicht mal, mit ihm zu sprechen?« fragte Roger.

»Mit ihm?« sagte Eula.

»Sie verstehen nicht, was Sie hier machen«, sagte Roger zum Typographen. »Und sie sorgen sich um Louise. Es ist schwierig, vernünftig mit ihr zu reden wegen der Außerirdischen, und sie machen sich Sorgen um sie.«

»Vernünftig mit ihr zu reden?« sagte der Typograph. »Vernunft?« Er zog ein großes schwarzes V von einem Streckensignal aus einem Stapel Buchstaben und Zahlen. »Wenn ›Vernunft‹ ein Vogel ist, dann ist sie eine Violine«, sagte er und streckte Roger mit beiden Händen das V entgegen. »Wenn ›Vernunft‹ ein Versmaß ist, dann ist sie eine verfinsterte Sonne. Wenn ›Vernunft‹ ein Vierkanteisen ist, dann ist sie ein Vergißmeinnicht. Diese Frau ist so weit jenseits jeglicher ›Vernunft‹, daß es schon … Wissen Sie, was ich von ›Vernunft‹ halte?« fragte er und ließ das V über seiner Hand einen Salto schlagen, fing es nach einer halben Drehung wieder auf und legte es auf den Kopf gestellt neben ein gesplittertes Spritzgußteil. Das V stand auf einem Stück transparentem Kunststoff, deshalb konnte man es von beiden Seiten lesen. »Da«, sagte der Typograph, trat ein wenig zurück und sah Roger durchdringend an. »Das hat sie mir beigebracht. ›Anordnung‹, dieses eine Wort, das ist das Ei des Kolumbus. Das hat sie mir beigebracht, und Mannomann, ich war zur richtigen Zeit am richtigen Ort, und damit meine ich nicht hier ...« – er breitete die Arme aus in Richtung auf den Garten, die beiden Häuser, den Straßenabschnitt und das Maisfeld jenseits der Straße, das gerade anfing zu blühen. »Ich meine hier«, und er tippte sich an den Kopf. »Endlich kümmert sich jemand um mich.« Er warf den Kopf zurück und streckte die Hände zum Himmel. »Danke, ihr kleinen Außerirdischen, vielen Dank!«

Eula, Ethel und Lucy standen nebeneinander am Spülbecken in Eulas Küche und sahen zum Fenster hinaus. Die Drahtgeflechte, die Stahlmatratzen, die Stapel Buchstaben, Zahlen und Wörter, die Assemblagen waren verschwunden.

»Er ist weg«, sagte Eula. »Roger ist rübergegangen und hat mit ihm gesprochen, und ehe wir's uns versahen, war er verschwunden.«

»Und wo ist Louise?« fragte Lucy.

»Oh, Louise ist wieder hier und macht das, was sie immer gemacht hat«, sagte Eula, »sie legt ihre Buchstabenreihen, zieht den Wecker auf und redet von den Händchen und Füßchen, du weißt doch, wie Louise ist.«

»Und sie ist nicht vergewaltigt und erwürgt worden«, sagte Ethel.

»Ach, das war doch bloß das Gerede von Tom«, sagte Eula.

»Tom!« schrie Ethel. »Wo steckst du? Ich hatte recht, und du hattest unrecht, Tom!«

»Was hat Roger ihn denn gefragt?« wollte Lucy wissen.

»Roger hat ihn zum Reden gebracht«, sagte Eula. »Sieht

so aus, als ob der Mann, den wir hier mit dem Mietwagen gesehen haben, 'ne Kunstausstellung machen wollte, bloß die Kunstwerke von unserm Typograph, in Kansas City, sagt Roger, irgend so 'ne, so 'ne Anordnung von seinem Werk oder so was.«

»Eine Retrospektive«, sagte Lucy.

»Genau«, sagte Eula. »Und ehe wir's uns versahen, hatte er alles in den Lieferwagen gepackt und war mit dem ganzen Krempel nach Kansas City verschwunden.«

Sie standen zusammen am Spülbecken und sahen zum Fenster hinaus in Louises Garten. Unkraut hatte das auffordernde HIER mit seinen klaren, markanten Serifen überwachsen, das Raigras welkte in der Hitze des späten Frühlings dahin, so daß die Zahlenreihe 023456789 sich mehr und mehr auflöste, und die restlichen Beete bestanden nur noch aus verwilderten, struppigen blaugrünen Grasflächen.

»Seht euch das an«, sagte Eula. »Es ist eine Schande, wie Louise den Garten verwildern läßt.« Sie seufzte. »Wenn das Bermudagras erst mal derartig ausufert, kriegt man es kaum mehr in den Griff.«

Das Zwiebelsandwich

»Das soll Roger machen«, sagte Dr. Vanlandingham, und sofort nickte um den Tisch herum alles mit dem Kopf, und dann wandte sich die Versammlung einem wichtigeren Tagesordnungspunkt zu: der Planung der im nächsten Monat stattfindenden Landwirtschaftsschau. Als Roger eine Woche später von der Tagung des Erdnußpflanzerverbands von Georgia in Eufala zurückkam, lehnte in seinem Büro hinter dem Schreibtisch ein Ölbild von einem Zwiebelsandwich unten an der Wand.

»Ich hab keine Ahnung, Roger«, sagte seine Sekretärin. »Dr. Vanlandingham hat das Bild dagelassen und gesagt, Sie wüßten, was damit geschehen soll.«

Es war ein Weißbrotsandwich mit dicken weißen Zwiebelscheiben, an dessen Rändern weiße Kleckse glänzten. Roger und Mrs. Eldridge standen da und betrachteten es einen Augenblick.

»Das muß Mayonnaise sein«, sagte Mrs. Eldridge.

»Es muß eine Vidaliazwiebel sein«, sagte Roger. »Sonst könnte kein Mensch ein Sandwich mit soviel Zwiebeln essen.«

»Es ist eine Vidaliazwiebel«, sagte Mrs. Eldridge. »Das ist ja das Problem.«

»Was für ein Problem?« fragte Roger.

»Das müssen Sie Dr. Vanlandingham fragen«, sagte Mrs. Eldridge. »Ich weiß nur, daß es ein Vidaliazwiebelsandwich ist und daß darin das Problem besteht.«

»Dieses Bild wird nicht im Labor für Vidaliazwiebellagerung aufgehängt«, sagte Dr. Vanlandingham bestimmt. »Das hier ist ein wissenschaftliches Institut und keine Kunstgalerie. Wir waren der Meinung, daß Sie die Sache bei Ihrer Erfahrung am besten erledigen können.«

»Aber ich habe mit Zwiebeln keine Erfahrung«, sagte Roger. »Alex Montgomery oder Auburn Brown wären sicher besser geeignet ...«

»Wir meinen Ihre Erfahrung mit Frauen«, sagte Dr. Vanlandingham ungeduldig. »Wir sind zu der Überzeugung gelangt, Sie sollten ihr das Bild zurückgeben und ihr schonend beibringen, daß es unangebracht wäre, ein solches Bild in einem Labor für Konservierung mittels Schutzgas aufzuhängen.«

»Warum kann man es nicht irgendwo aufhängen, wo Dr. Vanlandingham von seiner Trivialität nicht gestört wird?« fragte Lucy. »In einem der Büros vielleicht oder im Eingangsbereich?«

»Das ist ja das Problem«, sagte Roger. »Mrs. Johnsons Mann war einer der ersten Vidaliazwiebelzüchter. Er hat ein Vermögen mit Zwiebeln verdient und dem Labor für Vidaliazwiebellagerung fast eine Million Dollar vermacht. Seine Frau hat das Bild gemalt und dem Labor eigens zu dem Zweck geschenkt, daß es zur Erinnerung an ihn im Labor aufgehängt wird.«

»Ein scheußliches Bild«, sagte Della und wandte sich angewidert ab.

»Da stimmt eindeutig irgendwas mit der Mayonnaise nicht«, sagte Lucy. »Die sieht irgendwie geronnen aus, als ob sie das Öl zu schnell eingerührt hätte.«

»Ich versteh nichts von Mayonnaise«, sagte Della. »Es ist einfach ein scheußliches Bild. Ich kann das Dr. Vanlandingham nicht verdenken.«

»Aber die Idee gefällt mir«, sagte Roger. »Ein Bild von einem Sandwich.«

»Nanu, Dr. Meadows!« begrüßte Mrs. Johnson Roger an der Tür. »Mein Mann hat immer von Ihnen gesprochen. Was war es noch gleich – Tabak, Sojabohnen ...«

»Erdnüsse«, sagte Roger. »Aber wir alle im Versuchslabor haben Mr. Johnson gekannt. Es tut uns allen so leid –« Aber da hatte Mrs. Johnson schon begonnen sich aufgeregt um den Besucher zu kümmern, indem sie ihm fast den Hut vom Kopf riß und ihn eilig in das angrenzende Zimmer verfrachtete, wo sie erst einmal die Sofakissen aufschüttelte und die Sächelchen auf dem Tisch zurechtrückte. Dann verschwand sie in der Küche, fing an mit Eiswürfeln zu klappern und sich mit vor lauter Fröhlichkeit fast schriller Stimme zu erkundigen, ob er Tee trinken wolle, und wenn ja, mit Zitrone? Mit Zucker?

Das Zimmer war sehr hell. Ein Panoramafenster ging hinaus auf eine aufwendige Vogelfütterungsanlage mit einem kleinen Springbrunnen, Natursteinplatten, die mit Frauenhaarfarnen durchsetzt waren, und einer ordentlich gestutzten Feuerdornhecke, so hoch und so dicht, daß man den Madison Drive nie direkt dahinter vermutet hätte. Alles wirkte sehr kühl und friedlich wie ein Foto in einer Illustrierten. Etwas in Roger sträubte sich dagegen, sich an die blaß glänzenden, mit Seidentroddeln verzierten Kissen zu lehnen, deshalb saß er kerzengerade vorne auf der Sofakante und bemühte sich angestrengt, die Füße nicht auf den weißen Teppich zu stellen. Er nahm einen zweiten Anlauf:

»Uns allen im Versuchslabor tut das mit Ihrem Mann so leid, Mrs. Johnson –« Aber Mrs. Johnson war schon dabei, aus einem gelben Krug Tee einzuschenken, füllte erst das eine Glas zur Hälfte, goß dann ein wenig Tee in das andere und wechselte schließlich zwischen den beiden Gläsern hin und her, als ob sie sich nicht recht entschließen könnte. Ein Schluck Tee schwappte auf den Teppich, und Roger tupfte ihn schnell mit seinem Taschentuch auf. Wenn sie ihm noch nicht einmal zuhörte, während er ihr sein Beileid aussprach, wie in aller Welt sollte er dann auf die Rückgabe des Zwiebelsandwiches zu sprechen kommen, überlegte er.

»Mrs. Johnson«, sagte er.

»Ich hab all diese Sandwiches hier gemalt«, sagte Mrs. Johnson fröhlich. »Ich kann nichts dagegen tun. Ich male und male.« Die Wände des Zimmers waren mit Sandwich-Bildern in mattweißen Rahmen gepflastert. Die Farbe war dick aufgetragen, es sah fast aus wie gespachtelt, was die Sandwiches trocken und ungenießbar aussehen ließ. Da gab es ein Tomatensandwich, ein Gurkensandwich, ein Kopfsalatsandwich und eins, das Roger auf den ersten Blick für ein Wurmsandwich hielt; bei genauerem Hinsehen stellte er aber fest, daß die Würmer unbeholfen gemalte Sojasprossen waren.

»Allmählich gehen mir die Sandwiches aus«, sagte Mrs. Johnson.

Und Roger hakte sofort ein: »Wir möchten uns ganz herzlich für das Vidaliazwiebelsandwich bedanken, das Sie Dr. Vanlandingham für unser Labor geschenkt haben, aber –«

»Ich meine, ein Auberginensandwich, das laß ich mir noch gefallen, wo am Rand ein bißchen Ruccola raussteht«, sagte Mrs. Johnson. »Aber wer hat schon mal was von einem Kürbissandwich gehört? Oder einem Gumbosandwich?« Obwohl keiner von ihnen beiden bis jetzt einen Schluck von dem Tee getrunken hatte, drohte sie den hohen vollen Gläsern wieder mit ihrem gelben Krug, und Roger gab sich geschlagen.

Er wuchtete das riesige Vogelbuch von Menoboni vom

Tisch auf den weißen Teppich, nahm Mrs. Johnson den Krug aus der Hand, stellte ihn zurück auf das Tablett und schob das Ganze dann außer Reichweite auf die andere Tischseite. »Mrs. Johnson«, sagte er und beugte sich, die Ellbogen auf die Knie gestützt, mit ernster Miene vor, »bitte, bleiben Sie einen Augenblick ruhig sitzen und lassen mich Ihnen etwas sagen.«

Wie vom Blitz getroffen, erstarrte sie kerzengerade in ihrem hellblauen Polstersessel und blickte Roger entgeistert an. Er sah, wie sich an ihrem Kinn kleine Grübchen bildeten, und plötzlich mußte er an Mr. Johnsons große, grobe Hände mit den borstigen Haarbüscheln auf den Fingerknöcheln denken und daran, wie er seinen Gesprächspartnern immer auf eine zugleich vertrauliche und bedrohliche Art zu dicht auf den Leib gerückt war und dabei gesagt hatte: »Eins könnse mir glauben ...«

»Ein Labor für Schutzgaskonservierung ist kein ...«, »Der Direktor des Labors ist der Meinung ...«, »Ein Bild von einem Zwiebelsandwich könnte zwar vielleicht ...« Die ganzen sorgfältig einstudierten Sätze verflüchtigten sich in Rogers Kopf, und er saß da und sah durch die Glastischplatte auf Mrs. Johnsons angespannte, gegerbt wirkende Füße. Alle Sehnen waren an der Oberseite straff gespannt, als ob sie die dünnen goldenen Schuhe jeden Augenblick von sich schleudern könnte, um sich mit einem verzweifelten Sprint in Sicherheit zu bringen. Die Stille wirkte seltsam in dem strahlend hellen Raum, den sie bisher so erfolgreich mit Geräusch zu erfüllen verstanden hatte, und völlig grundlos gingen Roger die zappelnden Beinchen eines dicken Froschs durch den Kopf, der auf dem Rücken in gepflügter Erde lag, wo ihn Mr. Johnson beim Begehen des Felds zur Anzucht von Steckzwiebeln vor eine Scheibenegge geworfen hatte.

Dann sagte Mrs. Johnson: »Mein Mann war kein angenehmer Mensch, Dr. Meadows. Ich weiß nicht, ob Sie das wußten.«

Erfahrung mit Frauen, dachte Roger, hat mich in diese Lage gebracht. Aber er sagte die Wahrheit. »Doch, Mrs. Johnson«, sagte er. »Das haben wir alle gewußt.«

»Es hat mich immer gewundert«, sagte Mrs. Johnson, »daß er durch eine so milde, feine Zwiebel berühmt geworden ist«.

»›Der Süßzwiebelkönig von Georgia‹«, sagte Roger. »Nein, das hat nicht zu ihm gepaßt.«

»Es ist meist völlig unverständlich, was Leute machen«, sagte Mrs. Johnson. »Sehen Sie mich an: Da habe ich nun das ganze Zwiebelgeld. Ich könnte ohne weiteres aus dem Haus gehen, nach Thomasville zu Masons Antiquitäten fahren und mir den kleinen Sekretär kaufen, der dort für zwölftausend Dollar steht, und anschließend könnte ich gleich noch weitergehen zu Travel Time und eine Kreuzfahrt nach Skandinavien buchen, mit vier Mahlzeiten pro Tag und für den ganzen Sommer, und ich hätte nach meiner Rückkehr mehr Geld auf der Bank als vor meiner Abreise. Aber was mache ich? Ich sitze den ganzen Tag hier im Haus und male diese blöden Sandwiches.«

»Was spricht dagegen?« fragte Roger. »Warum sollten Sie einen Sekretär für zwölftausend Dollar kaufen und in Norwegen vier Mahlzeiten pro Tag essen, wenn Sie lieber hier sind und Bilder von Sandwiches malen?«

»Na, sehen Sie sich die bloß mal an«, sagte Mrs. Johnson, warf sich in dem Sessel herum und starrte auf die Bilder hinter sich. »Sehen Sie sich diese schrecklichen Sandwiches an! Wer könnte so ein Sandwich essen?«

»Aber«, sagte Roger, »Bilder soll man nicht unbedingt … Ich meine, wenn es Ihnen Spaß macht, warum –«

»Spaß macht?« sagte Mrs. Johnson und stand aus ihrem blauen Sessel auf. »Spaß macht?« Sie sah mit funkelnden

Augen zu Roger herunter. »Es widert mich an, diese Sandwiches zu malen!« Sie beugte den Oberkörper ein wenig vor und bedeckte den Mund mit beiden Händen, so daß Roger einen Augenblick lang annahm, sie würde sich auf den weißen Teppich übergeben, statt dessen brach sie aber in Tränen aus und stand auf ihren angespannten, verkrampften Füßen da und schluchzte und schluchzte.

Einen kurzen Moment lang fühlte Roger so etwas wie Verdrossenheit über Dr. Vanlandinghams hochgesteckten Begriff davon, was in einem Labor für Vidaliazwiebellagerung eine Trivialität war und was nicht. Aber das war gleich vorbei. Mit diesem sehr seltsamen Unglücklichsein, das seinen Ausdruck in Ölbildern von tristen Sandwiches fand, war einfach nicht zu rechnen gewesen; eines wußte Roger aber mit Sicherheit, nämlich daß dieser Raum mit den Seidentroddeln, den hochglanzpolierten Holzflächen und den kostbaren Boehm-Porzellan-Kamelien unter ihren Glasstürzen nicht zu einem solchen Schmerz paßte, und er faßte Mrs. Johnson bei den Schultern und führte sie durch die Verandatür hinaus und die Stufen zu dem Vogelbad hinunter, wo sie knietief im Frauenhaarfarn versanken. Ein Vogelschwarm flog schwirrend auf. Eine Haubenmeise schlug mit dumpfem Aufprall gegen das Spiegelglasfenster und fiel zu Boden, wo sie mit ein bißchen Schlagseite hocken blieb und versuchte, die Orientierung wiederzufinden. Rogers Hosenbeine waren bis zu den Knien vom Rasensprengen durchnäßt, aber er wußte nicht, wie er Mrs. Johnson von hier je wieder wegbewegen könnte, also stand er einfach nur da, während sie in sein von Teeflecken verunziertes Taschentuch schluchzte, klopfte ihr von Zeit zu Zeit auf den Rücken und sah zu, wie sich ihre goldenen Schühchen mit Wasser füllten.

Das Volksmusik-Festival

Niemand konnte Meade begreiflich machen, was für eine Ehre es für Roger war, daß man ihn aufgefordert hatte, beim Florida Folk Festival im Mai auf der berühmten Old-Marble-Bühne Banjo zu spielen. Es war das älteste und größte Musikfestival seines Genres in den Vereinigten Staaten. In diesem Jahr würden sich schätzungsweise dreißigtausend Teilnehmer zur Feier des musikalischen Erbes von Florida an den Ufern des Suwannee River einfinden.

»Lumpenvolk!« sagte Meade. »Die werden alle rückenfreie Oberteile anhaben und Zuckerwatte essen.«

»Du wirst dreißigtausend Leute nicht dran hindern können, Meade«, sagte Hilma.

»Versuch einfach, nicht auf die Leute zu achten und dich auf die Musik zu konzentrieren«, sagte Lucy. »Gamble Rogers, Doc Watson, Vassar Clements haben alle beim Florida Folk Festival gespielt. Will McLean hat genau an der Stelle, wo Roger jetzt stehen wird, ›Hold Back the Waters of Lake Okeechobee‹ gespielt.«

Aber Meade wollte trotzdem nichts davon wissen. Für sie war der ganze Staat Florida lediglich eine hochgejubelte Sandbank knapp über Meereshöhe, und das, was es einmal an schönen Seiten gehabt hatte, das war jetzt durch die Bebauung zerstört. »Aber Roger ist nicht aus Florida«, sagte sie immer wieder, »und ›Folk‹ ist er auch nicht.«

»Du kommst doch sicher trotzdem mit Lucy und mir mit«, sagte Hilma, »und wir setzen uns im sommerlichen Sonnenuntergang von Florida am Hang auf eine Decke und sehen zu, wie Roger für all die Leute singt und spielt.«

»Warum sollte ich das?« fragte Meade. »Ich kann gemütlich in meinem Wohnzimmer sitzen, und Roger sitzt mir gegenüber auf dem Holzstuhl und spielt mir ›Trouble in Mind‹ vor, wann immer ich ihn darum bitte, und anschließend bleibt er noch ein Weilchen da, und wir essen was Gutes zusammen –, warum sollte ich mich also in der heißen Sonne auf den harten Boden setzen, das Mückenspray von dreißigtausend Floridabewohnern einatmen, und Roger ist dabei nur ein Pünktchen am Horizont. Auf die Entfernung versteht man wahrscheinlich kein einziges Wort.«

»Die haben da ausgezeichnete Verstärker«, sagte Lucy, »da hörst du jeden Ton.«

»Und außerdem«, sagte Hilma, »denk doch mal an Roger. Es wird ihn sicher beruhigen, wenn er weiß, daß du da irgendwo unter dem Lumpenvolk auf dem harten Boden sitzt und ihm zuhörst.«

»Oh«, sagte Meade, »ja, dann.«

»Ich weiß nicht, ob ich das ertrage, Roger«, rief Eula Roger zu, der oben in ihrem Pflaumenbaum saß und mit einer Kettensäge die abgestorbenen Äste ausputzte. »Wenn ich dich vor all den Leuten da oben auf der Old-Marble-Bühne sehe und du dieselben Lieder singst, die Melvin immer gesungen hat, kann sein, daß ich glattweg in Ohnmacht falle.«

Roger versuchte, das Aufheulen der Säge in Eulas Gesprächspausen zu verlegen, aber Eula war so aufgeregt über das Volksmusik-Festival, daß sie ununterbrochen weitersprach. »Ich hab Tom gesagt, daß wir rechtzeitig hinkommen müssen, damit wir vorne 'n guten Platz kriegen«, sagte sie, während Roger die Säge warmlaufen ließ. Er verstand »... kleine grüne Pflaumen ...« und etwas von einer roten Decke, und sie hörte auch während des gleichförmigen, ohrenbetäubenden Kreischens nicht auf zu reden, und als der Ast dann herunterfiel, war sie bei Melvin und Tom angekommen.

»... obwohl Tom sein Sohn war und du noch nicht mal so was wie'n Schwiegersohn – puh, das war aber 'n dicker Ast, Roger, paß bloß auf. Tom war nie mit dem Herzen dabei, der war lieber draußen im Freien. Du warst derjenige, der 'n Händchen für Saiteninstrumente gehabt hat, das hat Melvin immer gesagt.«

Roger war erst spät zu seiner Musik gekommen. Er war schon achtzehn Jahre alt und machte Ethel den Hof, als Ethels Onkel Melvin anfing, ihm das Spielen beizubringen. Melvin war in gewisser Weise ein harter Mann, mit dunklen Kapiteln in seiner Biographie und Geheimnissen, über die keiner sprach. Aber wenn es um seine Musik ging, wurde er ganz weich, und er unterwies Roger so geduldig in seiner speziellen Fünf-Finger-Technik, daß es zu spät war, als Roger schließlich dahinterkam, daß die meisten Menschen nur drei oder sogar zwei Finger dabei benutzten. »Da war's schon passiert!« sagte Melvin zu ihm.

Roger schnitt ein paar dünne Zweige aus, die sich verfangen hatten, und kletterte mit der Kettensäge vom Baum herunter. »Da war's schon passiert!« sagte Eula und wischte ihm die Sägespäne von den Schultern. »Die Technik hat ihm sein Vater beigebracht, Menominee hat er's genannt. Er ist so stolz auf dich gewesen, Roger. Du hattest 'n Händchen für Saiteninstrumente.«

Eula und Tom waren im Hinterhof und stellten den Vergaser an seinem ältesten Pritschenwagen ein.

»Ich hab unten gestanden, mir die kleinen grünen Pflaumen angeguckt und hab überlegt«, sagte Eula.

»Ich hab gesagt, du sollst den Fuß auf dem Gas halten, nicht ihn abwürgen«, sagte Tom.

»›Guck dir die kleinen grünen Pflaumen an‹, hab ich zu

Roger gesagt, ›wenn die reif sind, stehst du oben auf der Old-Marble-Bühne und singst und spielst für dreißigtausend Leute.‹«

»Ich staune, daß du ihn mit 'ner Kettensäge auf den Baum gelassen hast«, sagte Tom. »Dabei hätte er doch 'n paar von seinen kostbaren Fingern verlieren können. Jetzt steig ein, laß ihn an und sieh zu, daß er auch an bleibt.«

»Ich hab Roger gesagt, daß wir schon früh kommen würden, Tom«, sagte Eula. »Ich hab ihm gesagt, er soll nach 'ner roten Decke gucken, 'n leuchtend roter Fleck in der riesigen Menschenmenge, und das wär'n dann wir, die ihn zum Durchhalten anspornen.«

»Wann mußte Roger je zum Durchhalten angespornt werden?« fragte Tom. »Ich hab nie erlebt, daß Roger aufgibt, bevor er sich die Schokoladenplätzchen aus dem Küchenschrank geholt hat. Und jetzt laß es gut sein.«

»Also, er hat wirklich schon immer –«

»Ich will nichts von dem bescheuerten Händchen für Saiteninstrumente hören«, sagte Tom und kam unter der Motorhaube des Pritschenwagens hervor. »Was mich nervt, ist das Gerede vom Volksmusik-Festival. ›Volk‹ – aber zum Teufel, Roger ist nicht ›Volk‹. Roger ist Dr. phil., ein Experte für Erdnußpflanzen. Bloß weil er Zeit gehabt hat, dazusitzen und Daddy zuzuhören und sich jede Menge Verse von ›Frog Went a-Courtin‹ zu merken, ist er noch lange nicht ›Volk‹. ›Volk‹ bedeutet, daß du von Leuten abstammst, die den mageren Boden bearbeiten, den dein Großvater mit Baumwolle und `m Traktor ausgelaugt hat. Daß du mit deinen Händen erdnahe Arbeiten machen mußt. Rogers Leute haben immer in dem großen Haus da oben gewohnt, wo sie über dem ganzen Bezirk gethront haben, und bloß weil das Haus in der letzten Generation abgebrannt ist, ist Roger noch lange nicht ›Volk‹. Roger sitzt den ganzen Tag vorm Computer, macht Tabellenkalkulationen und erzählt Erdnußfarmern, was sie mit ihrem Land machen sollen –, Roger unterscheidet sich nicht im geringsten von seinem reichen Großvater, er benutzt bloß sein Wissen statt Geld, was auf dasselbe rausläuft, und das ist nicht ›Volk‹. Und jetzt Schluß damit.«

Was könnte erdnäher sein als Erdnüsse, dachte Eula, aber sie sagte: »Er kann die Lieder auswendig, und er kann sie spielen, mehr wird da nicht verlangt.«

»Nicht zu vergessen sein Händchen für Saiteninstrumente«, sagte Tom, knallte die Motorhaube des Pritschenwagens zu und wischte sich an einem schmierigen Lappen die Hände ab.

»Eifersüchtige Liebhaber bringen ihre Freundinnen um und werfen sie in den Fluß«, sagte Della, »Kuckucke und Kartenspieler werden in einem Atemzug genannt, und ganze Häuser werden mit Hühnerpastete gefüllt. Es ist mir schleierhaft, wie Roger sich diese Texte merken kann, in denen überhaupt kein logischer Zusammenhang ist.«

Della und Lucy waren auf der Landstraße 41 zum Florida Folk Festival unterwegs. Lucy chauffierte, und Della hielt in den Wäldern und Feldern zu beiden Seiten der Straße beiläufig nach Vögeln Ausschau. Die üppige Frühlingsblüte war vorüber, und der ländliche Norden Floridas war in frühsommerlicher Hochform. Die alten immergrünen Eichen sahen fast übermütig aus in ihrem frischen Grün.

»Die ältesten Songs haben sich von jeglichem Sinnzusammenhang wegentwickelt, und der Text ist eigentlich nur noch Teil für die Musik«, sagte Lucy, »da soll man gar nicht nach Logik fragen.«

Della saß eine Weile da, hatte die Hände im Schoß und sah zu, wie ein paar Spottdrosseln einen Rotfalk jagten. Sie fuhren durch die Städtchen Jasper und Genoa. Es war nicht viel Verkehr. Die übrigen dreißigtausend Besucher des Florida Folk Festivals befanden sich auf der Autobahn.

»Kommt Ethel auch?« erkundigte sich Della. »Ethel jagt mir Angst ein. Sie ist so schlagfertig und so stark, und sie nennt mich immer ›das Vogelfrauchen‹.«

»Ethel bleibt zu Hause bei Louise«, sagte Lucy. »Ethel ist für den Reiz der Volksmusik nicht empfänglich. Sie hat früher zu oft erlebt, wie sich ihr Onkel Melvin und Roger mit der Fiedel, dem Banjo und der Mundharmonika abgequält haben.«

»Roger quält sich nicht ab«, sagte Della.

»Das sieht so aus«, erwiderte Lucy, »weil er mit seinem Kummer so wundervoll umgeht.«

Aber Della betrachtete durch ihren Feldstecher einen Eisvogel auf einem Zaunpfahl und schien sie nicht zu hören.

»Setz dich hin, Mama, du machst mich ganz nervös mit den Tomaten«, sagte Ethel. Sie leimte in Eulas Küche eine zerbrochene Stuhllehne, und Louise stand am Spülbecken und rollte Eulas erste Tomaten auf dem Fensterbrett hin und her.

»Wo sind sie denn hin?« fragte Louise. »Eula hat's mir gesagt, aber ich hab's vergessen.«

»Sie sind alle nach Florida, um zuzuhören, wie Roger vor zigtausend Menschen ›I Wish I Was a Mole in the Ground‹ singt.«

»Und Melvin spielt ›The Waxful Maid‹«, sagte Louise.

»Melvin ist tot, Mama«, sagte Ethel, »schon lange.«

»Eula hat's mir gesagt, aber ich hab's vergessen«, sagte Louise.

»Na ja, du warst halt mit anderen Dingen beschäftigt«, sagte Ethel.

»Roger hat 'n Händchen für Saiteninstrumente«, sagte Louise. »Das hat Melvin immer gesagt.«

»Und das werden wir auch nie vergessen, nicht wahr?« sagte Ethel.

Dann setzte Louise sich auf einen Stuhl, faltete die Hände auf dem Tisch und fing an zu singen. »Sie klagt's ihm mit Gewissensbissen, ihr ist das Herz so schwer.« Sie sang mit heiserer Stimme viel zu tief, um so etwas wie eine Melodie zustandezubringen. »Doch jetzt will nichts mehr von ihr wissen der Tal-la-has-see-er.«

»Was möchtest du zum Mittagessen, Mama, geschmorte Tomaten oder Gumbo mit Tomaten? Ich bin heute der Koch«, sagte Ethel.

Aber Louise war nicht aus dem Fahrwasser zu bringen. Sie saß mit durchgedrücktem Rücken auf dem Stuhl und hatte einen so inbrünstigen Augenausdruck, daß es fast so aussah, als schielte sie. Sie sang »O du verfluchter Schuster, du rabenschwarzer Hund. Da nimmt er gleich sein Rasier-mes-se-er und schneid't ihr ab den Schlund.«

»Du lieber Gott, Mama«, sagte Ethel.

»Das Blut himmelaufwärts spritzte, Susanna sank um und um. Der treulose Schuster aus Tal-la-has-see, der stand um sie herum.«

»Na, so was«, sagte Ethel. »Und jetzt sag mir, was du essen willst, Tomaten oder Gumbo.«

»Sieht aus wie Maden«, sagte Meade, »wenn du mit einem Stock einen verwesenden Kadaver umdrehst, und darunter wimmeln die Maden.«

In der Tat hatte die Menge dort unten, diese Masse aus sich ständig bewegenden, teils hierhin, teils dorthin strebenden Einzelnen, etwas Wimmelndes, wenn man von dem erhöht liegenden Eingang des Stephen Foster Folk Culture Center hinuntersah, wo Meade und Hilma warteten. Um die Imbißbuden herum hatte sich ein dichter Kranz von ungefähr fünfhundert Leuten gebildet, die Schmalzgebackenes und Polnische Wurst verzehrten; eine wabernde Traube von etwa hundert Menschen hatte sich vor der Handarbeitsschau angesammelt, wo ein alter Mann einen Spankorb flocht und eine alte Seminole-Indianerin mit einer fußbetriebenen Nähmaschine leuchtend bunte Stoffe zusammennähte; und eine weitere wabernde Menschenmenge staute sich vor den aufgereihten Toilettenwagen.

»Oder wie ein Bienenschwarm«, sagte Hilma, legte die Daumen und die Fingerspitzen beider Hände leicht gegeneinander und beäugte dadurch die Farbmuster wie durch ein Fernglas.

»Maden!« sagte Meade, und dann kamen Della und Lucy mit zwei Aluminiumklappstühlen dazu. »Die sind nur für den Fall gedacht, daß wir uns mal hinsetzen und ausruhen möchten«, sagte Lucy, taktvoll die erste Person Plural gebrauchend.

»Maden?« fragte Della.

»Ich würde mich gerne hinsetzen«, sagte Hilma und sank dankbar auf einen der Klappstühle. »Du bist so umsichtig, Lucy.«

»Sagt mal, was meint ihr, wo Roger steckt?« fragte Hilma, und alle hielten schützend die Hand über die Augen und spähten hinab in die Menge.

»Im Stoff, der's erst ernährt, versiegt«, sagte Meade.

Wohin war Tom verschwunden? fragte sich Eula. Er hatte ihr noch geholfen, die rote Decke auszubreiten, aber dann hatte er angefangen, sich mit einem Mann über ein Schrottauto zu unterhalten, und seitdem waren so viele Leute eingetrudelt, daß sie befürchtete, er würde sie nicht wiederfinden. Links von ihr saß eine Familie mit zwei kleinen Kindern und rechts ein junges Paar, das so durchdringend nach Kokosnuß roch, daß sie niesen mußte, und davor und dahinter sah sie nichts als Gesichter und Rücken, Handtücher, Decken und Quilts, den ganzen Hang hinauf. Sie sah, daß einige von den

Decken rot waren, und das beunruhigte sie. Was war, wenn Roger in einem Moment der Schwäche ins Publikum sah und bei einem freundlichen Gesicht Aufmunterung suchte, vielleicht, wenn er nach »I wish I was a lizard in the spring« einen falschen Griff gemacht hatte, und auf den roten Decken nur fremde Gesichter ausmachen konnte, dann kam er am Ende ganz aus dem Konzept. Aber dann war plötzlich Lucy da, setzte sich zu ihr, bot ihr aus einer Flasche Wasser zu trinken an, und Eula fühlte sich allmählich besser.

»Tom ist mit'm fetten Kerl verschwunden, der 'ne Tätowierung auf'm Arm hat«, sagte Eula, »er hat sich mit ihm über Automotoren unterhalten. Es kann auch 'n Außenbordmotor oder 'n U-Bootmotor gewesen sein. Aber Tom hat sich vor kurzem sowieso abfällig über Musik geäußert und über Rogers Arbeit als Erdnußfachmann –, daß er bloß Tabellenkalkulationen macht und keine erdnahen Arbeiten, da ist es mir schon lieber, wenn Tom sich mit Vergasern befaßt, anstatt mit Musik.«

Dann schlug Lucy Eula vor, mit ihr mitzukommen und sich zu ihr, Hilma und Meade zu setzen, »dann bist du doch nicht ganz allein, falls Tom nicht wieder zurückkommt«.

Aber Eula gefiel der Gedanke, bei Meade zu sitzen, nicht so sehr. Meade hatte mitunter so einen kühlen Blick und so einen scharfen Ton. Weit weg auf dem Hang, am gegenüberliegenden Rand der Menschenmenge, von ihr getrennt durch krabbelnde Kleinkinder, Halbstarke, schwitzende schwangere Frauen, die sich mit ihrem Blusensaum Luft zufächelten, und auf ihrem Quilt hockenden, aus Styroporbehältern Essen löffelnden Familien, sah Eula Meade kerzengerade auf einem Stuhl sitzen. Sie sah ruhig zu dem Wald am Fluß hinab, als ob es sie nicht überraschen würde, wenn ein ganz in Weiß und Gold gekleideter Prinz das Suwanneeufer entlanggeritten käme und sie in einer Glaskutsche mit sich fortführte.

»Nein«, sagte Eula, »ich warte lieber hier auf der roten Decke auf Tom.«

Der Springbrunnen war abgestellt, aber es war gerade noch soviel Wasser im Becken, daß die Kröte mühelos darin schwimmen konnte. Bei jedem Beinschlag, den sie mit ihren Hinterbeinen machte, traten hinter ihr lange Eierstränge aus, glänzende schwarze Pünktchen, von einer Gallerthülle umschlossen. Ein weicher Beinschlag, ein schlingerndes Gleiten und die schaukelnden Eierstränge verwirbelten, dann entspannten sich sanft die Hinterbeine der Kröte, und die Schlieren sanken in Spiralen und Schleifen geruhsam zu Boden. Das mußte die eleganteste Eiablage der Welt sein, dachte Della. Sie kauerte an dem Brunnen, die Arme auf dem auswärts gewölbten Brunnenrand, wie hypnotisiert von dem Schimmern, dem Glanz und dem Gleiten.

»Oh, Mama, guck mal da!«

»Sieh mal, ein laichender Frosch!«

»Igittigitt!«

»Guck mal, da ist noch einer!«

Aber Della hörte die Stimmen der Leute nicht, die an dem Brunnen vorbeispazierten, und sie hörte auch die Stimme nicht, als sie über die Verstärkeranlage von der Old-Marble-Bühne durch den Park zu ihr herüberdrang:

»... aus Georgia zu uns heruntergekommen ...«

»... ganz in der Tradition von ...«

»... bitte, begrüßen Sie mit mir ...«

Sie hockte nur da, bei dem Farbengefunkel in der Frühsommersonne und dem klaren Inhalt des Beckens, gebannt von dieser eleganten Form von Fruchtbarkeit.

»Die Lichtmaschine und der Starter sind in Ordnung, Kompression ist in Ordnung, er will hundert Dollar dafür«, sagte Tom. »Drüben in Jasper.«

Trotz aller anderen roten Decken hatte Roger sie gleich ausgemacht, dachte Eula. Er hatte ihr ein wenig zugelächelt und zugezwinkert. Selbst auf die Entfernung, da war sie vollkommen sicher. Warum weint die Alte bei »I Wish I Was a Mole in the Ground«? Eula nahm an, daß sich das alle Leute um sie herum fragten. Es war vermutlich nur die Aufregung darüber, daß sie so weit von zu Hause weg war und unter so vielen Fremden, und die Erinnerung an Roger als jungen Mann mit dichtem Haarschopf, und an die Art, wie Melvins Augen aufgeleuchtet hatten, wenn er hereinkam, und wie Roger ihm so aufmerksam zuhörte und dann nickte, »Ja, Sir« sagte und irgend etwas Neues ausprobierte. Sie saßen so dicht beieinander, daß ihre Knie sich fast berührten, aber sie sangen und spielten eigentlich nie länger zusammen, sondern feilten nur immer und immer wieder an irgendwelchen Einzelheiten.

»Ich müßte ihn abschleppen, er fährt nicht mehr, hat er mir an Ort und Stelle gesagt. Das ist 'n Wagen zum Ausschlachten. Allein für die Lenkung müßte ich bei Jack über hundert Dollar blechen.«

Bei seiner Musik wurde Melvin immer ganz weich, dachte Eula, und sie war froh, daß es auf der langen Fahrt vom Florida Folk Festival nach Hause dunkel war und daß Tom über Autos sprach.

»Geschnattert haben sie! Und dieses blaue Zeug geschlürft!« sagte Meade. »Während Roger gespielt hat! Ich kann nur hoffen, daß er das auf die Entfernung gar nicht mitbekommen hat. Wenn ich einen Stock zur Hand gehabt hätte, ich hätte sie geschlagen!«

»Ach, Meade«, sagte Hilma. Sie war müde und mußte dauernd an Della denken, die von den kopulierenden Kröten so fasziniert gewesen war, daß sie die ganze Vorführung samt Drum und Dran versäumt hatte – den Sonnenuntergang, die Old-Marble-Bühne mit dem Fluß dahinter und Roger oben vor all den Leuten, der so würdevoll aussah und die Musik eines Toten genauso spielte, wie sie gespielt werden mußte. Erst als jemand vom Aufsichtspersonal des Parks die Kröten mit einem Kescher aus dem Becken gefischt hatte, war Della zu ihnen zurückgekommen. Inzwischen hatte Roger seinen Vortrag beendet, und die Leute sammelten ihre Decken und Kinder ein, und zwei barfüßige Männer mit Pferdeschwanz und einem nassen schwarzen Hund hatten angefangen, auf dem Hang Frisbee zu spielen.

»Warum gehen sie zu einem Musikfestival, wenn sie gar keine Lust haben zuzuhören?« fragte Meade, und Hilma sagte mit schwacher Stimme: »Ach, Meade, die Menschen verhalten sich nur in den seltensten Fällen so, wie wir uns das wünschen.«

Der Amboß der Erfahrung

Das erste, was Roger am Samstagmorgen sah, war ein toter Breitkopfskink, ein schönes großes Männchen, das auf seiner Seitenveranda auf dem Grund von acht Litern Erdnußöl lag. Er lag auf dem Rücken in der Fischfriteuse, die Vorderfüßchen friedlich über dem blassen Bauch gekreuzt.

»Sie hat mich den Vögeln der südlichen Erdhalbkugel zuliebe verlassen«, sagte Roger zu sich selbst, »und nun das.« Er stand einen Augenblick im Nachthemd da und sah den toten Skink an. »Er ist reingekommen, aber nicht wieder raus, und ist dann im Erdnußöl ertrunken«, sagte er. Er fischte den Skink mit einem Stock heraus und warf ihn ins Gebüsch, wo ihn sich eine Katze holen würde. Der Tag fing traurig an.

»Er hat sie am Freitagnachmittag zu ihrem Flieger nach Australien gebracht und mußte dann gleich zurück nach Hause, um das Fisch-Picknick für Dekan Rufus Routhe zu veranstalten«, sagte Meade.

»Der arme Roger«, sagte Hilma, »da mußte er mit gebrochenem Herzen bei Sonnenuntergang eine Schar Agrarwissenschaftler unterhalten und Fische fritieren, die ganze Zeit in Gedanken bei Della, die da drei Meilen hoch im Himmel auf Nimmerwiedersehen um die halbe Welt flog.«

»Auf Nimmerwiedersehen« hatte allerdings einen ziemlich melodramatischen Beiklang. Wer Della kannte, wußte, daß sie weit davon entfernt war, hier mit vollem Bewußtsein einen Schlußstrich zu ziehen. Ihre Interessen würden sich erst diesem, dann jenem Sujet zuwenden, und so würde eine Folge von wechselnden Impulsen sie nur nach und nach von Roger und der kurzen Phase ihres Lebens in Süd-Georgia entfernen. Dennoch hatten alle das Gefühl, daß Della weg war und nicht wiederkommen würde.

Hilma besuchte Roger als erste und lud ihn zum Essen ein. Es gab eine kräftige, klare Hühnersuppe, hochkonzentriert, sagte sie, Toast, einen Salat und einen leckeren Pudding zum Nachtisch. Diese Art Essen kochte man wahrscheinlich für einen Kranken, dachte Roger.

Della, sämtliche Vogelarten und die ganze südliche Erdhalbkugel wurden als Gesprächsthemen peinlichst vermieden, und Hilma heuchelte immenses Interesse an der beruflichen Laufbahn von Dr. Rufus Routhe, der als Dekan des phytopathologischen Instituts aus dem Amt schied. Roger bemerkte einen hellen Fleck an der Tapete, wo Hilma einen Menoboni-Stich von Fliegenjägern von der Wand abgenommen hatte, als ob sie annähme, daß ihm ein Vogelbild weh tun könnte. Sie ermunterte ihn, über Erdnüsse zu sprechen, über die schwere Arbeit, die jetzt im Sommer vor ihm lag, und die Verpflichtungen, die er im kommenden Jahr als Präsident der Sektion Süd der Amerikanischen Phytopathologischen Gesellschaft hatte. Roger erzählte ihr von einer neuen Erdnußzüchtung mit Namen »Georgia Routhe«, zu Ehren des aus dem Amt scheidenden Dekans, die eine gewisse Resistenz gegen das Tomatenfleckwelkevirus gezeigt hatte. »In den Vereinigten Staaten werden Erdnüsse in der Regel nach Wissenschaftlern benannt«, sagte Roger, »in Australien dagegen nach Künstlern.«

Hilmas Blick richtete sich automatisch auf den hellen Fleck an der Wand, und sie fing an, mit dem Geschirr zu klappern und hektisch über Dekan Routhe zu reden, bis Roger sie schließlich mit den Worten bremste: »Du brauchst dich wirklich nicht so in acht zu nehmen, Hilma.« Daraufhin stellte sie erleichtert die Teller hin und schien sich zu entspannen, und den Rest des Abends verbrachten sie ganz gemütlich im Gespräch über das Balzverhalten des Leierschwanzes (»aufdringlich«, sagte Hilma), über Dellas Charaktereigenschaften (»flatterhaft«, sagte Hilma) und die Liebe.

»Mir sind die Ansprüche, die diese Art Liebe stellt, nicht begreiflich«, sagte Hilma. »Alle diese Gefühle liegen für mich schon so lange zurück, die Möglichkeiten waren damals so begrenzt, und das Spiel lief nach ganz anderen Regeln.« Aber es sei ihr aufgefallen, sagte sie, daß eine solche Liebe ihre Opfer am Boden zerstört zurücklasse, und sie könne sich nicht erklären, wieso ein vernünftiger Mensch sich in dem vollen Bewußtsein, wohin das führt, darauf einlasse.

»Auf die Liebe läßt man sich nicht ein«, sagte Roger. »Die kommt einfach über einen.«

»Ach, du meinst, wie die Grindfäule in den dunklen Wintermonaten über einen Pflaumenbaum kommt«, sagte Hilma, »und wenn man es dann merkt, hat der Baum schon ausgeschlagen, und es ist zu spät zum Spritzen.«

»Genau so«, sagte Roger. »Und jetzt will ich dir helfen, deine Fliegenjäger wieder aufzuhängen.« Und Hilma brachte ihm einen Stuhl und holte den Menoboni aus dem Schrank, wo sie ihn versteckt hatte.

Am nächsten Morgen mußte Roger um halb fünf aufstehen und die weite Fahrt nach Attapulgus machen, um dort die Pfade durch die Erdnußversuchsfelder zu jäten, mußte dann den weiten Weg bis nach Plains zurückfahren, um dort kränkelnde Pflanzen zu markieren und Blatt- und Blütenproben zu nehmen. Er hatte seinen Schreck am Morgen bei der Begegnung mit einer Klapperschlange, kam am Nachmittag in zu enge Berührung mit einem Wespennest in einem Aluminiumtor und wurde zweimal gestochen. Meade hatte ihn zum Abendessen eingeladen, aber als er nach Hause kam, stand Eula bei ihm im Hof und hielt drei an den Beinen zusammengebundene Hühner kopfunter, zwei große rote Hennen und einen Hahn.

»Du hast das damals nicht mitgekriegt, Roger«, sagte sie, »weil du an der Uni warst, aber als Melvin von seinem Allis-Chalmers-Traktor erdrückt worden ist, hab ich großen Trost bei Hühnern gefunden.« Die Hühner drehten sich mit schlaff herabhängenden Flügeln um sich selbst und sperrten wie in einem Ausdruck der Verwunderung und Resignation die Schnäbel auf. »Rhodeländer, Roger«, sagte Eula. »Ich hab gedacht, Dominicker würden bei dir –, na ja, die könnten bei dir Erinnerungen wachrufen, Roger, und ich halt's einfach nicht aus, wenn du traurig bist.« Sie drückte ihm die zusammengeschnürten Hühnerbeine in die Hand, umarmte ihn heftig und quetschte dabei aus einer der Hennen ein ersticktes Quäken heraus. Dann drehte sie sich rasch um, stieg in ihr Auto und brauste davon, damit Roger nicht sah, daß sie weinte.

Roger machte aus einer Schüssel, einem Glas und einem Zahnstocher eine Tränke, breitete auf dem Boden seiner hinteren Veranda Zeitungspapier aus und befreite die Hühner dann von ihrer Fessel. Anschließend wusch er sich die Hände und das Gesicht und kam mit einer halben Stunde Verspätung bei Meade an, halb betäubt von einem Antiallergikum, verschwitzt, wie er unter seinen Klamotten war, den Sand von den Erdnußfeldern in Plains noch in den Schuhen und voller Sorge wegen der Verordnungen über Tierhaltung im innerstädtischen Bereich.

Meade bugsierte ihn auf die Couch und machte es ihm behaglich, dann baute sie sich vor ihm auf und schwenkte einen silbernen Vorlegelöffel vor ihm hin und her. »Du mußt dein Leben auf dem Amboß der Erfahrung schmieden, Roger!« sagte sie.

Aber Roger war zu müde und schläfrig, als daß ihm eine Antwort auf diesen rabiaten Ratschlag eingefallen wäre. Immer wenn er die Augen schloß, sah er grüne Blätter vor sich, als hätte sich ihm durch zu langes Hinstarren das Bild eines Erdnußfelds in den Augenhintergrund geprägt.

»Du suchst dir wirklich immer die problematischsten Frauen aus, Roger«, sagte Meade. »Erst Ethel, die so ungezügelt und unabhängig ist, und dann Della – sicher eine begabte Künstlerin, aber abgesehen davon war sie doch –«

»Ich suche sie mir nicht aus, Meade«, sagte Roger, von seiner Müdigkeit leicht benebelt, »sie kommen über mich wie die Grindfäule.«

Am nächsten Tag fand in der Coastal Plain Versuchsstation die Landwirtschaftsschau statt. In einer Reihe von Ständen wurde Material zu den verschiedensten Themen präsentiert: »Die eingeschleppte rote Feuerameise – Freund oder Feind?«, »Tiermist in ökologischer Sicht?«, »Biokontrolle der Nickenden Distel«. Von Servierwagen wurden Imbisse gereicht, und Mitarbeiter der Versuchsstation machten Führungen durch die Testabteilung für Sojabohnen und Maisvarietäten, das älteste Institut für Pekanzüchtungsforschung der Welt (gegründet 1921) und das neu erbaute Labor für Schutzgaskonservierung der Vidaliazwiebel. Die Allgemeinheit hatte Zugang, was bedeutete, daß es eine Menge Fragen zu Topfgeranien geben würde und was gegen die großen grünen Würmer an den Tomatenpflanzen unternommen werden konnte.

Es war Dekan Routhes letzte Landwirtschaftsschau, und er war den ganzen Morgen um das Anzuchtfeld für Hundszahngras und das Labor für Vidaliazwiebellagerung herumgesegelt wie ein ausgemergelter alter Kranich. Dekan Routhe zählte zu der Sorte Wissenschaftler, die man besser nicht auf eine größere Menschenmenge losläßt; er war imstande, die Leute zu verschrecken, indem er völlig unvermittelt mit irgendwelchen Absurditäten herausplatzte. Keiner wußte so recht, was man daraus machen sollte. Schließlich war nach diesem Mann eine Erdnußzüchtung benannt.

»Stecken Sie ihn an den Stand zu Roger«, sagte Dr. Vanlandingham genervt, und so hatte Dekan Routhe sich dann bis zum späteren Vormittag in dem Informationsstand »Prognostische Modelle für Erdnußkrankheiten« niedergelassen und fuhr fort, unmotivierte Bemerkungen über Ackerbaukunde, Insektenkunde und die Vorteile der Ehe von sich zu geben.

»Ein Mann braucht eine Frau!« rief er mit heller, weit tragender Stimme und unterbrach damit Rogers kleinen Vortrag über die Zukunft des Erdnußanbaus in Georgia. Roger war für einen Moment verunsichert und machte dann tapfer weiter.

»– die Entomologen haben bei der Untersuchung der von Thrips übertragenen Erreger –«

»Ein Mann braucht eine Frau!« rief Dekan Routhe.

»– die Virologen vergleichen das Tomatenfleckwelkevirus mit anderen Krankheiten, über die wir besser Bescheid wissen«, fuhr Roger unbeirrt fort.

»Sehen Sie sich das an!« rief Dekan Routhe und kam aus dem dunklen Hintergrund des Stands hervorgeschossen. »Ich hatte rote Haare, als ich '59 hier bei der Versuchsstation anfing zu arbeiten!« Er raufte mit beiden Händen an ein paar weißen Haarsträhnen. »Aber als meine Frau '65 starb, waren sie innerhalb von einem Jahr schneeweiß!«

»– und aus meinen eigenen Studien an –«

»Ein Mann braucht eine Frau!« sagte der Dekan, klatschte Roger eine Hand zwischen die Schulterblätter und warf einen funkelnden Blick in die verdatterte Menschenmenge. Roger spürte in seinem Rücken die knotigen alten

Finger zittern. Ein paar von den Besuchern legten hastig die Prospekte und Erdnußbroschüren zurück, die sie sich aus einem Regal genommen hatten, und tippelten dann schleunigst zum nächsten Stand – »Unsere Freundin die Milchkuh« – weiter.

»Dekan Routhe«, sagte Roger, »vielleicht möchten Sie gern –«

Aber der Dekan zog geschäftig zwei Stühle heran. »Setzen Sie sich, Roger«, sagte er. Und sie setzten sich beide und sahen einander über die Knie hinweg an.

»Sie hat Sie verlassen, Roger«, sagte Dekan Routhe mit tiefer, bebender Stimme. »Sie ist fort. FORT.« Er hielt einen Augenblick inne. »Aber Sie dürfen sich nicht abkapseln und jammern und sich grämen. Sie müssen ein mannhaftes Herz haben, Roger, ein MANNHAFTES Herz!« Und er schlug sich so heftig gegen die magere Brust, daß Roger unwillkürlich Haltung annahm und sich ein wenig vorbeugte.

»Es ist wie ein Sturz vom Pferd, Roger«, sagte der Dekan. »Und man steigt am besten sofort wieder auf. Sofort wieder auf.«

Vor dem Stand hatte sich eine neue Menschenmenge angesammelt. Einige Leute, die vorne standen, blätterten fachmännisch in den Prospekten auf dem Sperrholzregal, warfen dabei aber immer wieder verstohlene Blicke in das Standinnere, und im Hintergrund starrten einige Besucher mit leicht geöffnetem Mund ganz ungeniert zu Roger und Dekan Routhe in den Stand hinein.

»Dekan Routhe«, flüsterte Roger.

»Jawoll, jawoll!« sagte der Dekan, kam mühsam von seinem Stuhl hoch und wandte sich an die Besucher. »Hören Sie diesem fabelhaften jungen Mann zu«, sagte er zu einer hübschen, erschrocken aussehenden rothaarigen Frau in einem schwarzen »John Birch Society«-T-Shirt. »Stellen

Sie ihm alle Fragen, die Sie zu Ihren Pflanzen in Ihrem Haus, Ihrem Garten oder auf Ihrer kleinen Farm haben. Egal, ob es um Wurmkrankheiten, Rostkrankheiten oder Mykotoxikosen geht – ach, und dann ist dieser Mann auch ein Experte für Kartoffelfäule«, sagte er, nahm Roger bei den Armen und schob ihn nach vorne. »Was dieser junge Mann nicht über die Blattkrankheiten der Erdnußpflanze weiß, das füllt keinen Fingerhut! KEINEN FINGERHUT!«

Am späten Nachmittag wurde in der Mitte des Hirseversuchsfelds eine kleine Bühne für die Musikgruppe aufgebaut und daneben eine Fläche von etwa einem halben Morgen mit einem Seil zum Tanzen abgeteilt. Roger spielte Banjo, Tim Bannister, der Insektenforscher, der ihm bei der Erforschung des Fleckwelkevirus zur Seite stand, spielte die Fiedel und ein paar Berufsmusiker aus Tifton spielten Gitarre. In der Abendkühle nach Sonnenuntergang fingen die Leute auf der Narbe des Hundszahngras-Anzuchtfelds zu tanzen an. Dekan Routhe hatte sich die Idee in den Kopf gesetzt, daß das Ernten von Feldfrüchten seiner Natur nach eine gewaltsame Angelegenheit sei, und jetzt trat er immer wieder auf Besucher zu und sagte: »Alles, was Sie essen, ist von irgend jemand mit Gewalt aus dem Leben gerissen worden!«

Roger bemerkte mit Schrecken, daß die rothaarige Frau in dem schwarzen T-Shirt ihn beobachtete und sich mit einem seltsamen, fast verzückten Gesichtsausdruck immer näher an die Bühne heranschob, und er spielte schneller und schneller und machte fast keine Pause zwischen »Pig in a Pen« und »The Blind Girl«. Meades Bemerkung über den Amboß der Erfahrung fiel ihm wieder ein, aber das Bild von dem totem Skink in dem Erdnußöl ging ihm nicht aus dem Kopf, mit seinen eingerollten Zehen, den geschlossenen Äuglein und dem breiten Unterkiefer, der noch im Tod die orangefarbene Brunftfärbung aufwies.

Ein gutes Jahr für Pflaumen

»Ein gutes Pflaumenjahr«, hörte man immer wieder von allen Seiten, aber das lieferte nicht einmal ein entferntes Bild von der Pflaumenernte dieses Frühsommers. Ein seltenes Zusammentreffen günstiger Umstände war die Ursache, sagten die zuständigen Wissenschaftler: Ein warmer Vorfrühling hatte die Bienen hervorgelockt, als die Bäume blühten, im März und April hatte es dann während des Wachstums der Pfläumchen zweimal wöchentlich ein wenig geregnet, und als die Früchte zu reifen begannen, wurde das Wetter schließlich trocken und heiß, und die Grindfäule hatte keine Chance. Jetzt, im Juni, hingen die mit Früchten überladenen Äste schwer herunter und brachen ab, und in jedem Haus aßen die Leute Pflaumen, backten Pflaumenkuchen, kochten Pflaumenmarmelade oder Pflaumengelee oder harkten draußen Berge verfaulter Pflaumen zusammen und wurden dabei von Wespen gestochen. Beschickerte Vögel, die vom Verzehr gärender Pflaumen Schlagseite hatten, torkelten über die Rasenflächen. Dann gab es Anfang Juni, als noch niemand darauf vorbereitet war, eine für die Jahreszeit ungewöhnliche Hitzewelle, und alle erinnerten sich plötzlich, während sie am heißen Herd standen und Pflaumensirup einkochten, an die Geschichten von der Tragödie im Jahr 1903, als in Perote nicht weniger als fünf Menschen an den Folgen der Hitze starben.

»Mein Vater hat immer gesagt, daß Mr. Loomis so friedlich ausgesehen hat, wie er da platt auf dem Rücken mausetot am offenen Wohnzimmerfenster in seinem Bett lag, das dünne Leintuch hochgezogen bis ans Kinn«, sagte

Meade. Ihr Vater, damals noch ein kleiner Junge, hatte den Leichnam von Mr. Loomis gefunden, dem Holzbaron, der ein Vermögen damit gemacht hatte, daß er von Carrabelle aus Gelbkieferbalken verschiffte, die in Holland zu Brettern zersägt wurden. »Früher haben es die Leute noch verstanden, in Würde zu sterben«, sagte Meade.

Hilma wußte nicht, ob es nur die Hitze war oder das endlose Geklingel, das Jim Wade mit dem Ventilator veranstaltete, den er ihr vorbeigebracht hatte, damit er ihr beim Pflaumengeleekochen Kühlung zublies – oder was genau sie so gereizt machte. »Sie haben es früher kein bißchen besser verstanden in Würde zu sterben als wir heute«, fauchte sie Meade an. »Sie haben's nur besser verstanden, Geschichten darüber zu erzählen.«

»Ein Ventilator, der auf einen Toten bläst, kann einen schon ins Grübeln bringen«, sagte Jim Wade und blickte nachdenklich auf ein Häufchen Schneckengetriebe. »Wenn man sich überlegt, daß die Finger, die den Schalter beim Zubettgehen angemacht haben, nie mehr ...« Meades Vater hatte bei seinen wiederholten Berichten von Loomis' Tod nie etwas von einem Ventilator erwähnt, nur das dünne Leintuch, das bis zu Mr. Loomis' vorspringendem Kinn hochgezogen war, hatte er im Gedächtnis behalten. Aber als Meade jetzt den Eimer mit Pflaumenkernen und -häuten ansah und das alte Leinenkopfkissen, aus dem in Hilmas Ausguß Pflaumensaft in eine Schüssel lief, fiel ihr ein anderes Detail aus der Geschichte wieder ein, etwas, das sie fast vergessen hatte, weil im Lauf der Jahre das dünne Leintuch zum Knackpunkt der Geschichte geworden war: Ihr Vater hatte dem alten Mr. Loomis einen Eimer Pflaumen gebracht. Meade setzte sich schwer auf einen von Hilmas Küchenstühlen und stützte das Kinn in die Hände. »Einem Eimer Pflaumen«, flüsterte sie.

»Auf, auf, an die Pflaumen, Ethel!« sagte Eula zu Ethel und wedelte vor Freude mit der Schürze. Andys Ankunft und die Pflaumenernte waren auf dasselbe Wochenende gefallen, und das war fast zuviel für sie. Sie lief immer wieder zwischen dem Geleetopf auf dem Herd und dem Hinterhof hin und her, wo Andy das Atmen durch einen Schnorchel übte. Roger hatte versprochen, nach der Rückkehr von der Phytopathologentagung in Austin, Texas, mit ihm nach Ammonia Spring zum Schwimmen bei den Seekühen zu fahren, und Andy hatte jede wache Minute seit seiner Ankunft am vorangegangenen Nachmittag damit verbracht, mit einer leuchtend rosa und purpurroten Taucherbrille auf dem Gesicht ums Haus herumzuschleichen und gurgelnde Schnorchellaute von sich zu geben. Eula hielt immer wieder nach den zerstörerischen Auswirkungen der Naturreis-Dattel-Diät Ausschau. Andy war dünner geworden, dachte sie, aber andererseits war er auch gewachsen. Und sie hatte eigentlich noch keine Gelegenheit gehabt, sich sein Gesicht genauer anzusehen.

»Guck dir die Pflaumen unter dem Baum da an, Ethel, hast du jemals –« Aber Ethel hatte den Karton mit den Marmeladengläsern auf dem Küchentisch abgestellt und war hinausgelaufen in den Hof. Sie hob Andy mit beiden Armen hoch und umarmte ihn so stürmisch, daß seine Taucherbrille verrutschte. Als sie ihn schließlich wieder losließ, mußte er erst einmal seine Ohren unter den Gummibändern hervorklauben und mit strapazierten vorgewölbten Lippen den Schnorchel wieder zu fassen kriegen. »Ih ah öt Roger ähch a-o-i-a ing«, sagte er, und Ethel hockte sich vor ihn hin, nahm ihn an beiden Armen und spähte in die Taucherbrille nach seinen hervorquellenden Augen und der plattgedrückten Nase. »Du fährst mit Roger nach Ammonia Spring, ja, das hab ich gehört«, sagte sie und drückte ihn noch einmal, diesmal etwas vorsichtiger.

»Bloß weil noch niemand gesehen hat, wie 'ne Seekuh 'n lebendigen Menschen frißt, glauben alle Leute, daß sie das auch nicht tun«, rief Tom von oben herunter. Er war dabei, Hitzeisolierung auf Louises Dach zu streichen, aber der Teer war so heiß und dünnflüssig, daß er nicht haften blieb.

»Was machst du da oben in der Luft, Tom?« rief Louise. »Komm da runter.«

»Du vertropfst die Azaleen, Tom«, rief Ethel.

»Sie sind Pflanzenfresser, Daddy, sie mögen kein Menschenfleisch. Ich hab das in ›Ranger Rick‹ gelesen«, rief Andy.

»Ja, das ist richtig«, sagte Tom. »Hast du gewußt, daß kein menschliches Auge jemals 'ne lebende Riesenkrake gesehen hat, das heißt aber noch lange nicht, daß es die da unten nicht gibt.«

»Kein menschliches Auge«, sagte Louise.

»Da schick ich meinen einzigen Sohn nach Ammonia Spring, und ihr werdet beide mit abgebissenen Beinen wiederkommen«, sagte Tom.

»Mir passiert schon nichts, Daddy«, rief Andy und umschloß den Stutzen des Schnorchel sofort wieder mit den Lippen.

»Also, ich geb dir nur den guten Rat, verreib 'n bißchen Spucke innen in der Brille, damit sie nicht beschlägt und du sie sehen kannst, wenn sie hinter dir her sind«, sagte Tom.

Rogers Sitznachbarin hatte während der ersten Hälfte des Flugs recht munter geredet, von ihrer Limonade getrunken und ihm von der Konferenz erzählt, an der sie in Austin teilgenommen hatte, bei der es um die Finanzierung von Community Colleges gegangen war. Dann fragte sie: »Und was hat Sie nach Texas geführt?« Und Roger sagte nichts weiter als: »Eine Tagung von Pflanzenwissenschaftlern –«, da war sie auch schon eingeschlafen und sank ihm an die Schulter, wobei ihr ein wenig Speichel aus dem Mund lief und ihre eine Hand auf seinen Oberschenkel herabfiel. Er versuchte, sich unter ihr hervorzuwinden, war aber auf seinem Fensterplatz hoffnungslos gefangen. Jedesmal, wenn er sich bewegte, schmiegte sie sich enger an ihn. Sie würde verlegen sein, wenn sie aufwachte, das wußte er. Zwei Sitze hinter ihm, auf der anderen Seite vom Gang, sah er Lucy in der letzten Reihe am Ausgang sitzen, die allen Platz der Welt hatte und in aller Gelassenheit eine Broschüre über Schmarotzerwespen und Getreideschädlinge studierte. Schließlich gab er auf und sah hinaus in die dunkle Nacht und auf das Lichtergefunkel der Städte unter ihm.

»Wir setzen jetzt zur Landung an ...«, sagte die Stimme aus dem Lautsprecher. »Wenn Sie bitte Ihre –«, und plötzlich schoß die Frau senkrecht in die Höhe, schlang die Arme krampfhaft um den Brustkorb und starrte erst Roger, dann die Rückenlehne vor sich mit verstörten Blicken an.

»Es ist nichts passiert«, sagte Roger. »Sie sind nur eingeschlafen, das ist alles.« Er half ihr, die Tasche oben aus dem Gepäckfach zu holen, und sah ihr nach, während sie auf ihren hohen Absätzen unsicher den Mittelgang entlang vor ihm davonhastete. Er nahm seine Aktentasche und ging zusammen mit Lucy durch den kleinen Flughafen und nach draußen, wo auf dem Parkplatz sein Pritschenwagen stand, und fuhren dann auf den hell erleuchteten Straßen von Tallahassee davon. Sie unterhielten sich eine Weile über ein biotechnisch verändertes Baculovirus, von dem sie in Austin erfahren hatten; es war in Feldversuchen bei der Bekämpfung von Baumwollkapselkäfern und Tabakeulenlarven sehr erfolgreich gewesen. Dann sprachen sie über die Hitze, die Pflaumen und Rogers geplante Spritztour nach Ammonia Spring.

»Meade muß immer an die fünf Todesfälle in Perote im Jahr 1903 denken«, sagte Lucy.

»Ich wüßte gern, wie viele Dutzend Gläser Marmelade Eula eingemacht hat«, sagte Roger.

»Und ich wüßte gern, ob Andy auch nur ein einziges Mal seit seiner Ankunft den Schnorchel aus dem Mund genommen hat«, sagte Lucy.

Sie fuhren an den letzten Einkaufszentren am Stadtrand vorbei, an den Eingängen zu den neuen Wohnanlagen, an denen sich die Gestaltungswut ihrer Besitzer ausgetobt hatte, und am letzten Supermarkt, der in gleißendes Licht getaucht war wie das gelobte Land. Dann sagte Lucy plötzlich: »Du bist ein guter Mensch, Roger.«

Aber Roger wußte nicht, was er darauf antworten sollte, und so fuhren sie schweigend in der Dunkelheit weiter nach Hause, vorbei an den Baumwoll- und Erdnußfeldern und dem Waldspechtwald.

Dank

Für Rat und Hilfe danke ich der American Livestock Breed Conservancy, Wilson Baker, Polly Blackford, Brandy Cowley, Ken Crawford, Albert Culbreath, dem Dominique Club of America, Steve Earle, Todd Engstrom, Jeanne Greenleaf, Rosalie Hawkins Olson, Robert O. Hawse, Katharine Heath, Paul Hjort, Daryle Jenette, Nell Johnston, Jonathon Lazear, Mary Lawrence Lilly, Roy Lilly III., Frank Lindamood, June Bailey McDaniel, Eula McGraw, Bruce McIntosh, O. Victor Miller, Red Parham, Lance Rockwell, Sonny Sammons, Sigrid Sanders, Gordon Scott, Sonny Stoddard, Carl Tomlinson, Barbara White, Jane White, Robb White, John Witt, Ron Yrabedra und Coleman Zuber.